ÂME DE SORCIÈRE

LES SORCIÈRES DE KEATING HOLLOW, TOME 1

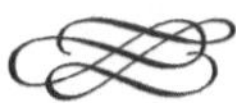

DEANNA CHASE

Traduction par
VIVIANE FAURE

RÉSUMÉ DU LIVRE

Bienvenue à Keating Hollow, un village plein d'amour, de magie et de cupcakes, où rien n'est plus important que la famille.

À l'âge de dix-huit ans, après un tragique accident de potion, Abby Townsend a quitté Keating Hollow et laissé tomber la magie pour trouver la rédemption. Dix ans plus tard, elle est de retour, convoquée par sa famille. Dès qu'elle arrive en ville, elle prévoit déjà son évasion inévitable, mais elle ne parvient pas à échapper à l'attirance de cette communauté magique étroitement soudée ni au regard expressif de cet homme qu'elle n'a jamais oublié. Et quand une petite sorcière de huit ans non seulement la ramène à la magie, mais fait aussi fondre son cœur, Abby va apprendre à accepter son âme de sorcière et à s'y abandonner.

CHAPITRE 1

*V*ous *entrez sur des terres sacrées.*

Le panneau familier usé par les intempéries signifiait qu'Abby n'était qu'à une trentaine de kilomètres de Keating Hollow, la ville cachée de la Californie du Nord qui avait été peuplée par des sorcières presque un siècle auparavant. Elle bifurqua de l'autoroute vers la petite route à deux voies non indiquée et se redressa, sentant soudain la fatigue quitter son corps perclus par le voyage. Cela faisait trois jours qu'elle conduisait, redoutant à chaque moment son arrivée dans le village sorcier au charme désuet. Mais maintenant qu'elle était là, le picotement de la magie parcourut ses os et, l'espace d'une seconde, elle sentit la paix l'envahir.

Elle était de retour chez elle.

La paix disparut, remplacée par l'angoisse familière qui l'avait fait fuir à l'autre bout du pays il y avait dix ans de cela. Ses doigts se crispèrent sur le volant tandis qu'elle se rappelait son unique et courte visite à Noël, six ans auparavant. Elle n'était restée que trois jours. Ce qui faisait deux jours de trop, d'après elle. C'était simplement trop difficile. Il y avait trop de souvenirs douloureux. Trop de culpabilité. Trop de tout.

— Détends-toi, dit-elle à mi-voix alors qu'elle se concentrait sur les séquoias géants, déterminée à bloquer le passé.

Elle ne pouvait pas changer ce qui s'était passé à l'époque, pas plus que ce qui était arrivé depuis. Et elle ne pouvait pas passer toute sa vie à fuir. Elle ne pouvait plus. Sa sœur l'avait appelée et lui avait dit qu'il était temps qu'elle rentre – leur père était malade. Des larmes vinrent chatouiller ses paupières, mais elle les retint.

Pleurer n'était pas une option. Pas maintenant. Et certainement pas devant son père. Plus tard dans la soirée, après s'être attardée à la table de la cuisine avec son père devant une grande tasse du célèbre chocolat chaud de Mamy Harper, elle pourrait s'enfermer dans sa chambre et s'effondrer sous la douche.

La route sinueuse se fit plus droite et les séquoias denses disparurent dans son rétroviseur. Abby rentra dans la petite ville au charme suranné et, sur une impulsion, s'arrêta sur une place de parking juste devant Une Cuillerée de Magie. Elle prit un instant pour étirer ses jambes douloureuses en regardant les verres doseurs magiques peser les ingrédients et les verser dans des bols en cuivre dans la vitrine. Ses lèvres se recourbèrent en un petit sourire. Personne ne pouvait égaler les cheese-cakes au chocolat de Miss Maple.

Abby entra dans la boutique et inspira les délicieuses senteurs de caramel et de chocolat. Son estomac gronda et l'eau lui monta à la bouche.

— Abigail Townsend ? s'écria une voix aiguë de derrière le comptoir.

Abby releva la tête et aperçut une rousse aux formes

généreuses, vêtue d'un tablier à rayures bleu et blanc. Ses cheveux étaient relevés sur le dessus de sa tête et elle portait d'élégantes lunettes papillon bleues.

— Bonjour, Shannon, dit Abby.

Elle retint une grimace en contemplant son ennemie du lycée. Elle avait secrètement espéré que la fille qui avait rendu sa vie pitoyable à l'époque se serait retrouvée avec de l'acné et des cheveux incoiffables. Malheureusement, la femme qui se tenait devant elle avait une peau impeccable et des boucles soyeuses dignes d'une pub pour du shampoing.

— Diantre. Je ne t'ai pas vue depuis…

Le visage de Shannon se fit cendreux et elle ravala la suite de sa phrase.

— Depuis l'enterrement de Charlotte, dit Abby d'une voix dépourvue d'émotion.

— C'est ça. Bien sûr.

Shannon détourna le regard et s'essuya les mains avec un torchon. Quand elle releva la tête, elle arborait un sourire artificiel.

— Ça fait plaisir de te voir par ici. Est-ce que tu viens d'arriver ? Yvette a mentionné que tu devais passer.

— Oui, je viens de débarquer et j'ai décidé que je ne pouvais pas passer un jour de plus sans les barres chocolatées au caramel de Miss Maple.

— Parfait.

Shannon sortit une baguette turquoise couverte de paillettes et la pointa sur la vitrine. Une seconde plus tard, une demi-douzaine de barres s'envolèrent et vinrent se placer bien nettement dans une petite boîte blanche.

— Oh, c'est trop, protesta Abigail. Je voulais juste en prendre une.

— C'est offert par la maison. Pour fêter ton retour.

Derrière Shannon, une bobine de ruban turquoise se dévida rapidement et s'arrêta après avoir déroulé environ soixante centimètres. Shannon se retourna, coupa la longueur, l'enroula rapidement autour de la boîte et l'attacha avec un gros nœud décoratif d'une main agile.

— Voilà, dit-elle en poussant la boîte vers Abby.

— Tu n'es vraiment pas obligée, dit Abby en secouant la tête.

Shannon agita la main, l'air de dire que ce n'était rien.

— Ramène-les à Lin. Je sais que ce sont ses préférées.

Abby était partie pour refuser, mais elle changea rapidement d'avis et hocha la tête à la place. Ces confiseries étaient effectivement les préférées de Lincoln Townsend, et si Shannon voulait faire un petit cadeau à son père, Abby ne le refuserait pas.

— Merci. C'est très gentil.

— Lin fait tellement pour nous tous. C'est le moins que je puisse faire. Est-ce qu'il te fallait autre chose ?

Abigail prit un cheese-cake au chocolat entier et une boîte du cacao de Miss Maple. Après avoir payé, elle attrapa la boîte du cheese-cake et tendit la main pour prendre les confiseries et le cacao.

— Attends.

Shannon passa la main sous le comptoir et en sortit deux paquets de bâtons de cannelle.

— Prends ça aussi.

Avec un sourire plein d'empathie, elle ajouta :

— Ils aident à guérir.

Le sanglot qu'Abby retenait depuis trois jours monta de nouveau à sa gorge.

— Merci, dit-elle d'une voix rauque, trop chargée d'émotion.

— Ça va aller, dit Shannon en posant sa main par-dessus la sienne. Je le sens.

Abby perçut la sincérité dans le regard de l'autre femme et elle sentit un petit bout de son cœur cicatriser. Elle avait presque oublié qu'à Keating Hollow, la gentillesse portait en elle sa propre magie.

— J'espère.

Elle prit la direction de la sortie, mais se retourna en ouvrant la porte et sourit.

— Merci, Shannon. J'avais besoin d'entendre ça.

— De rien. Profite bien de ton retour.

Abby hocha la tête et ressortit dans la Grand-Rue alors que la clochette de la porte retentissait derrière elle. Elle marqua une pause et prit une grande inspiration, se laissant envahir par l'odeur subtile des séquoias avant de remonter en voiture.

Elle venait juste de mettre le contact quand quelqu'un qui passait « Fireball » de Pitbull à fond se gara à côté d'elle en klaxonnant comme un malade.

Tut, tut, tuuuuut.

Abby se tourna, prête à dire au conducteur de se calmer, mais elle se figea de surprise en découvrant la voiturette de golf à six places avec ses lumières stroboscopiques, et la folle qui lui faisait de grands signes derrière le volant.

Abby rouvrit la porte et s'écria :

— Wanda ?

— Abby !

La femme pulpeuse appuya sur un interrupteur du tableau de bord et la musique s'éteignit. Puis elle sauta de la voiturette et courut jusqu'à Abby pour l'envelopper dans une étreinte vigoureuse.

— Oh ma déesse, je n'arrive pas à croire que tu sois enfin là. J'ai passé ma journée à attendre ça.

Abby sentit une chaleur l'envahir alors qu'elle serrait dans ses bras son amie de lycée.

— Qu'est-ce que tu étais en train de faire ? Tu patrouillais aux limites de la ville jusqu'à ce que j'arrive ?

— Ha ! Ne va pas te faire de films.

Wanda recula avec un grand sourire.

— Je devais passer chez le caviste pour refaire le stock quand je t'ai vue sortir de chez Miss Maple.

Elle jeta un regard à travers la vitre de la Mazda CX-3 d'Abby.

— Le cheese-cake au chocolat. Tu n'as jamais pu résister à ce petit délice, hein ?

Abby se mit à rire.

— Pas à celui de Miss Maple en tout cas.

Elle jeta un coup d'œil par-dessus l'épaule de Wanda et haussa un sourcil curieux.

— C'est un sacré véhicule que tu as là.

— N'est-ce pas ?

Wanda retourna jusqu'à la voiturette et se glissa sur le siège conducteur.

— Regarde-moi ça.

Elle mit le contact et appuya sur un bouton. Les lumières passèrent au violet alors que Prince se mettait à hurler dans les haut-parleurs. Wanda agita les sourcils en disant :

— Classe, hein ?

— Ultra cool, je dirais, répondit Abby, à moitié tentée de sauter dans la voiturette avec elle.

Si elle n'avait pas dû aller voir son père, c'est ce qu'elle aurait fait.

Une lueur malicieuse brilla dans le regard noisette de Wanda.

— Avec certaines des filles, on fait une course ce soir à minuit. Tu veux venir ?

— Une course de voiturettes de golf ? demanda Abby en riant.

— Oh que oui ! Ajoutes-y un peu d'eau de sirène, et c'est le truc le plus fun que tu puisses faire en gardant tes vêtements. Crois-moi. Tu vas adorer ça.

Abby secoua la tête en pouffant de rire.

— J'adorerais venir. Mais je viens juste d'arriver et…

— Je comprends. Je voulais juste t'inviter au cas où. Ce n'est que partie remise, hein ?

— Tout à fait, dit Abby. Et je n'oublierai pas que tu as mentionné de l'eau de sirène.

Wanda lui fit un clin d'œil.

— Appelle-moi quand tu seras installée, on fera une autre course avec les filles. En attendant, je suis toujours partante pour emmener cette beauté faire un tour autour du lac, d'accord ?

— Super, Wanda ! lui cria Abby alors qu'elle faisait déjà marche arrière.

En se trémoussant sur son siège au rythme de la musique, Wanda repartit sur la route. Elle vivait visiblement sa vie à fond.

Avec un étrange sentiment de tristesse, Abby remonta dans son SUV, attacha sa ceinture et repartit sur la Grand-Rue avec précaution. À quelques maisons de là sur la droite, elle passa devant son bouquiniste préféré, dont la vitrine était déjà décorée avec des coloquintes et des épis de blé. Elle sourit en apercevant la Lisière et la Grotte, les deux restaurants rivaux de la ville. Ils étaient situés juste en face l'un de l'autre, et ils avaient tous les deux une pancarte qui disait : *Les meilleures croquettes de crabe de la ville !*

Elle se sentit quelque peu rassérénée. C'était bon de savoir que rien ne changeait jamais à Keating Hollow.

Enfin, presque rien.

L'enseigne jaune et verte de la brasserie de son père arriva dans son champ de vision : Brasserie Townsend Keating Hollow. Mais au lieu du pick-up GMC de 1958 de son père, c'était une Jeep Wrangler bleu nuit qui était garée devant.

— C'est à qui, ça ? marmonna Abby.

Puis elle écarquilla les yeux en voyant un grand type aux cheveux sombres avec un sourire en biais qu'elle aurait reconnu n'importe où sortir de la boutique et se diriger vers une camionnette de livraison qui attendait. Il tenait un porte-bloc et portait un polo noir qu'elle avait vu sur son père un millier de fois auparavant.

Le cœur d'Abby trébucha et elle eut des papillons dans le ventre.

Clay Garrison, son premier baiser, son premier amour, son premier tout, était de retour à Keating Hollow et il travaillait dans la brasserie de son père.

Oh la vache. Elle jeta un coup d'œil dans son rétro et avisa ses cheveux blonds réunis en un chignon mal fait et son visage fatigué par la longue route. Le maquillage léger qu'elle avait appliqué douze heures auparavant avait disparu depuis longtemps. Il fallait qu'elle sorte de là avant que Clay l'aperçoive alors qu'elle avait l'air d'avoir passé la nuit sous un pont.

Elle appuya sur l'accélérateur et pila dans un crissement de pneus. La ceinture fut la seule chose qui la retint de passer par le pare-brise alors que le son du métal contre le métal résonnait dans ses oreilles.

CHAPITRE 2

— Aïe ! cria-t-elle en appuyant sa main sur sa poitrine, là où la ceinture s'était enfoncée dans sa chair. Putain de… Oh non !

Elle contempla la Mini Cooper blanche tout écrabouillée devant elle. Le cœur battant, son pouls résonnant à ses oreilles, elle se hâta de défaire sa ceinture et se précipita hors de la voiture alors qu'une adolescente bouleversée s'extirpait de la Mini.

— Oh ma déesse, dit Abby.

Ses mains tremblaient à cause du choc.

— Est-ce que ça va ? Je suis tellement désolée.

La petite brune hocha la tête et ses boucles sombres voletèrent autour de son visage dans la brise de cette fin d'après-midi.

— Je crois.

L'adolescente se tourna et regarda l'arrière de sa voiture. Son expression hébétée se transforma en pure horreur et elle colla sa main devant sa bouche ouverte. Dans un murmure étouffé, elle dit :

— Ma tante va me tuer.

— Ne t'inquiète pas, répondit aussitôt Abby pour la rassurer. C'était entièrement de ma faute et je suis assurée. Un petit passage au garage et tout sera arrangé.

Mais l'ado secoua la tête.

— Non. Vous ne comprenez pas.

Des larmes se formèrent dans ses grands yeux de poupée.

— Je n'avais pas le droit de prendre sa voiture.

— Oh mince, dit Abigail en soupirant.

— Est-ce que tout le monde va bien ? J'ai déjà appelé le bureau du shérif.

La voix profonde qui retentit derrière elle fit courir un frisson sur la peau d'Abby. Elle jeta un regard au nouvel arrivant en priant pour que l'asphalte s'ouvre et l'engouffre. Bon sang, il était magnifique. Le grand ado dégingandé qu'elle avait tellement aimé avait disparu, remplacé par un homme qui portait désormais bien sa carrure, son torse large et ses épaules définies.

L'adolescente secoua de nouveau la tête et Clay s'approcha et posa les mains sur ses épaules.

— Où est-ce que tu es blessée ?

L'ado pointa vers Abby.

— Elle a démoli la Mini.

— Quoi ?

Il jeta un bref coup d'œil à Abby avant de se tourner de nouveau vers la jeune fille.

— Mais tu n'es pas blessée ?

— Pas physiquement. Mais…

Clay n'écouta pas l'adolescente et se retourna vers Abby, un air inquiet dans ses beaux yeux marron.

— Abigail. Bonjour.

Abby faillit soupirer comme la gamine éperdue d'amour qu'elle avait été. Au lieu de ça, elle lui fit un signe de la main.

— Salut, Clay. Ça fait un bail, hein ?

Son visage prit instantanément une expression neutre.

— Oui. Un bail.

Il baissa le regard et examina lentement son corps. Elle baissa la tête vers son pantalon de yoga effiloché et son tee-shirt blanc et remarqua la tache de moutarde juste au-dessus de son sein gauche. *Parfait*, pensa-t-elle. Exactement la manière dont on imagine ses retrouvailles avec celui qui vous a échappé. C'était une blague cruelle. On aurait pu faire un film sur eux intitulé *La Belle Bête et la Souillon*.

— Et toi ? Des fractures, des bosses ou des bleus ? demanda-t-il.

— Non, juste ma voiture.

Abby grimaça et se tourna vers l'ado qui était en train de taper frénétiquement sur son téléphone.

— On devrait mettre les voitures sur le côté pendant qu'on attend.

L'adolescente redressa vivement la tête. Elle regarda d'abord Abby, puis Clay, et enfin le bouchon qui commençait à se former derrière eux.

— Ah oui.

Abby retourna dans sa voiture, mit la clé sur le contact et essaya de rallumer le moteur.

Clic, clic, clic.

— Oh, allez, dit Abby en réessayant.

Rien.

Clay s'avança et se pencha à travers la vitre ouverte.

— Un problème ?

— On dirait que la batterie est morte. Tu crois que Miss Mini Cooper accepterait de me passer du jus ?

Ils jetèrent tous deux un regard vers l'autre voiture juste à temps pour voir la Mini Cooper s'élancer et disparaître à l'angle. Quand Clay reporta son attention sur Abby, celle-ci le contempla avec incrédulité et demanda :

— Est-ce que j'ai bien vu ce que je viens de voir ? Est-ce qu'elle s'est barrée ? Alors que je ne lui ai même pas donné mes coordonnées pour l'assurance ?

— Peut-être qu'elle fait le tour et qu'elle revient, dit-il en haussant les épaules.

Abby regarda par-dessus son épaule, à la recherche de la petite voiture, mais tout ce qu'elle vit fut l'embouteillage de conducteurs frustrés qui passaient avec prudence sur l'autre voie pour la contourner.

— Mince.

— Mets-toi au point mort, dit Clay. Il faut qu'on te pousse de là.

Elle fit ce qu'il lui demandait puis ouvrit la portière et sortit. Tandis que Clay poussait derrière, elle fit de même du côté conducteur et dirigea le petit SUV vers une place libre. Les voitures derrière klaxonnèrent pour les remercier en passant.

Clay, qui n'avait pas l'air d'avoir fait le moindre effort, la rejoignit sur le trottoir. Ils contemplèrent tous deux son capot enfoncé. Même si la Mini Cooper n'était pas partie, ils n'auraient jamais pu la démarrer avec des pinces croco : impossible d'ouvrir le capot sans l'aide d'un bon carrossier.

Abby ferma les yeux un moment puis se tourna vers Clay.

— Alors, ça fait longtemps que tu es revenu ?

— Quelques années. Et toi ? demanda-t-il sans la regarder.

— Ça doit faire vingt minutes, là.

Il la regarda et ses lèvres frémirent pour former un demi-sourire.

— C'est un sacré retour.

— Ne m'en parle pas, dit Abby en poussant un soupir exagéré. Je ferais mieux d'appeler Yvette. Tout le monde doit m'attendre.

Elle sortit son téléphone, mais Clay la crucifia de son regard intense et elle se retrouva momentanément paralysée. La ville cessa d'exister, le bruit de la circulation disparut et tout ce qui resta fut Clay. Elle se déporta vers l'avant, comme sous l'effet de son magnétisme, et se lécha les lèvres inconsciemment.

Il se racla la gorge.

— Tu ne voulais pas appeler Yvette ?

— Euh, oui.

Abby fit un pas en arrière, sélectionna le numéro de sa sœur et appuya sur Appeler. Elle atterrit directement sur le répondeur. Elle prit une respiration pour se calmer et dit :

— 'Vette ? J'ai eu un petit accident. Je vais bien, mais je vais être un peu en retard. Rappelle-moi quand tu as ce message.

Elle raccrocha et fourra le téléphone dans sa poche.

— Tu as conduit tout du long depuis la Louisiane ? demanda Clay en désignant sa plaque d'immatriculation. C'est un sacré périple pour une petite visite, non ?

— Je…

— Mr. Garrison, l'interpella un homme qui portait l'uniforme brun de la police depuis l'autre côté de la rue. Vous voilà. Alors qu'est-ce que c'est que cet accident pour lequel vous nous avez appelés ?

Clay la désigna.

— Abby a embouti quelqu'un dans une Mini Cooper, mais la fille est repartie sans laisser ses coordonnées.

— Abigail Townsend, dit l'officier en secouant la tête d'un air désapprobateur.

Abby le reconnut : c'était l'un des anciens camarades de classe d'Yvette, Pauly Putzner. Il avait trois ans de plus qu'elle, et il l'avait invitée à sortir avec lui une fois avant qu'elle se mette avec Clay. Il avait bien dû prendre vingt kilos depuis. Et si ça ne suffisait pas, il souffrait d'un début de calvitie précoce.

— On dirait que rien n'a changé depuis que vous vous êtes carapatée d'ici il y a dix ans. Toujours une tête brûlée à ce que je vois.

Tout le corps d'Abby se mit à chauffer de gêne et de rage mêlées. Elle serra les poings et se concentra pour ne *pas* lui dire où il pouvait se mettre la matraque accrochée à sa ceinture.

— Ce n'est pas Abby qui a quitté le lieu de l'accident, Pauly, dit Clay en secouant la tête sans se donner la peine de dissimuler son agacement. Peut-être que tu devrais prendre nos dépositions avant de tirer des conclusions.

Pauly poussa un grognement peu convaincu, mais sortit un petit carnet. Quelques minutes plus tard, après avoir noté tous les détails qu'il jugeait importants, il demanda le permis d'Abby et son attestation d'assurance. Quand elle les lui tendit, il émit un reniflement plein de dérision.

— La Nouvelle-Orléans ? Ça ne m'étonne pas. J'ai entendu dire que cette ville était un aimant pour les dépravés.

— Eh ! protesta Abby, les mains sur les hanches. C'est censé vouloir dire quoi, ça ?

Clay passa un bras autour de ses épaules et la tira vers lui si bien qu'elle se retrouva collée à son corps mince et musclé. *Par Aphrodite et Zeus*, pensa-t-elle, *ce mec est tellement canon.*

— Officier Putzner, dit Clay en étrécissant les yeux. Peut-être qu'on pourrait simplement faire le rapport et éviter les commentaires.

— Ah oui.

Putzner pouffa de rire tandis que son regard passait de Clay à Abby.

— J'avais oublié que vous aviez eu une aventure tous les deux.

Il se tourna vers Abby.

— C'est dommage que ça n'ait pas marché. Clay aurait sûrement pu vous aider avec certains de vos problèmes.

Abby envisagea de se précipiter sur lui et de lui en coller une... même si elle supposait au fond d'elle qu'il n'avait probablement pas tort.

Clay lui avait apporté sa stabilité jusqu'à ce que tout lui pète à la figure. Être dans ses bras, sentir son odeur de savon avec un soupçon de terre fraîche lui donnait l'impression de n'être jamais partie toutes ces années auparavant, comme s'ils n'avaient jamais rompu et que lui ne s'était jamais marié avec une autre femme.

Marié. Eh oui. Abigail se déplaça sur la gauche et se délogea de l'étreinte protectrice de Clay. Elle se racla la gorge et demanda :

— C'est bon, c'est fini ?

— Pour le moment, dit Putzner en lui jetant un regard soupçonneux. Mais mêlez-vous de vos affaires et surveillez votre magie tant que vous serez dans les parages, Miss Townsend. On ne veut pas d'histoires par ici.

Abby grinça des dents et souhaita être capable de jeter un sort à ses parties intimes. Ç'aurait été tellement satisfaisant qu'il se réveille le lendemain avec un pénis qui aurait rétréci. Ses lèvres s'incurvèrent en un sourire à cette pensée. Mais elle se contenta de hocher la tête et de rester silencieuse tandis qu'il s'éloignait.

— À quoi tu pensais, là ? demanda Clay.

— À rien.

Il pouffa de rire.

— Avec un sourire pareil ? Je n'en crois pas un mot.

Elle cligna des yeux puis se mit à rire.

— Eh bien disons que si j'avais le pouvoir de métamorphose, il aurait besoin d'une loupe la prochaine fois qu'il voudrait utiliser son équipement pour aller pisser.

— Je reconnais bien là mon Abby préférée, dit-il en pouffant encore de rire.

Mais quand ses yeux croisèrent les siens, il retrouva immédiatement son sérieux et détourna le regard.

Toute la joie qu'elle ressentait d'être en sa présence disparut et Abby posa la main contre son abdomen, avec l'impression de s'être pris un coup de poing dans le ventre. Ce n'était pas aussi terrible que quand elle l'avait quitté toutes ces années auparavant, mais c'était un écho d'une douleur qui ne l'avait jamais abandonnée. Elle tourna le dos à Clay, craignant que son expression ne soit trop transparente.

La voix de Pink emplit soudain le silence, hurlant que la fête allait commencer, et Abby fut soulagée de voir la voiturette de Wanda se garer juste à côté de son SUV accidenté.

La musique se tut et Wanda dit :

— Eh, ma belle. Mindy Jo au bar à vin m'a dit que quelqu'un de Louisiane avait eu un accident. J'étais sûre que c'était toi. Est-ce que ça va ?

— Ça va, répondit Abby, heureuse de la distraction. Mais la voiture est morte. J'attends qu'Yvette me rappelle.

— Elle a été appelée par les pompiers pour donner un coup de main avec des feux de broussaille près de la baraque du vieux Hamilton. Tu as besoin que je te dépose quelque part ?

— Oui, répondit Abby sans hésitation, en repoussant

l'inquiétude qui essayait de se frayer un chemin dans ses pensées.

Sa sœur Yvette était une sorcière de feu. Sa capacité à contrôler cet élément avait empêché les incendies dans leur comté durant les mois secs de l'automne année après année.

— Tu peux m'emmener chez mon père ?

— Bien sûr. Monte.

— Super.

Abby passa du côté passager de son SUV et y récupéra son sac à main ainsi que les confiseries qu'elle avait achetées à Une Cuillerée de Magie. Quand elle se tourna pour monter dans la voiturette de Wanda, Clay était juste derrière elle.

Il jeta un coup d'œil à l'arrière de sa voiture.

— Tu ne voyages pas léger, hein ?

Abby pouffa de rire.

— Non, pas cette fois-ci. Je ne sais pas trop combien de temps je vais rester, et je dois continuer à produire mes savons. J'avais pensé venir en avion et expédier mon matériel par la poste, mais au final je me suis dit que ça serait plus facile de conduire.

Elle lui adressa un sourire ironique.

— En fin de compte, je n'aurais probablement pas dû conduire du tout.

— Peut-être juste éviter d'admirer le paysage, dit-il avec un sourire taquin.

Oh bon sang. Elle ferma les yeux. Il l'avait surprise en train de le mater. Oh, et puis, ce n'était pas comme si c'était de sa faute à elle s'il était encore plus beau gosse que dix ans auparavant. Il aurait dû se balader avec un panneau « Attention ! » ou quelque chose du genre.

— Tu devrais sans doute y aller. Je suis sûr que ton père a

hâte de te voir, dit-il d'une voix soudain basse et amicale, de la compassion dans le regard.

Il sait, pensa-t-elle, et elle ne parvint pas à soutenir son regard.

— En effet, acquiesça-t-elle en se dirigeant vers la voiturette de Wanda.

Est-ce que toute la ville était au courant que son père était malade ? C'était tout à fait probable. Il allait falloir qu'elle s'habitue à ce que les gens bien intentionnés de Keating Hollow la regardent comme ça. Mais pour le moment, avec Clay qui semblait voir directement dans les tréfonds de son âme, c'était un peu trop.

— Ça m'a fait vraiment plaisir de te voir, Abs, dit-il.

Elle regarda par-dessus son épaule, incapable de déchiffrer son expression fermée.

— Moi aussi, Clay. Merci pour ton aide.

— Pas de souci. Fais attention à toi, d'accord ?

— Je ferai de mon mieux.

Elle lui adressa un sourire rapide et se dépêcha de rejoindre Wanda pour mettre de la distance entre elle et le seul homme qui, même toutes ces années après, arrivait toujours à faire battre son cœur un peu plus vite.

CHAPITRE 3

Clay resta sur le trottoir pour regarder Wanda et Abigail s'en aller dans la fameuse voiturette de golf et disparaître sous le soleil de cette fin d'après-midi. Il avait cru avoir une nouvelle hallucination quand il avait relevé la tête de son porte-bloc pour voir Abby en train de le regarder. Combien de fois s'était-il imaginé son retour au cours des deux dernières années ? Trop pour les compter. C'était étrange de vivre à Keating Hollow sans elle.

C'était la raison pour laquelle il était parti dix ans auparavant, et la raison pour laquelle il avait été réticent à revenir. Mais les circonstances avaient changé, et il avait été évident qu'il était temps pour lui de rentrer à la maison. Il n'avait pas regretté sa décision de quitter Los Angeles et de revenir dans la communauté sorcière où il avait passé son enfance, mais ça ne voulait pas dire pour autant qu'il était facile d'être là sans elle. Et à en juger par la façon dont son cœur avait presque sauté hors de sa poitrine quand la voiture d'Abby avait foncé dans la Mini Cooper, il était clair que rien n'avait changé quant à ses sentiments pour elle. Il était probable qu'ils ne changeraient ni maintenant, ni jamais.

— Et zut, marmonna-t-il en se passant une main dans les cheveux.

Il ne pouvait pas se permettre de repasser par là. Il avait de plus gros soucis à gérer. Il ne pouvait pas prendre le risque d'être distrait par quelqu'un qui finirait par s'en aller.

Il quitta le bord de la route avec l'intention de revenir dans la brasserie, mais il marcha sur quelque chose de dur et irrégulier et s'arrêta pour regarder ce que c'était. La lumière se réfléchit sur un morceau de métal argenté, l'aveuglant quasiment. Il se baissa en plissant les yeux et inspecta l'objet.

Un trousseau de clés.

Il les ramassa, avisa l'emblème sur la clé électronique et se tourna vers le SUV d'Abigail. C'était le même symbole : Mazda. Il passa le pouce sur le bouton Déverrouiller, appuya et entendit un double clic, confirmant que c'étaient bien ses clés. Il referma la voiture, mit les clés dans sa poche et sortit son téléphone. Mais avant de pouvoir composer un numéro, son téléphone commença à jouer « Forget You » par Cee Lo Green.

Clay grinça des dents et répondit :

— Qu'est-ce qui se passe, Val ?

— Eh bien, bonjour à toi aussi, chéri, dit-elle d'une voix douce.

Derrière elle on entendait des gens qui parlaient fort et la pop bubblegum qu'elle aimait tant.

— Arrête de jouer. Qu'est-ce que tu veux ?

Ses doigts se crispèrent tellement autour du téléphone qu'il fut surpris que le boîtier en plastique ne craque pas.

— Est-ce que c'est Olive ? Est-ce qu'elle va bien ?

— Arrête de faire ton vieux con, rétorqua-t-elle, toute sa douceur remplacée par du venin. Olive va très bien. Je t'appelais juste pour te dire qu'on est à Palm Springs sur un plateau. Olive va rester avec moi une semaine de plus.

— On s'était mis d'accord sur une visite de deux semaines, Val. Pas trois, dit-il en faisant attention à garder un ton égal.

L'expérience lui avait appris que se mettre à crier ne faisait que la pousser à s'accrocher et à n'en faire qu'à sa tête.

— Il faut qu'Olive rentre à la maison. Elle a école. Tu ne peux pas juste bouleverser son emploi du temps comme ça.

— Pourquoi pas ? C'est bien ce que tu as fait quand tu es parti t'installer dans ce trou perdu au milieu de nulle part.

— Tu es partie à Paris, dit-il, les dents serrées. Sans nous.

— C'était juste pour six mois. Seigneur, Clay. Ce n'est pas comme si j'étais partie avec un autre homme.

C'est ça. Clay choisit d'éviter d'entrer dans le débat. Il avait entendu les rumeurs. Il avait connu ces nuits solitaires pendant qu'elle était absente, en train de « poser » pour des sessions qui n'aboutissaient jamais sur un paiement.

— Ce n'est pas ça l'important pour le moment, dit-il calmement. Ramène Olive à la maison, ou bien dis-moi où vous êtes et je viendrai la chercher.

— Non. *Elle* a un job. Un job qu'elle a envie de faire. Je ne te laisserai pas la priver de ça. Pas comme tu as essayé de le faire avec moi. Je la ramènerai à la maison quand on aura fini.

— *Elle* a un job ? Tu veux dire *Olive* a un job ? aboya Clay dans le téléphone.

Val ne répondit pas et le brouhaha en arrière-plan cessa. Clay retira le portable de son oreille et regarda l'écran en fronçant les sourcils. Putain de lutin ! Son ex lui avait raccroché au nez. Il la rappela, mais atterrit directement sur son répondeur.

— Merde !

— Quelque chose ne va pas à Garrisonville ? demanda une femme derrière lui.

Il regarda par-dessus son épaule et repéra Yvette, la sœur d'Abigail, qui se tenait sur le trottoir, une grande bouteille d'eau à la main. Il y avait des traces de suie sur son jean, mais son tee-shirt des pompiers volontaires de Keating Hollow était propre, tout comme la casquette qui couvrait ses cheveux châtains.

— Est-ce que ce n'est pas toujours le cas ?

Elle lui adressa un sourire empathique.

— Val fait sa pétasse de nouveau ?

— C'est une habitude.

Il fit craquer ses épaules pour essayer de relâcher sa tension.

— Elle vient de m'appeler pour m'informer qu'elle garde Olive une semaine de plus pour que celle-ci puisse bosser sur je ne sais quel plateau. Je ne sais pas si ce sont des photos, une pub ou quoi que ce soit d'autre. Apparemment, Val pense qu'elle n'a pas besoin de me consulter à propos de notre fille.

— Aïe.

Yvette fronça les sourcils et posa les mains sur sa taille de guêpe.

— Je croyais que vous aviez décidé de la garder loin de ce milieu ?

— Moi, oui. Pas Val.

— Ça m'embête de dire ça, Clay, mais je crois vraiment que tu devrais envisager de parler à un avocat. Jusqu'à ce que la garde soit officielle, elle va continuer à te faire ce genre de trucs.

— Tu as sûrement raison, répondit Clay, plus par habitude qu'autre chose. Tout le monde en ville lui avait dit la même chose, et plus d'une fois. Le seul problème, c'est que Val avait des relations qu'il n'avait pas. Ses amis dans le business avaient accès à des avocats spécialisés en garde d'enfants qui étaient de vrais requins. Des avocats hors de prix qui se lanceraient dans une bataille qu'il ne pouvait pas se permettre d'engager. Il avait espéré que lui et Val parviendraient à quelque chose grâce à la médiation. Faire les choses simplement, et faire ce qui était bien pour Olive. Deux ans auparavant, ça avait bien fonctionné. Val n'éprouvait pas l'envie d'être une mère de toute façon. Mais désormais ? Clay avait peur qu'elle ne voie que l'argent que pouvait rapporter leur belle petite fille.

Quand elle avait appelé en disant qu'elle voulait passer du temps avec Olive, six mois auparavant, il avait été soulagé, même si un peu soupçonneux, et avait accepté de partager la garde avec elle. Olive irait passer ses vacances avec elle aussi souvent que Val le voudrait. Elle avait besoin de sa mère, et Clay ferait tout ce qui était en son pouvoir pour s'assurer qu'Olive puisse passer du temps avec elle.

La première visite avait été plutôt normale. Val avait emmené Olive à une audition, mais Clay avait supposé que c'était une audition pour Val puisqu'elle savait qu'il n'était pas fan de l'idée que sa fille approche le monde du spectacle, surtout alors qu'elle n'avait que huit ans. Désormais, il n'en était plus si sûr. Est-ce que Val avait passé ces derniers mois à faire de leur fille sa marionnette ? Le contrat qu'elle avait dégoté pour Olive n'était pas arrivé comme ça. Ce n'était pas si facile de trouver du boulot à Hollywood. Une douleur se forma au creux de son ventre et il eut peur que ses pires soupçons ne se trouvent confirmés. Il fallait qu'il parle à Olive, qu'il voie si c'était quelque chose qu'elle avait envie de faire ou si c'était l'influence de Val.

Yvette lui tapota le bras.

— Appelle Lorna. Elle sait comment gérer ce genre de choses.

Lorna était l'avocate de la ville. Et même si Clay respectait cette dame adorable et assez âgée, il savait que les supers avocats de Los Angeles que Val menaçait d'engager ne feraient qu'une bouchée d'elle.

— Je vais y réfléchir.

— Dis-nous si on peut faire quelque chose.

Yvette jeta un coup d'œil à la voiture accidentée.

— Qu'est-ce qui s'est passé ici ?

Il haussa un sourcil.

— Tu n'as pas encore écouté tes messages, hein ?

— Non. J'étais en train d'éteindre un incendie.

Elle tapota sa poche de derrière et en sortit un smartphone. Alors qu'elle faisait défiler ses messages, elle demanda à Clay :

— Tu me fais un topo ?

— Ta sœur a embouti quelqu'un pendant qu'elle était occupée à me mater.

Clay ne put retenir le sourire satisfait qui vint retrousser ses lèvres.

— Abigail ? Elle est arrivée ? demanda Yvette en écarquillant les yeux. Est-ce que tout le monde va bien ?

— Oui, mais ce SUV va avoir besoin de grosses réparations. Après l'accident, il n'a pas voulu redémarrer. Wanda a emmené Abby dans sa voiturette tunée.

Yvette ricana.

— Bien sûr. Eh bien, c'est une façon de faire une entrée remarquée pour son retour à la ferme familiale.

Elle resta silencieuse le temps d'écouter ses messages. Puis elle appuya sur un bouton et recolla le téléphone à son oreille.

— Abby ? Je suis devant ta pauvre voiture.

Clay lui montra les clés.

— Elle a laissé tomber ça.

— Clay a trouvé tes clés par terre, dit-elle en lui adressant un signe de tête de remerciement. D'accord. Oui. À tout de suite.

Yvette tendit la main et prit les clés.

— Il s'avère que ma tête en l'air de frangine a oublié de prendre sa valise avant de partir à l'aventure avec Wanda.

Elle jeta un coup d'œil à Clay.

— Je suppose qu'elle était toujours distraite.

— J'ai cet effet sur certaines personnes.

— Non, juste Abby.

Yvette ouvrit le coffre, regarda à l'intérieur et soupira.

— Et maintenant il faut que je trouve un moyen de transférer tout son bordel dans ma Mustang avant qu'on puisse faire remorquer sa voiture dans un garage.

Clay observa le contenu du coffre. Trois valises, des oreillers, un sac d'ordinateur et tout un tas de cartons qui arrivaient presque jusqu'en haut de l'habitacle.

— C'est un miracle qu'elle n'ait pas eu un accident avant ça. Comment est-ce qu'elle fait pour voir dans son rétro avec tout ça ?

— Une caméra de recul ? demanda Yvette.

Puis elle secoua la tête.

— Ça n'a pas d'importance. Je n'arriverai même pas à mettre la moitié de ce bazar dans ma voiture.

— Ne t'en fais pas, dit Clay. Je dois passer déposer quelques échantillons de bière à Lin. Je peux mettre tout ça dans ma Jeep et vous le ramener.

— Tu n'es pas obligé, dit Yvette en le regardant d'un air soupçonneux.

— Je sais. Ça ne me dérange pas. Ce n'est rien.

Bien sûr que ce n'était pas rien. Il venait d'inventer cette histoire d'échantillons de bière parce que la seule chose à laquelle il parvenait à penser pour le moment, c'était revoir Abigail. Il reprit les clés à Yvette.

— Dis-lui que je ramène tout ça d'ici quelques heures quand je sors du boulot.

Yvette opina.

— Ça marche. Rappelle-toi juste qu'elle ne reste pas.

Il jeta un coup d'œil au contenu de la voiture.

— On pourrait s'y tromper.

CHAPITRE 4

— Il te faut une bière, annonça Wanda alors qu'elle prenait un tournant au bout de la Grand-Rue, laissant Clay et le reste de la ville derrière elles.

— On pourrait dire ça.

Abby passa une main derrière sa nuque en priant pour ne pas se réveiller le lendemain matin avec un traumatisme cervical. Elle n'avait pas roulé si vite que ça, si ? *Quand même.* Elle n'avait même pas eu le temps d'appuyer sur la pédale de frein avant d'atterrir dans la voiture de l'adolescente.

— Eh, tu connais quelqu'un qui a une Mini Cooper ? Une blanche ?

Wanda pinça les lèvres, comme si elle se concentrait.

— Par ici ?

— Oui. La fille que j'ai percutée a dit qu'elle conduisait la voiture de sa tante sans permission. J'aimerais vraiment trouver à qui cette voiture appartient pour m'excuser et lui donner les coordonnées de mon assurance.

— Mmh. Là comme ça, ça ne me dit rien, mais si je me souviens de quelqu'un, je te le dirai.

Wanda dirigea la voiturette vers la gauche pour lui faire prendre la voie spéciale que la ville avait installée spécifiquement pour la nombreuse population de conducteurs de voiturettes de golf. À gauche s'étendait un bois herbeux, et à droite, le ruisseau de Keating Hollow scintillait dans le soleil de cette fin d'après-midi. On pouvait y faire des vœux et ce n'était pas inhabituel d'y voir des sorcières qui utilisaient les eaux pour améliorer leurs sortilèges. C'était le cas aujourd'hui. Une sorcière à la peau sombre se tenait au milieu du ruisseau, les bras levés, le visage incliné vers le soleil alors qu'elle psalmodiait quelque chose.

Une fois encore, Abby fut saisie par ce sentiment de paix, le cœur et l'âme satisfaits d'être *chez elle*. Elle poussa un soupir, alors même que son malaise et son sentiment de culpabilité habituels commençaient à revenir.

— Quelqu'un a un urgent besoin de libations, annonça Wanda en se garant sur le côté de la route.

Elle adressa un sourire conspirateur à Abby, sauta du siège conducteur et passa à l'arrière de la voiturette.

— Qu'est-ce que tu… ? commença Abby.

— Qu'est-ce qui te fait envie ?

Elle fit signe à Abby de la rejoindre alors qu'elle soulevait le siège arrière de la voiturette.

— Une Stout Chocolat, une Ambrée Citrouille Épicée ? Ou si tu veux un truc vraiment spécial, j'ai une Porter Folie de Caramel.

Abby regarda dans la glacière et reconnut l'étiquette de la Brasserie Townsend Keating Hollow. Elle se mit à rire en secouant la tête.

— Depuis quand est-ce que mon père fait des bières aromatisées ?

— Depuis que Clay Garrison est devenu son maître brasseur.

Abby recula d'un pas et cligna des yeux.

— Clay est le maître brasseur ?

— Oui.

Wanda inclina la tête de côté et regarda Abby d'un air soucieux.

— Tu ne savais pas ?

— Non. Ça fait combien de temps ?

Si Clay était déjà en train de mettre de nouvelles moutures en bouteille, cela devait faire au moins un mois qu'il était passé maître brasseur. Pourquoi personne ne le lui avait dit ? Elle devait reconnaître qu'elle ne prenait pas beaucoup de nouvelles de sa famille, mais ce n'était pas non plus comme si elle ignorait leurs appels. Et elle avait parlé ou échangé des SMS avec Yvette au moins une demi-douzaine de fois au cours des derniers mois.

Wanda fronça les sourcils.

— Euh, je ne sais pas trop. Mais la dernière fois, Lin a dit que Clay était son bras droit depuis que West est parti pour faire une école de cuisine l'an dernier.

— West est parti pour faire une école de cuisine ? demanda Abby en regardant son amie, bouche bée.

Ce grand type au physique de footballeur américain mais avec une longue barbe avait passé tout son lycée à travailler dans le fast-food de son père, couvert de graisse de la tête aux pieds. L'imaginer en train de fouetter des sauces délicates et de réaliser des hors-d'œuvre l'amusait terriblement. Mais encore une fois, pourquoi ne l'avait-on pas tenue au courant ? Aux dernières nouvelles, son père lui avait dit que West était parti à Napa pour être avec sa copine de longue date.

— Tu as vraiment besoin d'être mise à la page en ce qui concerne les potins, hein ?

— On dirait bien, dit Abby en se demandant ce qu'elle avait manqué d'autre au cours des dix dernières années. Comment West s'est mis à la cuisine ?

— Un voyage à Vegas. Apparemment, il a eu une brève aventure avec l'assistante de *Magical Chef*. Tu sais, cette émission de cuisine qui passe sur Ensorcelé TV. Et bam, voilà qu'il est devenu fou de cuisine. Il fait des aumônières au crabe qui sont à se *damner*.

Le ventre d'Abby gargouilla alors que « House of the Rising Sun » retentissait sur son téléphone. Une vague d'angoisse la balaya. Elle n'était pas d'humeur à parler à son plus ou moins petit ami juste après être tombée sur Clay. Ils étaient en ce moment dans une phase « moins », mais depuis qu'elle lui avait dit qu'elle retournait à Keating Hollow, il se conduisait comme si tout allait parfaitement bien entre eux.

— Tu comptes décrocher ? demanda Wanda en lui jetant un coup d'œil.

Abby hocha la tête et regarda le beau visage de Logan qui était apparu à l'écran, un air triste dans ses yeux bleus alors qu'il se concentrait sur un de ses tableaux atmosphériques de La Nouvelle-Orléans. C'était sa photo préférée de lui, mais au lieu de lui apporter de la joie, elle ne faisait que la frustrer. Quand ils s'étaient rencontrés deux ans auparavant, c'était un artiste qui vivait sa vie selon ses termes, un vrai esprit libre. Mais six mois plus tôt, il avait mis de côté ses pinceaux et était parti travailler pour son père qui était promoteur immobilier. Maintenant, il ne parlait plus que de permis de construire, de réunions avec le conseil municipal et de bénéfices.

— Abby ? Où es-tu ?

La voix de Logan semblait pressée et la ligne grésillait.

— Keating Hollow. Je viens d'arriver, il y a une demi-heure environ. J'allais t'appeler…

— Bien. C'est bien. Je suis content que tu sois bien arrivée. Comment va ton père ?

Une porte claqua et l'aboiement familier d'un chien retentit en arrière-plan.

— Je ne sais pas. Je ne l'ai pas encore vu.

Elle fronça les sourcils.

— Où est-ce que tu es ?

— Je viens de sortir de chez toi. Il fallait que je passe récupérer du matériel de peinture que j'ai laissé là après la fermeture de la galerie.

— Tu as recommencé à peindre ? demanda Abby, sincèrement heureuse pour lui.

Il avait tellement de talent. Ça la tuait qu'il ait tout laissé tomber quand sa galerie avait fermé, huit mois auparavant.

— Moi ?

Il laissa échapper un rire sans joie.

— Non. Je n'ai pas le temps pour ça en ce moment. La fille d'un de nos partenaires a envie d'apprendre, alors je me retrouve forcé de lui donner un cours. Tu n'en croirais pas tes yeux si tu rencontrais ce connard, Abs. Il pense que la peinture est un passe-temps rigolo. Et maintenant je dois passer mon jour de congé à apprendre à une novice à peindre autre chose qu'une ligne droite.

La joie d'Abby disparut et sa déception pour lui alourdit son cœur. Enfin, il y avait quand même un bon côté.

— Au moins, tu auras un pinceau dans la main. Ça pourrait être pire.

Il poussa un grognement peu convaincu.

— Tu sais, je ne suis pas doué pour donner des cours, surtout à des débutants. C'est dommage que tu ne sois pas là.

Tu serais parfaite pour ça vu que tu es toujours en phase d'apprentissage de ton côté. Tous ces cours que tu as pris serviraient enfin à quelque chose.

Toute inquiétude pour la réalisation artistique de Logan déserta Abby et une boule d'indignation se forma dans son ventre alors qu'elle retenait une réponse mordante. « Toujours en phase d'apprentissage. » Qu'est-ce que c'était censé vouloir dire ? Abby peignait depuis qu'elle avait quitté Keating Hollow dix ans auparavant. Et, oui, elle avait pris un certain nombre de cours et le faisait encore quand elle avait le temps. Elle aimait explorer différentes techniques et approches. Elle pensait d'ailleurs qu'elle apprendrait toute sa vie. La remarque en elle-même n'était pas forcément agaçante. C'était ce qu'elle sous-entendait. Logan se voyait comme un peintre accompli qui avait remporté des prix, tandis qu'Abby était à peine mieux que quelqu'un qui faisait ça comme passe-temps. Peu importait qu'elle vive de ses peintures et de ses savons artisanaux. Ses travaux n'étaient pas accrochés dans une galerie, alors visiblement, il ne la considérait pas comme une artiste accomplie.

— Abs ? demanda-t-il comme elle ne répondait pas.

— Je suis là.

Elle contempla le ruisseau tranquille en se demandant quel effet les propriétés magiques de l'eau auraient sur ses produits de beauté.

— Enfin bref, je t'appelais pour savoir si tu penses pouvoir être de retour à La Nouvelle-Orléans pour le vingt et un.

— De ce mois ? demanda Abby. C'est dans même pas trois semaines.

— Oui. Mais il y a ce dîner avec des investisseurs et l'un d'eux a demandé à ce que tu sois présente. Je pense que ça pourrait faire une différence dans le fait qu'il décide de financer ce projet ou non.

Bien sûr, c'est pour ça qu'il appelle. Tout tournait autour de lui ces temps-ci. Abby grinça des dents et ravala une bouffée d'énervement.

— Je suis désolée, Logan, mais j'en doute. Je t'ai déjà dit que suivant comment ça se passe, je risquais de rester jusqu'aux fêtes.

— C'est vrai. C'est vrai. Mais si je te prenais un billet d'avion, tu crois que tu pourrais rentrer pour quelques jours ?

Ses doigts se crispèrent autour du téléphone.

— On peut en reparler plus tard ? Je n'ai même pas encore vu ma famille.

— Bien sûr. C'est juste que…

— Que quoi ?

Elle perdait patience. Est-ce qu'il s'attendait vraiment à ce qu'elle traverse le pays en voiture pour repartir immédiatement dans l'autre sens en avion juste afin de soigner son relationnel avec un investisseur pour garantir un contrat à son père ? Elle avait de plus gros soucis en ce moment.

— Ce dîner est important. J'ai *besoin* de toi. Tu as dit que si je prenais ce job avec mon père, tu me soutiendrais.

C'était avant qu'il décide qu'ils devraient faire « une pause ». Abby éloigna le téléphone de son oreille, le contempla avec incrédulité et secoua la tête, exaspérée.

— Abby, demanda-t-il, tu es toujours là ?

— Oui, répondit-elle en se demandant à quel moment il s'était transformé en connard égoïste. Je ne peux rien décider avant d'avoir vu mon père.

— Bon, penses-y, d'accord ? Ce sera dans ce restau que tu as dit que tu voulais essayer, l'August, dans le quartier d'affaires.

Je suis prêt à parier que ça vaut le coup de faire le trajet rien que pour le canard.

Abby ne répondit pas. Qu'est-ce qu'elle aurait pu dire ? Qu'elle s'en contrefichait du restaurant et qu'il n'y avait pas moyen qu'elle vienne ?

Elle n'avait pas l'énergie de répondre aux tentatives de culpabilisation de Logan, et certainement pas devant Wanda. Depuis que sa galerie d'art avait fermé, il avait changé. L'artiste décontracté qui l'avait charmée avec sa créativité avait disparu et il passait maintenant le plus clair de son temps au téléphone, devant un ordinateur ou à des réunions de travail qui se terminaient trop souvent dans des bars à strip-tease. Elle n'avait pas signé pour ça. Par loyauté et amitié, elle avait cependant soutenu sa décision et l'avait accompagné à des dîners plus d'une fois. Mais là, c'était sa famille qui devait passer en premier.

— Je te rappelle demain, d'accord ? dit-il.

— C'est ça. Demain.

Sa voix sembla fausse à ses propres oreilles et elle grimaça. Elle n'avait pas envie de créer un fossé entre eux alors qu'elle se trouvait à trois mille kilomètres de lui.

— Eh, Abs ? dit Logan d'une voix soudain douce et pleine d'empathie.

— Oui ?

— Ne t'inquiète pas tant qu'il n'y a pas de raison de s'inquiéter, hein ? À chaque jour suffit sa peine.

C'est ce que son père lui disait toujours quand elle était petite.

— Tu as raison. Merci.

— Je suis content que tu sois là-bas. C'est là où il fallait que tu sois, ajouta-t-il.

— Vraiment ?

Ce n'était pas l'impression qu'il donnait en lui demandant de rentrer immédiatement à La Nouvelle-Orléans.

— Bien sûr. Même si j'aimerais beaucoup que tu sois là, je sais que tu as besoin de faire ça pour toi et ta famille. Je ne voulais pas te donner l'impression que je ne le comprenais pas. Je comprends. Et s'il se trouve que tu peux revenir pour quelques jours, génial. Sinon, je comprends et je me débrouillerai… peut-être.

Il y avait de l'humour dans sa voix maintenant et elle sentit ses lèvres former l'ébauche d'un sourire.

— Je verrai comment ça se passe. Sinon, je suis sûre que Lily peut t'éviter d'aller seul à ce terrible dîner d'affaires.

Logan renifla.

— Je crois que je préférerais y aller avec ma folle de tante Polly. Au moins elle ne leur dirait pas d'arrêter de mesurer leurs bites.

Ça fit rire Abby. Une fois, ils étaient tombés sur sa coloc à l'un de ces terribles dîners et Logan lui avait proposé de se joindre à eux. En l'espace de cinq minutes, deux des investisseurs avaient commencé à la draguer, puis dans un élan d'idiotie, ils avaient commencé à comparer la taille de leurs portefeuilles immobiliers, comme si ça allait l'impressionner. Elle s'était levée, avait annoncé qu'elle se moquait bien de la valeur de leurs actifs, les avait accusés de mesurer éhontément leurs bites, et était partie avant même que le dîner soit servi.

— J'espère qu'ils aiment l'odeur du patchouli.

Ça le fit pouffer de rire et il répondit :

— Comment est-ce possible que tante Polly et mon père aient les mêmes parents ?

— C'est l'une de ces questions existentielles qui resteront toujours un mystère.

— Bien vu.

Le silence s'installa un moment entre eux jusqu'à ce qu'Abby se racle la gorge.

— Il faut que j'y aille. Je t'appellerai demain.

— Abs ?

— Oui ?

— Tu sais, ce que j'ai dit comme quoi on devrait faire une pause ?

— Laisse tomber, Logan. On en parlera plus tard, dit-elle, franchement fatiguée et pas d'humeur pour une nouvelle conversation sur le statut de leur relation.

— C'est juste que je voulais te dire que j'avais tort. Je pense que j'étais stressé, mais maintenant que tu n'es pas là… bon sang. Ça ne fait que trois jours que tu es partie et je suis en vrac.

Il pouffa doucement de rire.

— C'est bête, hein ? Enfin, oublie ce que j'ai dit à propos de faire une pause. Tu me manques… Je… je t'aime, Abby. Quand tu rentreras, je pense qu'on devrait emménager ensemble.

Abigail cligna des yeux et son regard se perdit dans le vide alors que le choc de cette déclaration se réverbérait en elle. Est-ce qu'elle avait bien entendu ? Est-ce qu'il venait de lui dire « je t'aime », au téléphone, pour la première fois en deux ans de relation ? Et est-ce qu'il lui avait bien demandé d'emménager avec lui ? Elle essaya de répondre, mais les mots se coincèrent dans sa trachée et tout ce qui en sortit fut un couinement agaçant. Elle se racla la gorge.

— Je… euh…

— Abby, tu m'as entendu ? Je t'ai dit que je t'aimais.

— Je sais, dit-elle doucement. C'est juste que je ne m'y attendais pas. Je crois que je suis un peu dépassée. La conduite, mon père, tout ça. Je ne sais pas trop quoi dire.

— Tu pourrais juste dire que tu m'aimes aussi, dit-il, l'air agacé.

— Oui. Je... Moi aussi, Logan. On reparlera d'emménager ensemble plus tard, d'accord ? Il faut que j'y aille. On m'attend.

Moi aussi. Est-ce que c'était seulement vrai ? Est-ce qu'elle l'aimait ? À un moment donné, c'est ce qu'elle avait pensé, mais qu'est-ce que ça signifiait si elle n'arrivait pas à prononcer ces mots ?

Il y eut une longue pause, lourde de sens. Et puis il soupira et dit :

— D'accord, Abby. Je t'appelle demain.

— D'accord. Bonne nuit, Logan.

La communication fut coupée sans que Logan réponde quoi que ce soit de plus. Abby ferma les yeux, psychologiquement épuisée. Elle prit une grande inspiration et se tourna pour trouver Wanda en train de l'observer.

— Ton copain ? demanda-t-elle.

— Plus ou moins... On était censés faire une pause dans notre relation. Il s'appelle Logan.

Wanda haussa un sourcil.

— Je ne voulais pas écouter, mais... on dirait qu'il est en train de découvrir ce que ça veut dire d'être tout seul et que ça ne lui plaît pas.

Abby haussa les épaules.

— Il a plein de choses à gérer et apparemment il a du mal à se faire à mon absence.

— Hum. Bon, c'est un grand garçon. Il va s'en sortir.

— C'est sûr.

Abby sortit une stout chocolatée de la glacière. Sans un mot, Wanda lui passa un décapsuleur et extirpa une bouteille de Porter Folie de Caramel. Elle la leva vers Abby.

— Remercions qui de droit pour la voie spéciale voiturettes de golf où la bière coule à flots.

Abby ricana et remonta en voiture. Quand Wanda la rejoignit, elle lui demanda :

— C'est quoi la vitesse maximale de cet engin ?

Avec un sourire espiègle, Wanda appuya à fond sur la pédale et dit :

— Il n'y a qu'une seule façon de le savoir.

CHAPITRE 5

—*P*apa ? appela Abigail, de bien meilleure humeur après que Wanda eut achevé le trajet jusque chez elle par une série de drifts circulaires sur le parking.

Elle traversa le chalet en séquoia et poussa un soupir de contentement en contemplant la vue sur la vallée de l'Alchimie à travers les baies vitrées. Les Townsend avaient été la première famille à s'installer dans la vallée entourée par une superbe forêt de séquoias un siècle auparavant. Et peu importait jusqu'où elle allait, elle ne pouvait pas échapper au sentiment d'avoir retrouvé ses racines chaque fois qu'elle revenait.

En cet instant, elle avait l'impression qu'elle serait satisfaite de rester indéfiniment. Mais elle savait qu'au bout de quelques jours, son réflexe de fuite reviendrait et qu'elle serait en train de considérer un moyen de déguerpir. Peut-être qu'elle devrait vraiment envisager de retourner à La Nouvelle-Orléans pour quelques jours. Ce n'était pas comme si elle serait absente longtemps.

Elle remisa cette pensée et traversa le salon en remarquant que rien n'avait changé depuis sa dernière visite. Ni le canapé d'angle en cuir vieilli, ni le vieux rocking-chair qui craquait à chaque fois qu'il bougeait, ni la quantité impressionnante de bougies en cire d'abeille qui recouvraient pratiquement toutes les surfaces. Même le pentacle en fer forgé que son père avait suspendu au-dessus de la cheminée pour son huitième anniversaire – le lendemain du jour où sa mère était partie – était toujours en place.

Une douleur vive la traversa comme si elle venait de s'arracher une croûte et de révéler une blessure ancienne mais infectée. Bon sang. Est-ce qu'elle se remettrait un jour de la façon égoïste dont sa mère les avait abandonnés ?

Étant donné que ça faisait vingt ans qu'elle avait vu la vieille Volvo de sa mère disparaître à l'angle de la rue pour la dernière fois, elle doutait franchement de trouver la paix à ce sujet dans un avenir proche.

Abigail franchit le seuil pour se retrouver dans la verrière de la véranda et se sentit instantanément mieux. Dehors, le jardin de son père était aussi magnifique que dans ses souvenirs. Trois variétés de fruits rouges occupaient un coin de la clairière, tandis qu'un verger de pommiers couvrait l'autre. Pile au milieu se trouvait le potager de son père. Le connaissant, il avait dû planter tous les légumes d'hivers imaginables ainsi qu'une sélection de légumes d'été que seul lui pouvait imaginer voir pousser sous un climat aussi froid.

Les doigts d'Abby se mirent à la démanger de l'envie de toucher la terre, d'aider à désherber les parterres, d'être connectée au sol nourricier. La magie en elle enfla pour atteindre un niveau suffocant et elle se força à reculer. C'était le domaine de son père. Pas le sien. Elle jeta un coup d'œil à l'est du jardin, aperçut le joli petit atelier que son père lui avait construit et détourna aussitôt le regard. Ces murs renfermaient trop de souvenirs. Des souvenirs auxquels elle n'était pas prête à faire face.

— Abby ! s'écria une voix joyeuse derrière elle. Tu es là !

Abby fit volte-face et sentit son cœur se gonfler de joie en souriant à sa sœur. Faith. La frêle blonde était la plus jeune des quatre sœurs Townsend. Et même si elle venait d'avoir vingt-cinq ans, on ne lui en aurait pas donné plus de dix-huit dans son jean délavé, son tee-shirt à manches longues au motif de dragon et ses Uggs en peau de mouton.

Faith se jeta sur sa sœur et ses longs cheveux blonds et ondulés flottèrent derrière elle. Elle serra Abby dans ses bras avec une telle force que la concernée en eut du mal à respirer.

— Ouh là, dit-elle. Ne me casse pas une côte, d'accord ?

— Désolée, dit Faith en pouffant de rire. C'est juste que ça fait tellement longtemps que tu n'es pas venue à la maison.

Abby recula et lissa son tee-shirt.

— Je t'ai vue il y a à peine quelques mois quand tu es venue à La Nouvelle-Orléans.

Faith émit un petit « tss ».

— C'était il y a neuf mois et il y avait tant de choses à faire que je t'ai à peine vue.

— Ce n'est pas vrai. Et cette nuit où on est sorties dîner avant d'aller dans ce club de jazz sur Frenchman Street ? Et puis, tu es venue passer du temps avec moi au marché artisanal et tu m'as aidée à empaqueter les savons que j'avais terminés.

— D'accord, je t'ai vue, mais on n'a pas franchement eu l'occasion de rattraper le temps perdu. Tu te rappelles une seule conversation qui ne tournait pas autour du travail ou de comment sauver la galerie de Logan ?

Abby grimaça en se rappelant cette folle période, quand elle essayait de tout faire de front.

— Je suis désolée, Faith. Tu as raison. Je suppose que j'ai été un peu égoïste, hein ?

— Non, ce n'est pas du tout ce que je voulais dire, répondit sa sœur en secouant la tête. Tu avais des choses à gérer. C'est normal. Je veux juste dire qu'on n'a pas vraiment eu l'occasion de profiter l'une de l'autre comme je l'avais espéré. S'il te plaît, dis-moi que tu comptes rester un peu plus que juste quelques jours.

Une boule d'angoisse se forma au creux du ventre d'Abigail alors qu'elle hochait la tête pour confirmer qu'elle comptait rester un peu. Par la déesse, pourquoi est-ce que c'était si difficile ? Elle aimait sa famille. Elle aimait la ville. C'est juste qu'elle ne pouvait pas échapper aux regrets accablants et aux raisons pour lesquelles elle était partie à la base.

— Je vais rester un peu. Il faut juste que je trouve un endroit à louer pour pouvoir m'occuper de mes commandes de savon.

Faith lui jeta un regard impatient.

— Tu sais que tu peux faire tes savons ici, dans ton atelier, Abs. Papa ne laisse personne d'autre y entrer. Il dit que c'est ton domaine.

— Non, je ne pense pas, répondit Abby d'un air borné. Tu sais que je ne peux pas travailler là. Je trouverai un autre endroit. Il doit bien y avoir quelqu'un qui a une pièce inutilisée à me louer. Tout ce qu'il me faut, c'est l'électricité et l'eau courante. Je peux me débrouiller pour tout le reste.

— Comme tu voudras.

Faith secoua la tête, l'air plus triste qu'agacée.

— Tant que tu ne te barres pas alors qu'on a besoin de toi ici.

— Maintenant on croirait entendre Yvette.

— Tant mieux, dit Yvette derrière elles. Peut-être que

quelqu'un d'autre saura lui faire entendre raison. La déesse sait que mes méthodes ne fonctionnent pas.

Abby et Faith se tournèrent pour trouver l'aînée des sœurs Townsend appuyée contre l'encadrement de la porte, entre le salon et la véranda. Ses cheveux étaient tirés en une queue de cheval bien nette, son maquillage était impeccable, et sans son jean taché de suie, personne n'aurait pu deviner qu'elle venait de passer les dernières heures à combattre un feu de forêt.

— Moi aussi je suis contente de te voir, Yvette, dit Abby qui se rapprocha pour l'étreindre rapidement.

Mais Yvette la serra dans ses bras et refusa de la lâcher, la gardant contre elle un long moment. Quand elle la lâcha et qu'Abby recula, les yeux d'Yvette étaient humides et elle repoussa ses larmes en clignant des yeux.

Le monde d'Abby s'effondra soudain autour d'elle, et elle ne put retenir ses propres larmes qui roulèrent sans son accord sur ses joues.

Yvette saisit les mains d'Abby et de Faith et les serra.

— Je suis tellement heureuse que tu sois là, Abs.

— Moi aussi, dit Faith en prenant la main libre d'Abby.

Elles se tinrent ainsi en silence dans ce petit cercle tandis qu'elles luttaient contre la déferlante d'émotions qui menaçait de les submerger.

Enfin, Abby se détacha et demanda d'une voix tremblante :

— Il est où, papa ?

— Dans le verger avec Isaac, ils regardent s'il y a des champignons sur les arbres. Ils devraient rentrer bientôt.

— Comment va Isaac ? demanda Abby.

C'était le mari de sa sœur depuis maintenant douze ans. Ils s'étaient mariés quand Yvette avait tout juste vingt et un ans, et d'après elle, c'était l'époux parfait. Il aidait leur père avec la ferme, faisait le ménage, promenait le chien, faisait la comptabilité de la librairie d'Yvette et gérait sa propre affaire de jeux magiques en ligne sans se plaindre. Ils étaient le couple américain parfait. Tout ce qu'il leur manquait, c'étaient les deux virgule trois enfants.

— Bien, dit-elle, mais Abby ne manqua pas la façon dont elle détourna le regard et sa voix soudain plus tendue. Comme toujours.

Puis Yvette releva la tête et regarda Abby.

— Et toi ? Comment va Logan ?

Abby soupira.

— Bien, je suppose.

— Bien, tu supposes ? répéta Yvette avec un petit rire triste. C'est rassurant.

— Il est bizarre depuis que la galerie a fermé. On fait une pause.

Abby tira sur la bordure de son tee-shirt.

— Je n'ai pas vraiment envie d'en parler.

— Et si on passait dans la cuisine ? dit Faith en les tirant par la main. On pourra faire du chocolat chaud et parler de Clay à la place.

— C'est ça, dit Yvette avec un sourire ironique. Mais si on parle de Clay, Abby risque d'avoir besoin d'un truc un peu plus fort.

— La seule chose dont on a besoin de parler, c'est pourquoi personne ne m'a dit qu'il était devenu maître brasseur, dit Abby en se hissant sur un des tabourets de bar.

Ses deux sœurs se tournèrent pour la regarder.

— Quoi ?

— Papa ne te l'a pas dit ? demanda Yvette.

Abby posa les deux mains sur le comptoir en bois poli.

— Non. C'est Wanda qui me l'a dit. Elle a bien voulu me

conduire ici après que j'ai embouti une pauvre gamine dans une Mini Cooper.

— Tu as eu un accident ? Aujourd'hui ? hoqueta Faith. Est-ce que ça va ?

— Oui, répondit Abby en agitant la main, l'air de dire que ce n'était rien. Ma voiture, par contre, pas trop. Je vais devoir appeler une dépanneuse d'ici peu. Elle est garée sur la Grand-Rue et le capot est complètement enfoncé.

— Je parie que Clay s'en occupera après avoir déchargé tes affaires, dit Yvette.

Abby fixa sa sœur aînée.

— C'est *Clay* qui décharge mes affaires ?

— Bien sûr.

Yvette grimpa à son tour sur un des tabourets de la cuisine.

— Il a dit qu'il fallait qu'il passe à la maison pour donner un truc à papa ce soir, alors il a proposé de déposer tes affaires tant qu'il y était. Je l'aurais fait après t'avoir parlé, mais il n'y avait pas moyen que tout ça rentre dans ma petite voiture.

Abby gémit. La dernière chose qu'elle voulait, c'était que son ex-petit ami manipule son bazar. Et si… ? Oh, par la déesse. Elle ferma les yeux et secoua la tête en se rappelant le sac en toile qu'elle avait bourré de ses culottes et soutiens-gorge en dentelle. Sans aucun doute, il allait se retrouver à contempler ses possessions inavouables.

Yvette ricana.

— Alors… Je suppose que les retrouvailles ont été intéressantes. Dis-nous tout.

— Oui. Qu'est-ce qu'il a dit ?

Faith se pencha en avant et appuya ses avant-bras sur le bar.

— Euh… rien.

Le visage d'Abigail s'embrasa alors qu'elle se remémorait les étincelles qui avaient crépité entre eux.

— C'est çaaaaaaa.

Yvette rassembla ses longues boucles châtain clair et les tortilla pour les attacher en chignon sur le dessus de son crâne avant de se laisser glisser de son tabouret. Elle traversa la grande cuisine, ouvrit le frigo américain aux parois d'alu et en sortit une bouteille de crème de whisky qu'elle leva vers ses sœurs.

— On dirait qu'il va falloir sortir les grands moyens si on veut lui tirer les vers du nez, Faith.

— Ça me va.

Faith attrapa la bouteille et commença à fouiller dans le placard. Yvette vint l'aider et en deux temps trois mouvements, une grande tasse de chocolat chaud arrosé de crème de whisky et couronné de chantilly était posée devant Abigail.

Faith leva sa propre tasse et dit :

— À la tienne.

Yvette l'imita et Abigail leva sa tasse pour l'entrechoquer avec celles de ses sœurs. Elle prit une longue gorgée et écarquilla les yeux.

— Mère Nature. C'est du vrai chocolat fondu ? C'est délicieux.

Faith hocha la tête.

— Et il en reste plein.

— Tu m'en diras tant, répondit Abigail alors que la pièce tournait légèrement autour d'elle.

Elle reposa la tasse sur le bar en se demandant si une bière et un quart de chocolat irlandais étaient vraiment censés lui faire tourner la tête. Elle se leva et dut se tenir au plan de travail pour retrouver l'équilibre.

— Qu'est-ce que vous avez fait à ce chocolat ?

Faith fronça les sourcils.

— Rien de spécial.

Elle prit une gorgée du sien.

— Il n'est même pas si fort que ça.

— Ça remonte à quand la dernière fois où tu as mangé ? demanda Yvette en l'observant.

Puis elle plaqua sa main devant sa bouche.

— Tu n'es pas enceinte, hein ?

— Quoi ? Non, répondit Abby, agacée.

— Tu es sûre ? Tu es toute pâle d'un coup. Tu ne vas pas t'évanouir ?

Yvette passa un bras autour de la taille d'Abby.

— Appuie-toi sur moi.

— Ça va. Vraiment. J'ai juste besoin de manger un truc.

Abby s'extirpa des bras de sa sœur et attrapa un biscuit dans le pot prévu à cet effet. Elle mordit dans le sablé bien beurré et gémit.

— Oh, la vache, ils viennent d'où ?

— De Noel, répondit Faith. Elle approvisionne papa.

Abigail avala sa bouchée.

— Elle est où, Noel ? Elle va venir ?

Yvette et Faith échangèrent un regard, puis elles haussèrent toutes les deux les épaules.

— Je ne sais pas, dit Faith. Elle est restée… évasive.

Évidemment, pensa Abby. Sa relation avec Noel avait commencé à se détériorer le jour où elle avait quitté la ville, dix ans auparavant. Le temps n'avait rien arrangé à l'affaire. Abby faisait des efforts – la déesse en était témoin. Les premières années, elle avait appelé, envoyé des SMS, des emails, des cartes d'anniversaire et elle avait même pris un billet d'avion pour être présente lors de la naissance de sa nièce, mais Noel refusait simplement de répondre. Elle avait dégagé Abigail de sa vie et lui avait dit en des termes très clairs de lui foutre la paix.

Abby avait fini par saisir l'idée. Elle n'appelait plus Noel et ne lui envoyait plus de SMS, mais elle continuait à utiliser FaceTime et à envoyer des cartes et des cadeaux d'anniversaire à Daisy, sa nièce de six ans.

— Je m'en doutais, dit Abby en se rasseyant sur le tabouret.

Personne ne dit rien pendant un moment, jusqu'à ce que Faith bondisse sur ses pieds et rejoigne le frigo.

— Il te faut plus qu'un biscuit.

— Il y a de la tarte ? demanda Abby.

— Bien sûr, la rabroua Faith.

— On ne serait pas chez les Townsend s'il n'y avait pas de tarte, intervint Yvette.

— Mûres ou pommes ? demanda Faith.

— Les deux, répondirent Yvette et Abby en même temps avant de se mettre à rire.

— Les deux, alors.

Faith sortit les plats à tarte et la crème fouettée maison pendant qu'Yvette faisait du café.

Les trois sœurs venaient de finir de manger quand elles entendirent la porte d'entrée s'ouvrir à nouveau. Abby posa sa fourchette et descendit de son tabouret, s'attendant à enfin revoir son père. Mais au lieu de ça, un bruit de pas léger résonna dans la maison et une seconde plus tard, une petite fille aux cheveux sombres se précipita dans la cuisine en criant :

— Tata Abby !

Abby sourit et s'accroupit en ouvrant grand les bras. La petite s'y jeta et Abby la serra fort contre elle, le cœur enflé de tant d'amour qu'elle avait peur qu'il n'éclate.

— Je suis tellement heureuse de te voir, ma petite, murmura Abby.

Daisy gigota pour échapper à sa prise.

— Je ne suis plus petite, tata. Maman elle dit que j'ai pris cinq centimètres et que je suis une grande fille maintenant.

— Cinq centimètres ? Waouh. Je suis impressionnée.

Abby se pencha pour lui coller un baiser sonore sur la joue.

— Maman doit avoir raison.

Abby releva la tête et aperçut Noel qui se tenait sur le seuil de la cuisine, les bras croisés. Elle s'était teint les cheveux en rouge pétant et arborait un carré asymétrique. Chic et canon, pensa Abby en souriant à sa sœur. Mais Noel se contenta de la fixer et lui tourna le dos pour passer dans le salon.

Aïe.

Il semblait que certaines blessures ne guérissaient jamais. Au moins, Noel n'avait pas essayé d'empêcher Daisy de connaître et d'aimer sa tante. Mais Abby ne l'aurait pas vue faire ça. Ce n'était pas le genre de Noel. Elle était têtue, mais pas cruelle.

— Ça lui passera, dit Faith.

— J'en doute.

Yvette avala sa dernière bouchée de tarte et la fit descendre avec une gorgée de café. Elle tendit la main à Daisy et dit :

— Viens, ma puce. Papy a une surprise pour toi.

Daisy glissa sa petite main dans celle d'Yvette et elles disparurent à l'extérieur. Un autre bruit de pas attira l'attention d'Abigail et elle leva la tête pour découvrir une femme radieuse à la peau sombre et au sourire chaleureux.

— Abby ! s'écria Hanna, rayonnante.

Elle la serra dans ses bras et la tint contre elle pour dire :

— Je suis tellement contente de te voir.

— Moi aussi, répondit Abigail malgré la boule dans sa gorge.

Hanna était la petite sœur de sa meilleure amie et quasiment un clone de Charlotte. Elle était un poil plus grande que sa sœur ne l'avait été et ses yeux étaient légèrement plus écartés, mais du vivant de Charlotte, la plupart des gens les prenaient pour des jumelles.

Abigail recula pour la regarder correctement. Elle portait un pull à grosses mailles par-dessus un chemisier flottant, un jean moulant et des bottes Blue Steel très chics. On aurait dit qu'elle venait d'émerger des pages d'un magazine.

— Tu es superbe.

— Moi ?

Hanna agita une main indifférente.

— C'est à Noel qu'on doit ça. On vient de finir une séance photo. Si tu étais tombée sur moi n'importe quel autre jour, tu m'aurais trouvée avec un chignon mal fait, un vieux jean déchiré et un sweat.

— Ça, c'est la Hanna de mon souvenir.

Abby eut un petit sourire triste avant de plonger dans son chocolat alcoolisé tandis que des souvenirs de Charlotte défilaient dans son esprit.

— Eh.

Hanna lui prit la main. Abby regarda l'endroit où elles se touchaient, le cœur serré au souvenir de Charlotte et du fait qu'elle avait échoué à sauver la vie de la meilleure amie qu'elle ait jamais eue. Hanna serra sa main et dit :

— Mes parents seraient vraiment heureux de te voir tant que tu es là.

Abby releva brusquement la tête alors que la panique lui tordait la cage thoracique. Elle se raidit et se força à respirer. Au bout d'un moment elle haussa les épaules de manière élusive.

— Je ne sais pas combien de temps je vais rester, mais j'essaierai.

— Tu leur manques, tu sais.

Des larmes vinrent de nouveau lui brûler les yeux, et elle se détourna en battant des paupières le temps de se ressaisir.

— Ils me manquent aussi, Hanna. Je vais essayer. Promis.

Hanna poussa un petit soupir silencieux et Abby grimaça. Elle avait déjà promis à Hanna auparavant qu'elle irait voir les Pelsh, et elle n'avait jamais tenu parole. Et elle savait au fond d'elle-même qu'il en serait de même cette fois-ci.

La honte l'envahit et elle se tourna pour s'excuser, mais Hanna avait disparu : elle s'était faufilée sans bruit hors de la cuisine.

CHAPITRE 6

Clay engagea sa Jeep dans l'allée bordée d'arbres d'un kilomètre cinq qui conduisait à la maison des Townsend. Elle était semblable à elle-même, avec ses arbres taillés bien nettement, son revêtement en bon état, et des guirlandes lumineuses enroulées autour des lampadaires à gaz.

La nostalgie le submergea et une douleur profonde l'envahit alors que ses pensées retournaient vers Abby, la fille qu'il avait aimée de tout son cœur au lycée. Celle qu'il avait pensé épouser, qu'il avait imaginée être la mère de ses enfants. La douleur s'intensifia au point de presque lui couper le souffle.

— Idiot, marmonna-t-il en resserrant sa prise sur le volant.

Il avait été si naïf à l'époque, il pensait que l'amour était plus fort que tout et que rien ne pourrait les séparer. Maintenant, il était plus sage et il savait que romancer ce qui aurait pu être n'était qu'une perte de temps. Abby avait fait ses choix et lui aussi. Désormais, ils se connaissaient à peine.

Enfin, il savait une chose d'elle : elle portait toujours ces soutiens-gorge en dentelle sexy qui l'avaient rendu complètement fou quand il avait tout juste dix-huit ans. Il aurait donné cher pour la voir dans cette tenue aujourd'hui. Imaginer ses seins pleins et crémeux ressortir sous la dentelle suffisait à le rendre dingue.

— Bon sang, dit-il en abaissant sa fenêtre pour que l'air maritime vienne rafraîchir sa peau. Reprends-toi, Clay.

Ce qu'il avait partagé avec Abby avait disparu depuis longtemps et se remémorer leur jeunesse n'allait certainement pas résoudre ses problèmes. En plus, même s'il y avait un truc entre eux, il était certain qu'elle ne resterait pas à Keating Hollow. Et ça, c'était rédhibitoire pour lui. Il ne voulait pas revivre ça, pas alors qu'il devait veiller au bien-être d'Olive. Il ne pouvait pas se lancer dans quelque chose avec une personne qui ne serait pas un point stable dans la vie de sa fille.

Non. Peu importe à quel point il avait envie d'Abby, même après toutes ces années, il ne devait en aucun cas y penser.

Dommage qu'il se soit déjà démené pour s'assurer de la revoir aujourd'hui.

La maison apparut et il n'arriva pas à déterminer s'il était agacé ou soulagé de voir toutes les voitures garées sur le parking. Visiblement, toute la famille était déjà là. Au moins, ça ferait un tampon entre elle et lui s'il se laissait dépasser par sa libido. Qui aurait pu l'en blâmer après avoir aperçu ce superbe string violet dans son sac ouvert ?

La porte d'entrée s'ouvrit en grand alors qu'il arrêtait sa Jeep et Faith sortit sur le seuil. Le soleil brillait dans ses cheveux dorés, créant comme un halo autour d'elle.

C'est approprié, pensa Clay. Des quatre sœurs, c'était Faith la plus douce. Elle était attentionnée et parlait doucement, c'était elle qui était toujours là quand vous aviez besoin de parler à quelqu'un. Bon sang, elle avait été là pour lui à plus d'une occasion après le départ d'Abby, et de nouveau quand il était revenu à Keating Hollow après l'implosion de son mariage. Il sauta de la Jeep et attrapa trois bouteilles en verre avant de se diriger vers la maison.

— J'ai entendu dire que tu avais de nouveaux échantillons pour nous, dit Faith.

— Les voilà. Malt Caramel Chocolat, Épices de Saison et Toffee Java.

Faith se frotta les mains.

— Toffee Java ! Tu as suivi ma suggestion.

Clay lui adressa un sourire en coin.

— Bien sûr. Et juste entre nous, c'est ma nouvelle favorite. Mais ne va pas le dire à ton père. Je veux qu'il se forge sa propre opinion.

Ça la fit rire.

— Comme si mon père se laissait dicter son opinion par qui que ce soit en ce qui concerne la bière.

Clay sourit. Elle n'avait pas tort. Lin Townsend avait des avis arrêtés au sujet de son affaire, et surtout de sa bière. Mais Clay l'avait déjà vu réviser ses opinions en fonction de ce que ses filles pensaient plus d'une fois, même si elles ne s'en rendaient pas compte.

— Viens, dit-elle en prenant les bouteilles. Tout le monde est à l'intérieur.

Mais Clay secoua la tête.

— Je ne peux pas vraiment rester. J'ai un truc de prévu dans une demi-heure, mentit-il. Je vais juste décharger les affaires d'Abby avant de repartir en ville.

— C'est dommage, dit Faith en fronçant les sourcils. On a du chocolat chaud irlandais et de la tarte.

— Tentant, mais je ne peux vraiment pas rester. Peut-être une prochaine fois.

Elle le regarda, son visage angélique soudain soupçonneux.

Elle n'était pas dupe. Elle savait qu'il inventait des excuses juste pour ne pas être happé au milieu des retrouvailles de la famille Townsend. Qu'est-ce qu'il s'était imaginé ?

La porte s'ouvrit et Abby sortit sur le seuil, les joues légèrement rosées et les yeux brillants. Un petit sourire s'étalait sur ses lèvres et elle était si adorable qu'il parvint à grand-peine à rester vissé là où il se trouvait plutôt que de la soulever dans ses bras pour la ramener chez lui.

— Clay, dit-elle.

Son regard passa de lui à sa Jeep.

— Tu n'étais vraiment pas obligé de t'embêter à me ramener mes affaires.

Il se racla la gorge.

— Ce n'est rien. Je devais passer de toute façon.

Faith pouffa, amusée.

— Faith, dit Abby d'un ton d'avertissement.

— Oui ? demanda-t-elle en toute innocence.

— Pourquoi tu n'irais pas te mêler de tes oignons à l'intérieur ?

Ça fit rire sa petite sœur qui agita la main en direction de Clay avant de disparaître à l'intérieur avec les échantillons de bière.

— Désolée.

Abby descendit du porche et passa devant Clay pour aller jusqu'au coffre. Il la regarda faire et ses yeux tombèrent automatiquement sur son joli derrière. *Bon sang*, pensa-t-il. Elle était encore plus mignonne qu'à dix-huit ans. Ses entrailles firent un looping et il se força à détourner le regard.

— C'est vraiment gentil de ta part, dit-elle en soulevant le hayon. Je ne sais pas à quoi je pensais en partant avec Wanda sans même prendre ma valise.

Clay haussa les épaules.

— Je suppose que tu avais juste hâte de voir ton père. Comment il va aujourd'hui ?

Elle prit son sac en toile, celui qui était plein de lingerie, et jeta un coup d'œil à Clay.

— Bien, je suppose. Il est dans le verger depuis que je suis arrivée. Il va probablement rentrer bientôt. Tu peux l'attendre à l'intérieur pendant que je décharge tout ça.

Il la dévisagea et remarqua sa mine fatiguée et les légers cernes sous ses yeux. Elle était épuisée après avoir conduit tout le trajet depuis La Nouvelle-Orléans. Il secoua la tête.

— Non, c'est bon. Je vais t'aider.

— Tu n'es vraiment pas…

Clay leva la main pour l'arrêter.

— Je sais que je ne suis pas obligé, Abs. Mais j'ai envie de le faire, d'accord ?

Elle détourna le regard, mais il avait eu le temps de voir l'émotion qui tournoyait dans ses yeux bleu clair. Elle n'avait jamais su dissimuler ce qu'elle ressentait, et ça n'avait pas changé. Est-ce qu'elle était si inquiète que cela pour son père, ou bien était-ce autre chose ?

— D'accord. On peut mettre le plus gros de ce bazar dans le garage pour le moment.

Elle avança jusqu'au pick-up de son père et passa la main à l'intérieur pour appuyer sur le bouton qui commandait l'ouverture du garage.

— Ça marche.

Tandis qu'Abby sortait ses sacs de voyage, Clay commença à déménager ses cartons de matériel dans le garage. Mais alors qu'il soulevait un carton de pots en verre, il fronça les sourcils.

— Tu ne préfères pas mettre ça dans ton atelier ?

— Non, le garage c'est bien.

— Ce n'est pas un souci. Je peux aller me garer devant et…

— Clay, c'est bon.

Tout son corps s'était raidi et son visage avait pris une expression neutre. Il connaissait cette mine. Il l'avait vue plus de fois qu'il n'aurait pu les compter. Elle signifiait qu'Abby s'était dressée sur ses ergots et que quoi qu'il dise, elle ne changerait pas d'avis. Bornée n'était pas un mot assez fort pour la décrire quand elle avait décidé qu'elle ne voulait pas faire quelque chose.

— Je peux te demander pourquoi ? Tu ne comptes pas y travailler ?

Elle secoua la tête en serrant un de ses sacs en toile contre elle.

— Je vois.

Son regard passa de la pile de matériel dans le garage au petit atelier aux abords du terrain.

— Est-ce que quelqu'un d'autre l'utilise ?

Elle secoua de nouveau la tête et poussa un soupir.

— C'est dommage.

Il vit le feu en elle s'éteindre pour se transformer en lassitude et elle repartit pour continuer à décharger la Jeep. Tout en elle indiquait son épuisement.

— Eh, je peux prendre ça.

Clay tendit la main pour lui prendre le sac ouvert qu'elle tenait, mais elle l'évita pour tirer le gros sac de la Jeep. Elle recula, calcula mal où elle avait posé ses autres valises et trébucha sur la pile. Le temps sembla s'arrêter et, comme au ralenti, le sac qu'elle tenait dégringola de la Jeep et son contenu vola aux quatre vents pour s'éparpiller partout sur le parking.

Clay resta sans voix devant cette scène. Le sac se trouvait être son sac de lingerie, et des sous-vêtements de dentelle roses, noirs, rouges, verts et violets se répandirent sur le béton, comme si Victoria's Secret avait explosé dans l'allée des Townsend.

Abby étouffa un cri et essaya de ramasser ses soutiens-gorge et ses culottes en hâte pendant que Clay pouffait de rire.

— Besoin d'aide, demanda-t-il en se balançant sur ses talons, très amusé.

— Non.

Elle lui jeta un regard agacé tandis qu'elle fourrait frénétiquement ses culottes dans le sac.

— Ce n'est vraiment pas un problème. Je veux dire, rien que je n'ai déjà vu.

Elle leva les yeux au ciel et se releva, les mains sur les hanches, en essayant de ne pas avoir l'air affectée par l'incident. Mais son visage était rouge vif et elle avait du mal à le regarder dans les yeux.

— Très drôle. Est-ce qu'on pourrait juste faire comme si ce n'était jamais arrivé ?

— Je ne crois pas, Abs. Il va m'être à peu près impossible d'oublier t'avoir vue fourrer tes sous-vêtements dans ton sac de la même manière que quand on se faisait surprendre en pleine action dans ta cabane.

Les mots sortirent de sa bouche avant qu'il ne puisse les arrêter. Mais ça en valait le coup, car le visage d'Abby prit une teinte encore plus écarlate et sa bouche s'ouvrit et se ferma sans parvenir à former de mots. Il rit, content de la voir troublée. Il se pencha vers elle et murmura :

— Ne t'inquiète pas, Abby. Tes secrets seront bien gardés avec moi.

Sur un clin d'œil, il attrapa un autre carton et le porta jusqu'au garage. Quand il se retourna, toute trace d'elle avait disparu à l'exception d'un morceau de tissu rouge qui dépassait de sous la Jeep. Il se pencha pour ramasser la culotte oubliée, la dentelle si douce qu'on aurait dit du velours.

— Sainte déesse, marmonna-t-il en sentant tout son corps s'embraser.

— Clay ?

La voix profonde de Lin résonna derrière lui. Clay se hâta de fourrer la culotte dans sa poche et se retourna en espérant n'avoir pas l'air aussi coupable qu'il le craignait. Bon sang, est-ce qu'il avait de nouveau dix-sept ans ou quoi ? Ce n'était pas comme s'il avait fait quoi que ce soit d'autre que d'aider Abby à décharger sa voiture… sauf si l'imaginer nue avec ses sous-vêtements par terre comptait. Il se racla la gorge.

— Lin, comment ça va ?

— Bien.

Il fit un signe de tête vers la voiture et haussa un sourcil :

— Tu comptes emménager ?

— Pas aujourd'hui, mais c'est chouette de savoir que c'est une possibilité, répondit Clay avec un grand sourire.

— Je ne suis pas en train de te faire une proposition, mais si tu étais vraiment aux abois, je suppose qu'on pourrait te trouver une place dans la grange.

Ça fit rire Clay.

— Merci. Je ramène juste les affaires d'Abby. Après l'accident aujourd'hui…

— L'accident ?

Lin parcourut le parking du regard puis s'arrêta à la porte d'entrée alors qu'Abby la franchissait de nouveau.

— Papa !

Son visage s'illumina en apercevant son père et elle courut depuis le porche jusqu'à lui, les bras ouverts. Lin la réceptionna dans une étreinte de papa ours et la souleva du sol.

— Bienvenue à la maison, Abby, ma chérie.

Il la tint ainsi, suspendue au-dessus du sol pendant quelques instants, avant de la reposer avec précaution sur ses pieds. Puis il l'observa attentivement.

— Est-ce que ça va ? Rien de cassé, pas de bleus ?

— C'est bien le moment de me demander ça après m'avoir serrée jusqu'à ce que je n'aie plus d'air dans les poumons.

Elle frotta son torse de sa paume et ajouta rapidement :

— Je n'ai rien. C'était juste un accrochage.

Lin jeta un regard à Clay, à l'évidence dans l'attente d'une confirmation.

— Personne n'a été blessé, affirma celui-ci. Il y a une Mini Cooper qui se balade en ville avec l'arrière enfoncée, et la voiture d'Abby va avoir besoin de passer chez le carrossier, mais à part ça, il semble qu'elles s'en soient bien tirées des deux côtés.

— Papa, dit Abby en posant à nouveau les mains sur ses hanches. Je n'ai pas besoin que Clay parle à ma place.

— Bien sûr, acquiesça-t-il avec un signe de tête. Mais moi j'ai besoin qu'il se porte garant de ce que tu dis. Si tu es comme tes sœurs, depuis que nous avons appris mon cancer, personne ne veut m'annoncer de mauvaises nouvelles. J'ai compris que si je voulais la vérité, il fallait que je trouve des témoins pour confirmer.

— Oh, pour l'amour de Tink, dit-elle en levant les yeux au ciel.

Mais elle glissa un bras autour de la taille de son père pour le serrer affectueusement contre elle.

— Et si on faisait comme ça : je promets de toujours te dire la vérité toute nue, tant que tu promets de ne pas faire de mystères de ton côté.

Elle jeta un regard aigu en direction de Clay.

— Comme ne pas me dire que tu as confié le rôle de maître brasseur à quelqu'un d'autre.

Son père jeta un regard en biais à Clay puis se tourna à nouveau vers elle en hochant la tête.

— Ça marche.

Il lui tendit la main, mais Abby l'ignora et le serra plus fort à la place. Elle chuchota quelque chose que Clay ne parvint pas à entendre et son père resserra son étreinte juste une seconde avant de la laisser partir.

— Bon. Maintenant il faut que je finisse de décharger tout ça. Qu'est-ce que tu fais, toi ? lui demanda Abby.

— Il faut que je parle à Clay des échantillons qu'il a amenés, et puis je te rejoins à l'intérieur.

— D'accord, il y a un chocolat chaud à la crème de whisky qui t'attend, dit-elle en souriant à son père.

Puis elle attrapa deux autres sacs et repartit à l'intérieur. Lin se tourna vers Clay, les sourcils haussés.

— Qu'est-ce que tu fais vraiment ici, Clay ?

Grillé. Clay ne lui avait jamais apporté d'échantillons de ses moutures jusqu'à maintenant. Même si Lin se tenait un peu en retrait de ce qui se passait à la brasserie, il y passait quand même au moins trois fois par semaine. Selon toute logique, il y serait venu le lendemain.

— Je donne juste un coup de main à ta fille.

Lin pinça les lèvres.

— Je vois ça. Tu sais qu'elle a quelqu'un à La Nouvelle-Orléans, n'est-ce pas ?

Une douleur familière se forma juste au-dessus de son cœur et il se frotta la poitrine dans un geste inconscient alors qu'il secouait la tête.

— Non, je ne le savais pas. Mais ce n'est pas pour ça que je suis là.

— Vraiment ? demanda Lin en le fixant de son regard d'acier.

Mince. Il ne pouvait pas mentir à son aîné. Il était évident qu'il était totalement transparent à ses yeux. Clay prit une brève inspiration et la relâcha.

— Tu n'as pas besoin de t'inquiéter, Lin. Je ne compte pas m'imposer. Ne t'en fais pas pour elle.

Lin se rapprocha et baissa la voix.

— Ce n'est pas pour Abby que je m'inquiète, mon grand. J'aime ma fille, et les dieux savent qu'elle a la tête sur les épaules en ce qui concerne le travail. Mais pour les affaires de cœur, elle n'a pas encore tout compris. Sois prudent si tu la laisses revenir dans ta vie. Tu comprends ce que je veux dire ?

Clay fixa son patron, incapable de répondre. Il appréciait sa franchise, mais en même temps, il se sentait vexé pour Abby. C'était une adulte et elle avait le droit de prendre ses décisions sans être jugée par quiconque, même son père. Il finit par hocher la tête.

— Je comprends, Lin. Et même si je ne vais pas nier qu'il y aura probablement toujours quelque chose entre Abby et moi, je ne cherche pas à raviver quoi que ce soit. En plus du fait qu'elle ait… quelqu'un, je ne suis pas disponible de mon côté. Entre Olive et mon divorce, j'ai déjà largement de quoi faire.

Lin tendit la main et lui serra le bras.

— Tu es quelqu'un de bien, Clay. Ton ex-femme, là, elle regrettera sa décision un jour.

Clay fit claquer sa langue. Il en doutait franchement. S'il était honnête, il aurait même avoué que lui et Val n'avaient jamais aimé être mariés. Leur relation avait été purement physique. Bien sûr, ils s'aimaient bien au début, mais après l'arrivée d'Olive, quand les réalités de la vie leur étaient tombées dessus, Val avait pris la fuite. Elle était dans son élément au milieu des fêtes et des galas de bienfaisance, elle préférait être toujours au centre de l'attention. Clay, de son côté, voulait juste offrir à sa fille la meilleure vie possible. Même si Val avait voulu revenir, Clay ne l'aurait pas laissée faire. Pas après avoir vu ses vraies couleurs. Si jamais il décidait d'ouvrir son cœur à nouveau, ce serait pour quelqu'un qui faisait passer la famille en premier, quelqu'un qui ne prenait pas la fuite. Quelqu'un qui ne serait ni son ex-femme, ni Abby.

— Elle le regrettera. Tu peux en être sûr.

Lin lui fit un signe de tête et se détourna pour rentrer dans la maison.

Clay déchargea rapidement le reste des cartons d'Abby puis remonta dans sa Jeep, désireux de mettre de la distance entre lui et la fille qu'il n'avait jamais vraiment été capable d'oublier. Mais quand il glissa la main dans sa poche, à la recherche de ses clés, ses doigts se refermèrent sur un morceau de tissu.

La petite culotte en dentelle d'Abby.

Eh merde… Il envisagea de simplement s'en aller, mais il ne supportait pas l'idée de rentrer chez lui avec sa culotte comme une espèce de pervers. Ce qui lui laissait deux choix : la balancer par la vitre de sa fenêtre pour qu'elle la retrouve plus tard, ou aller la lui rendre discrètement.

Mince. Il rouvrit la portière, traversa la cour et frappa doucement. Des rires l'accueillirent de l'autre côté, et quand la porte s'ouvrit, ce fut sur Faith qui le dévisagea tranquillement.

— Est-ce que le chocolat chaud au whisky t'a fait changer d'avis ?

Il secoua la tête.

— Non. J'ai un truc pour Abby.

Elle baissa les yeux sur ses mains vides et lui jeta un regard curieux.

— Quoi ?

Les lèvres de Clay se recourbèrent en un sourire de côté.

— C'est top secret.

— D'accord.

Faith leva les yeux au ciel, mais ouvrit la porte en grand.

— Elle est dans sa chambre. C'est la même qu'avant. Je suis sûre que tu te rappelles le chemin.

— Je devrais pouvoir me débrouiller.

Il lui fit un signe de tête en guise de remerciement, salua de la main Lin et Yvette, qui le regardaient tous les deux depuis le seuil de la cuisine, et traversa le couloir. Il trouva Abby penchée au-dessus d'une valise, les fesses en l'air tandis qu'elle fouillait dedans à la recherche de quelque chose.

— Besoin d'un coup de main ?

Elle se redressa brusquement et fit volte-face en repoussant ses cheveux de son visage.

— Clay. Euh. Il y a encore des choses à sortir de la Jeep ?

Il secoua la tête et rentra dans la pièce en essayant de bloquer tous les souvenirs qui l'assaillaient. C'était dans cette pièce qu'ils avaient passé des heures à s'embrasser sur son lit, où elle lui avait dit qu'elle l'aimait pour la première fois, et où ils avaient tiré des plans sur la comète, des rêves naïfs qui s'étaient éteints le jour où elle était partie pour La Nouvelle-Orléans.

Elle recula d'un pas, les joues rougies, et il se demanda si elle se souvenait elle aussi. Elle laissa tomber le pull qu'elle tenait sur le lit et le regarda dans les yeux tandis qu'il se rapprochait.

— Euh, qu'est-ce que tu voulais alors ?

Clay sourit et franchit la distance entre eux, bien trop satisfait par la nervosité de la jeune femme. Elle était peut-être avec quelqu'un, mais il n'y avait aucun doute sur le fait qu'il avait toujours un effet sur elle. Et même si ça faisait de lui un connard, il ne trouvait pas ça désagréable pour le moment. Parce qu'il était plus que certain qu'elle avait toujours un effet sur lui. Il se pencha, sa joue à quelques centimètres de la sienne, pour murmurer :

— Tu as oublié quelque chose.

— Oh ?

Le corps d'Abby se porta vers le sien, sans que cela semble une décision consciente de sa part. Il savait qu'un tout petit mouvement aurait suffi pour qu'elle se retrouve dans ses bras, là où était clairement sa place. Mais il resta parfaitement immobile, sans la toucher. *Je mérite une médaille pour ça*, pensa-t-il. Puis il sortit la culotte de sa poche et la lui colla dans les mains.

— Je te suis très reconnaissant de m'avoir laissé ça, mais je me suis dit que ça ne serait pas correct de la garder.

— Qu... ?

Elle regarda le bout de tissu dans ses mains, eut un petit hoquet, et le cacha derrière son dos.

— Où est-ce que tu as trouvé ça ? Est-ce que mon *père* l'a vue ?

Il pouffa de rire et plongea son regard dans ses grands yeux bleus.

— Non, il ne l'a pas vue. Je l'ai trouvée sous la Jeep. Je l'avais déjà ramassée quand il est arrivé.

— Oh, bon sang. Bien sûr, il fallait que ce soit *toi* qui la trouves. Parfait, vraiment.

Elle ferma les yeux de toutes ses forces et secoua la tête comme pour effacer ce moment de sa mémoire.

— Abs ?

Il attendit qu'elle rouvre les yeux et le regarde. Il tendit la main et vint ranger une de ses mèches de cheveux derrière son oreille.

— Comme je te l'ai dit tout à l'heure, ce n'est pas comme si c'était nouveau. Tu as toujours eu un penchant pour la dentelle.

— Sauf que maintenant, tu n'es plus censé voir mes culottes, dit-elle en le dévisageant, le regard doux.

— Je suppose que c'est vrai. Mais je ne regrette pas de l'avoir fait.

Ils restèrent un moment comme ça, les yeux dans les yeux, la tension entre eux si forte qu'ils auraient pu alimenter toute la ville en électricité. Clay n'était plus qu'un amas de nervosité, d'excitation et de pur désir. Qu'est-ce qu'il s'était imaginé ? Être auprès d'elle, c'était comme rajouter du combustible à un incendie. Tout ce que ça faisait, c'était raviver un désir qui ne disparaîtrait jamais.

— Clay ? dit-elle.

— Oui, Abs ?

Il caressa sa pommette du pouce.

— J'ai un petit ami… plus ou moins. Et aux dernières nouvelles, tu es marié. Je ne crois pas que ça, ce je ne sais trop quoi entre nous, soit une bonne idée.

Elle déglutit et détourna le regard.

— En effet, dit Clay.

Il laissa retomber sa main et battit en retraite vers la porte ouverte.

— Pour info, j'ai divorcé il y a peu. Mais c'est noté. Bonne nuit, Abigail.

Elle croisa son regard, et la confusion et les regrets qu'il y lut semblèrent refléter ce qu'il ressentait.

— Bonne nuit, Clay.

CHAPITRE 7

— Ouh, il fait chaud ici, ou bien c'est qu'il fait *chaud ?*

Faith s'éventa le visage avec la main alors qu'elle se tenait à la fenêtre d'Abby d'où elle regardait la Jeep de Clay disparaître dans l'allée.

— Arrête.

Abby laissa tomber la culotte en dentelle rouge dans le tiroir du haut de sa commode.

— Il n'y a rien.

— Menteuse.

Faith regarda sa sœur dans les yeux, comme pour la mettre au défi de nier. Abby pinça les lèvres jusqu'à ce qu'elles ne forment plus qu'une fine ligne.

— D'accord. C'est évident qu'il y a un truc, mais ce n'est rien de plus qu'un passé commun. Il vient *juste* de divorcer, bon sang.

— Ça fait plus d'un an, Abs. Si c'est ça ton excuse, elle est pourrie.

Faith rassembla ses cheveux en un chignon sur le dessus de son crâne et se jeta sur le lit d'Abby.

— Il est aussi disponible qu'il est possible de l'être.

— Tu oublies qu'il a une gamine et que moi j'ai Logan.

Abby ouvrit la penderie et y plaça soigneusement ses bottes à côté de ses bottines rouges à lacets. C'était l'automne sur la côte de la Californie du Nord, et elle était prête pour cela.

— Logan ? Sérieusement, Abs ? Je croyais que tu avais dit que vous faisiez une pause… de nouveau.

— Oui, c'est le cas. Ou ça l'était. Il m'a dit au téléphone aujourd'hui qu'il pense que c'est une erreur.

— Et toi ? Tu penses que c'est une erreur ? Qu'est-ce que tu lui as répondu ? demanda Faith.

— Je ne sais pas. Peut-être ? Je n'ai rien répondu. Ça fait trop de trucs à intégrer pour le moment.

Faith laissa échapper un « tss ».

— Alors, techniquement, tu n'as pas de Logan. Il a rompu avec toi et tu n'es pas obligée de le reprendre. Sérieusement, Abby, tu laisserais passer Clay pour ce type ?

Abby se redressa et se tourna pour regarder sa sœur.

— Qu'est-ce qui ne va pas avec Logan ?

Faith croisa les bras devant sa poitrine.

— À part que c'est un gosse de riche pourri gâté et irresponsable ?

— Faith !

Abby fronça les sourcils.

— Ne juge pas les gens comme ça. Et puis, il n'est pas irresponsable. Il travaille dur.

Faith étrécit les yeux et son air dégoûté était une expression à laquelle Abby n'était pas habituée chez elle.

— Tu veux dire que tu travailles dur et qu'il en récolte le bénéfice.

— Ce n'est pas vrai. Il…

— C'est vrai. J'étais là, tu te rappelles ? Je me suis mordu la langue pour ne rien dire pendant que tu gérais sa galerie et toutes les promotions, et quand tu lui as cédé une part des bénéfices sur tes savons pour qu'il puisse rester ouvert un peu plus longtemps. La seule raison pour laquelle la galerie a tenu autant de temps, c'est parce que tu te démenais pendant que lui se cachait dans un coin pour peindre la même chose encore et encore.

Abby fixa sa sœur et repoussa le sentiment d'amour-propre qui montait en elle et lui disait que Faith ne faisait qu'énoncer à voix haute tout ce qu'Abby pensait mais gardait pour elle. Au lieu de ça, elle secoua la tête et le défendit.

— Ces tableaux se sont bien vendus, Faith. Il essayait juste de répondre à la demande. Ce n'est pas facile de vivre en tenant une galerie dans le Vieux Carré français.

— Qu'est-ce que tu racontes ? Il avait toute une pièce emplie de ces tableaux, Abs.

Sa sœur secoua la tête.

— Qu'est-ce qu'il faisait avec ? Du stock pour les cinq prochaines années ?

— Mais non. C'est n'importe quoi. On n'avait jamais assez de ces tableaux.

— Je ne suis pas folle, Abby. La prochaine fois que tu lui parleras, demande-lui ce qu'il mettait dans cette pièce de la réserve qui était toujours fermée à clé, celle tout au fond. Il y avait ton tableau des sorcières du Quartier français accroché à la porte.

Abby ouvrit la bouche pour contrer les affirmations de sa sœur, mais la referma aussitôt. Pourquoi est-ce que sa sœur irait mentir sur une chose pareille ? Elle savait que Faith n'avait jamais été fan de Logan, mais elle n'était pas du genre à inventer des trucs juste pour la pousser à rompre avec quelqu'un.

— Tu as vu ce qu'il y avait dans cette pièce ?

Les joues de Faith s'embrasèrent, mais elle adressa un sourire d'excuse à Abby.

— Il est possible que j'aie crocheté la serrure.

— Vraiment ? Comment ?

Elle se mit à rire.

— Il est possible que j'aie utilisé ma magie.

— Comment, tu as fait une clé de glace ? demanda Abby par pure curiosité.

Sa sœur était une sorcière d'eau. Ça l'avait toujours fascinée de voir à quel point leurs pouvoirs étaient différents. Dans le cas de Faith, elle pouvait manipuler l'eau de toutes sortes de façon, principalement en la changeant en glace.

— Oui. Mais c'est tellement humide là-bas, c'était pas évident de l'empêcher de fondre.

Une bouffée de fierté passa sur son visage et elle fit mine de souffler sur ses ongles.

— Mais j'ai réussi, au final.

— Bien sûr.

Abby devait reconnaître qu'elle avait toujours éprouvé de la curiosité quant à cette pièce, mais Logan avait dit que c'était juste du surplus. Si elle était pleine de tableaux, ce n'était pas véritablement un mensonge.

— Il y a une chose que je ne comprends pas. Pourquoi tu avais tellement envie de voir ce qu'il y avait dans cette pièce ?

— Je l'ai vu y ranger quelques-uns de ces tableaux un jour alors que je te cherchais. Il se comportait bizarrement et il a claqué la porte comme pour m'empêcher de voir ce qu'il y avait à l'intérieur. J'aurais sans doute dû laisser tomber, mais franchement, Abs, c'est juste que je ne lui faisais pas confiance. Je sais que c'était ton copain et que j'aurais pu complètement me planter, mais je voulais juste te protéger. Je suis désolée. Je suis consciente que je n'aurais pas dû fureter comme ça, mais je ne le regrette pas. Maintenant je suis certaine que ce n'est pas lui qu'il te faut.

La voix de Logan résonna dans sa tête. *Je t'aime, Abs.* Est-ce que cela avait eu lieu seulement quelques heures auparavant ? Et est-ce qu'il le pensait vraiment ? Comment pouvait-il l'aimer s'il lui avait menti pendant des mois ?

— Pourquoi tu n'as rien dit avant ?

Faith haussa les épaules.

— J'ai essayé, mais il était tout le temps dans les parages. Une fois de retour à la maison, j'ai appris que la galerie avait fermé et j'ai juste eu de la peine pour lui. Je ne sais pas. Je suppose que j'aurais dû réessayer de te le dire, mais est-ce que ça aurait vraiment eu de l'importance à ce moment ? Vous n'étiez plus vraiment ensemble, la galerie était déjà perdue, alors ce n'était plus quelque chose dont tu avais à te préoccuper.

S'il lui avait menti à propos de ses tableaux, sur quoi d'autre lui avait-il menti ? Ou bien est-ce que son ego était juste trop fragile pour reconnaître que les gens n'avaient pas envie de dépenser des centaines de dollars pour acheter ce qu'il produisait. Abby commença à avoir mal au ventre et elle appuya sa paume contre son abdomen, regrettant soudain les potions calmantes de sa mère.

— Ça va ? lui demanda Faith.

— Oui. Je suis juste choquée. Et je me sens trahie.

— Oh non, Abby. Je suis vraiment désolée.

Faith sauta du lit et passa un bras autour de ses épaules.

— Je n'aurais pas dû fureter comme ça. La dernière chose que je veux, c'est détruire la confiance que…

— Faith, la coupa Abby. Je ne me sens pas trahie par toi,

mais par Logan. Il m'a menti… pendant des mois. Merci de me l'avoir dit. Je crois qu'il va falloir que je réfléchisse.

— Je suis désolée de ne pas te l'avoir dit plus tôt. J'aurais dû. Tu méritais de savoir.

— Ne t'inquiète pas.

Elle colla un sourire sur son visage.

— Je suppose qu'il est temps que je rende cette « pause » permanente.

Faith la serra dans ses bras et quand elle recula, elle adressa un sourire en coin à Abby.

— Et une fois que ce sera fait, n'oublie pas qu'il y a un jeune père canon en ville qui meurt d'envie de te voir dans cette culotte en dentelle.

Abby écarquilla les yeux.

— Tu nous espionnais ?

— Pas intentionnellement, répondit Faith en riant. Mais il est possible que j'aie entendu la fin de cette conversation.

Abby lui donna une petite tape.

— Tu es glauque.

— Il faut bien que je m'amuse un peu.

Faith sourit, passa son bras sous le sien et la tira vers la porte.

— Allez viens. Yvette a mis le dîner dans le four.

— Si on traite les plants dans la matinée, ça devrait aller, dit Lincoln Townsend en regardant par-dessus son épaule tandis qu'il franchissait la porte de derrière.

Quelque chose l'avait perturbé pendant tout le dîner, et avant qu'Yvette puisse servir le dessert, il avait demandé à Isaac de jeter un nouveau coup d'œil au côté sud du verger. Ils n'étaient sortis que vingt minutes, mais vu cette remarque, ils avaient dû arriver à une conclusion.

Isaac retira ses bottes boueuses et suivit son beau-père dans la cuisine.

— Tant qu'on n'attend pas plus longtemps. Il ne faudrait pas qu'on risque toute la récolte.

— Il y a un problème dans le verger ? demanda Abigail depuis sa place au bar.

Isaac lui jeta un regard et hocha la tête.

— Des champignons.

Il se tourna vers Lincoln.

— Est-ce que tu passes un coup de fil à Clay, ou bien tu veux que je le fasse ? Si on arrive à le joindre assez vite, il pourra peut-être s'en occuper pour que ce soit prêt tout de suite demain matin.

— Clay ? laissa échapper Abby, le corps encore bouillonnant de leur dernier échange. Vous voulez l'appeler ? Pourquoi ?

Son père lui tapota gentiment le bras.

— La moitié du verger est couverte par un champignon et si on ne traite pas les arbres immédiatement, ça risque de nuire à la récolte. Clay est notre sorcier de terre. C'est bête qu'on ne se soit pas rendu compte de ça quand il était là tout à l'heure.

— Et tu veux qu'il fasse la potion ? demanda-t-elle même si elle connaissait déjà la réponse.

Évidemment. Est-ce que son père ne venait pas de dire qu'il était leur sorcier de terre ?

— Qu'est-ce qui est arrivé à Tally ? Elle a pris sa retraite ou quoi ?

— Oui. Il y a environ six mois, confirma son père.

— Et elle est partie vivre à Scottsdale avec son nouveau mari, dit Isaac en ricanant.

Abby haussa un sourcil interrogateur.

— Et pourquoi c'est drôle ?

— Il a dix-neuf ans de moins qu'elle et pas un gramme de magie en lui. On comprend vite pourquoi Tally l'a choisi. Yvette les a chopés en train de se rouler des pelles derrière les étagères à la librairie. Il avait sa main dans…

— Ça suffit, dit Lin doucement.

Abby se mit à rire.

— Tant mieux pour elle.

— Tu ne penses pas que c'est un peu scandaleux, quand même ? demanda Isaac sans chercher à dissimuler son jugement.

— Peut-être. Mais qu'est-ce que ça peut faire ? S'ils sont tous les deux heureux, tant mieux pour eux.

Isaac émit un petit reniflement désapprobateur.

— Ce n'est juste pas correct, si tu me demandes mon avis.

— Ce que je n'ai pas fait, dit Abby d'une voix aimable en se retenant de lever les yeux au ciel.

Ce qu'il est pénible, pensa-t-elle avant de changer de sujet.

— Tu n'étais pas censé passer un coup de fil ?

— Oui. Espérons que Clay n'a rien d'autre de prévu ce soir.

L'idée que Clay puisse passer sa soirée avec une autre femme lui retourna le ventre et elle eut l'impression d'avoir vingt ans de nouveau, et le cœur brisé parce qu'elle avait appris que Clay était parti épouser une actrice en herbe.

— Ou bien tu pourrais le laisser tranquille et demander à Abby de préparer le traitement, dit Noel qui apparut soudain.

Elle n'avait pas décroché plus de deux phrases au cours du dîner, et aucune n'avait été adressée à Abby.

— Ce n'est pas comme si ça lui prendrait longtemps.

— Tu sais que je ne peux pas, Noel, répondit-elle aussitôt.

— Tu veux dire que tu ne veux pas, l'accusa sa sœur. Et

pourtant, tu infuses ta magie dans tes lotions et tes savons que tu refiles à des touristes qui ne se doutent de rien toute la journée. Tu ne serais pas un peu hypocrite ?

— Noel, dit son père d'une voix soudain fatiguée. Laisse ta sœur tranquille.

Noel la fusilla du regard avant de tourner les talons et de quitter la pièce. Abigail tritura le bord de son pull, une fois encore consumée par la culpabilité et l'angoisse.

— Je suis désolée, papa. Je sais que la potion pour le traitement est assez simple à réaliser, c'est juste que…

Elle ne finit pas sa phrase, ne sachant pas comment expliquer son incapacité à utiliser sa magie pour quoi que ce soit d'autre que ses savons et produits de beauté.

— Tu n'as pas besoin de t'excuser, dit son père en passant affectueusement son bras autour de son épaule. Ta sœur ne comprend pas, c'est tout. Elle finira par se radoucir… un jour.

Abby hocha la tête, reconnaissante envers son père pour ses paroles réconfortantes, mais elle savait qu'elles ne voulaient rien dire. Noel ne comprendrait jamais. Ça faisait dix ans qu'elle avait jeté son dernier sort à Keating Hollow. Si Noel n'avait toujours pas compris depuis, ça ne changerait jamais.

— Je vais lui parler, dit Faith en emboîtant le pas à Noel.

— Faith… commença Abby, mais sa sœur lui fit signe de se taire.

— Il faut bien que quelqu'un lui fasse entendre raison, dit-elle par-dessus son épaule avant de disparaître dans le couloir.

Abby croisa le regard d'Yvette à travers la cuisine. Yvette secoua la tête pour indiquer que la mission dans laquelle s'était lancée Faith était une cause perdue. Abby soupira, se laissa glisser du tabouret, et passa dans le salon pour passer un peu de temps avec sa nièce.

~

ALLONGÉE DANS SON LIT, Abby fixait le plafond. Elle était rompue de fatigue mais incapable de dormir. Entre le fait d'avoir revu Clay et les révélations de sa sœur concernant Logan, son cerveau tournait à toute allure. Cela ne faisait même pas vingt-quatre heures qu'elle était rentrée, et sa vie partait déjà en vrille. Son attirance pour Clay était indéniable, et l'avait toujours été pour autant qu'elle s'en souvienne. Elle n'avait simplement pas réalisé que même dix ans après, cette attirance ne s'était pas calmée… pas même un tout petit peu. Et c'était perturbant.

Peu importait les problèmes qu'il y avait entre elle et Logan, ils avaient toujours une sorte de relation. Est-ce qu'une pause pouvait être considérée comme une rupture ? Elle n'en était pas sûre, surtout vu sa dernière conversation avec lui. Dans tous les cas, pour lui comme pour elle-même, elle se devait de savoir ce qu'elle voulait, et vite, surtout si elle commençait à fantasmer sur un autre homme.

Troublée, elle rejeta la couverture, s'enroula dans sa robe de chambre et emprunta le couloir en direction de la cuisine. Une lumière douce s'en déversait et quand Abby tourna l'angle, elle sentit ses lèvres se retrousser en un sourire en voyant son père assis au bar, deux tasses devant lui.

— Je pensais bien que je risquais de te voir ce soir.

Il poussa une des tasses vers elle pour lui signifier que c'était pour elle. Abby s'assit à côté de lui et remarqua qu'il avait mis sa propre robe de chambre et des chaussettes dépareillées. Elle pouffa de rire.

— Tu es toujours daltonien à ce que je vois.

Il baissa les yeux vers sa robe de chambre.

— Quoi ? C'est du plaid. Je ne peux pas me tromper avec ça.

Elle désigna ses pieds.

— Je parlais de tes chaussettes. L'une est violette et l'autre verte.

Il baissa les yeux et afficha un sourire amusé.

— Je le savais. Je te testais, c'est tout.

— C'est ça.

Abby porta la tasse à ses lèvres et prit une gorgée.

— Comment tu as su ?

— Su quoi ? demanda-t-il. Pour les champignons ?

— Non, que je n'arriverais pas à dormir.

Il plaça sa main par-dessus la sienne.

— Un papa sait ces choses-là.

— C'est plutôt qu'un sorcier de terre sent quand une sorcière de terre est un peu perturbée, dit Abby pour aller droit au but.

Il eut un petit rire.

— Aussi. J'ai toujours été capable de mieux déchiffrer tes émotions que celles de tes sœurs.

— À mon grand désarroi, déclara Abby d'une voix taquine. Tu ne m'as jamais laissée m'en sortir impunément.

Son père prit une longue gorgée de café et hocha la tête.

— Je t'ai évité des ennuis une ou deux fois aussi, si je me rappelle bien.

— C'est plutôt que tu m'enfermais dans ma chambre pendant qu'Yvette et Noel allaient jouer aux sorcières dehors.

— Ma pauvre Abby. Mais il me semble me rappeler que tu étais celle qui n'était jamais punie et que tu avais davantage de latitude que les autres quand tu n'étais pas en train d'essayer d'enfumer ton vieux papa, alors je ne pense pas que tu aies souffert tant que ça.

— C'est pas faux.

Elle pressa les doigts de son père, submergée par l'amour

qu'elle ressentait pour l'homme qui l'avait élevée. L'émotion enfla et elle la força à refluer, refusant ne serait-ce que de penser à son cancer. Elle était là pour passer du temps avec lui, être là quand il aurait besoin d'elle, pas s'effondrer et s'appuyer sur lui pour qu'il la soutienne, elle.

— Ça va aller, ma petite Abby, dit-il doucement.

— Bien sûr.

Sa voix était trop vive, trop joyeuse, et elle était certaine qu'il voyait clair en elle.

— Dis-moi ce qui t'embête ce soir. Je sais que ce n'est pas ton vieux papa. On dirait plutôt une affaire de cœur.

Elle fixa la tasse devant elle.

— C'est flippant quand tu fais ça, tu sais.

— Tu as envie d'en parler ? C'est parce que Clay est de retour ?

Abby poussa un soupir.

— Oui. Non. Je ne sais pas.

— Il tient toujours à toi.

Elle jeta un regard à son père, bouche bée.

— Il te l'a dit ?

Lin pouffa.

— Non, ma fille. Il préférerait sans doute avaler sa langue plutôt que me confesser ses sentiments. Mais c'est sûr qu'il n'est pas venu ici ce soir pour m'apporter des échantillons. Non, ma chérie, il est venu pour te voir.

Elle l'avait soupçonné. Pourquoi se serait-il porté volontaire pour lui ramener tout son barda ? Il savait que sa famille l'aurait aidée sans faire d'histoires. Les Townsend étaient comme ça. La chaleur l'envahit en comprenant que Clay prenait toujours soin d'elle en dépit du fait qu'elle l'ait quitté il y avait des années de cela.

Lin se tourna vers elle et la sonda du regard.

— Ou bien est-ce que c'est Logan ? Est-ce que tu es perturbée parce que tu es loin de lui ?

Abby laissa échapper un ricanement moqueur avant de plaquer sa main contre sa bouche, mortifiée par sa réaction. Il avait été son partenaire la plupart du temps au cours de ces deux dernières années, et elle agissait comme s'il ne comptait même pas.

— Euh, je ne voulais pas faire ça.

— Mais si.

Les yeux de Lin brillaient d'amusement.

— Ce n'est pas grave, tu sais. Tu n'es pas obligée de faire comme si c'était l'amour de ta vie. Surtout que ce n'est pas le cas.

— Comment tu le sais ? Tu ne l'as même pas rencontré.

Son père était venu lui rendre visite à La Nouvelle-Orléans quelques fois, mais pas depuis qu'elle avait commencé à sortir avec Logan.

— Tu oublies que nous partageons un lien unique.

Il lui adressa à nouveau un sourire entendu.

— Mais même si ce n'était pas le cas, n'importe quel idiot comprendrait que ce n'est pas l'homme de ta vie. Tu veux bien faire quelque chose pour moi ?

— Quoi donc ? demanda-t-elle.

— Laisse-toi souffler un peu. Tu ne dois rien à personne. Ni à Logan. Ni à Clay. Ni à tes sœurs. Ni même à moi.

— Papa, ce n'est pas…

Il leva la main.

— La famille c'est la famille, et je te suis reconnaissant d'être là. Mais la vérité, c'est que tu es là pour toi-même autant que tu l'es pour moi. Je suis sérieux. Tu ne nous dois rien. Et cet homme avec qui tu sors à La Nouvelle-Orléans ? Il a de la chance que tu l'aies soutenu pendant qu'il essayait de devenir un artiste. Pas l'inverse.

Abby cligna des yeux.

— Tu as parlé avec Faith.

— Un peu. Et je sais que je ne l'ai pas rencontré, mais de ce que j'ai entendu de lui, il ne mérite pas ma belle et talentueuse fille.

Il passa un bras autour de ses épaules et l'attira plus près. Le malaise dans la poitrine d'Abby se dissipa et elle sourit intérieurement.

— Tu dis ça de tous les garçons qui sortent avec tes filles.

Il ne répondit pas, mais continua à la tenir contre lui, la laissant se gorger de son amour. Enfin, il dit :

— Je t'aime, ma petite Abby. Sois fidèle à toi-même.

— Je t'aime aussi, papa.

Elle releva la tête et croisa son regard.

— Et merci. C'est pile ce qu'il me fallait.

Il l'embrassa sur le dessus du crâne.

— Maintenant, retourne te coucher. Ton vieux papa a besoin de sommeil pour être frais et dispo.

— Tu n'as pas l'air d'avoir plus de quarante printemps, lui dit-elle avec un clin d'œil.

— C'est rassurant. Je dirai à Claire qu'elle a bien de la chance.

Claire était la femme avec qui il sortait depuis quinze ans. Abby avait toujours pensé qu'ils se marieraient un jour, mais ils semblaient se contenter de leur dîner le vendredi soir et de leur brunch le dimanche matin. Abby était heureuse que son père ait quelqu'un, mais elle était aussi triste qu'il ait abandonné l'idée du mariage depuis que sa mère lui avait brisé le cœur, vingt ans auparavant.

— Je suis sûre qu'elle le sait déjà.

Elle l'embrassa sur la joue et repartit vers sa chambre.

— Abby ?

Elle s'interrompit et regarda par-dessus son épaule.

— Oui, papa ?

— Quand tu as dit que je pensais que personne ne méritait mes filles…

— Eh bien ?

— Il y a quelqu'un qui en mérite une.

Abby attendit qu'il poursuive, mais il se contenta de sourire et se leva de sa chaise pour rejoindre sa chambre à l'autre bout de la maison.

— Tu ne vas quand même pas t'arrêter là, si ? cria-t-elle dans son dos.

Il lui fit au revoir de la main sans se retourner et elle l'entendit rire tout seul alors que la porte de sa chambre se refermait avec un petit clic.

CHAPITRE 8

Le brouillard était descendu des montagnes qui bordaient le littoral et s'était installé dans la vallée de Keating Hollow. Clay se tenait sous la galerie couverte à l'avant de la brasserie. Il inspira profondément et laissa l'air frais et l'odeur des séquoias l'apaiser. Il n'avait pas bien dormi.

D'abord, il n'avait pas réussi à se sortir Abby et sa dentelle rouge de la tête. Et puis, quand il avait enfin commencé à s'endormir, un sentiment d'angoisse l'avait soudain étreint. À trois heures du matin, il s'était redressé d'un bond dans son lit, complètement réveillé, avec le besoin irrépressible de vérifier qu'Olive allait bien. Sauf qu'elle n'était pas dans son lit de l'autre côté du couloir. Elle était à plus de mille kilomètres de là avec sa mère et Dieu sait qui d'autre.

Il n'était pas du genre à ignorer son instinct alors il appela aussitôt le portable de sa fille. Elle répondit à la quatrième sonnerie, d'une voix pâteuse et endormie. Une fois rassuré, il lui avait gentiment dit de se rendormir et qu'il lui parlerait le lendemain.

Bien sûr, cela avait donné lieu à un appel de Val à sept

heures du matin, son ex-femme ayant profité de l'occasion pour le traiter de tous les noms. Juste parce qu'il avait été inquiet. Comment s'était-il retrouvé avec quelqu'un d'aussi toxique ?

Il connaissait la réponse à cette question, mais il n'avait pas envie de s'appesantir dessus. Après le départ d'Abby, il avait eu besoin de quelqu'un, n'importe qui, pour l'aider à surmonter la douleur de l'avoir perdue. Et Val avait été là. Dommage qu'il ait eu besoin d'autant de temps pour comprendre qu'elle était exactement le contraire de ce qu'il cherchait vraiment.

— Bonjour, patron, dit Rhys, son assistant, en se dirigeant vers l'entrée. On souffle un coup avant que ce soit la folie ?

— Hein ?

Le front de Rhys se creusa d'une ride.

— Le festival de la Grand-Rue. On organise une dégustation, tu te rappelles ?

— Ah oui.

Clay secoua la tête. Il avait complètement oublié. Entre les coups de fil insupportables avec Val et le fait d'avoir revu Abby, c'était déjà bien qu'il se soit souvenu de venir au travail.

— On ferait mieux de s'y mettre, alors.

Rhys hocha la tête et quelques instants plus tard, Clay le suivit à l'intérieur du pub.

— Il nous faut un autre fût de Folie de Caramel et, crois-le ou non, on a complètement vidé l'Ambrée Citrouille Épicée, dit Clay à Rhys tandis qu'il servait un autre verre de Stout Chocolat.

— La vache. Ces sorcières sont vraiment fans de citrouille,

hein ? remarqua Rhys en attrapant deux bouteilles de Moon Pale Ale.

Clay se mit à rire.

— Pourquoi crois-tu que j'ai insisté pour qu'on en produise. Je te jure, on peut ajouter de la citrouille épicée à n'importe quoi en octobre, et ça se vend comme des petits pains.

— Évite juste d'en mettre sur mes frites de patate douce, dit Yvette en frissonnant depuis sa place au bout du bar. Il y a des limites.

— C'est un ordre spécial, confirma Clay. On ne traficotera pas les frites tant que je serai là, à moins que ce soit une demande expresse.

— Parfait.

Yvette prit une longue gorgée de sa Stout Chocolat et s'attaqua à son burger en ignorant le brouhaha autour d'elle.

La moitié de la ville doit être là, pensa Clay en avisant la foule qui attendait patiemment pour déguster sa nouvelle bière. Et pour l'instant, tous les parfums avaient trouvé le succès. Il avait été un peu nerveux quand ils avaient installé le nouvel assortiment sur les tireuses. Lincoln Townsend faisait de la très bonne bière, mais il était traditionaliste et il avait préféré produire des blondes, des brunes et des blanches classiques. Avant que Clay devienne maître brasseur, ce qu'il y avait de plus proche d'une bière aromatisée dans la brasserie de Keating Hollow, c'était leur porter qui avait naturellement un petit goût chocolaté. Il y avait au moins un aspect de sa vie où ça se passait bien.

Il utilisa un mouchoir pour s'essuyer le front et remplit un autre plateau de dégustation.

— Tu ne m'as pas attendue, dit une voix féminine familière.

Clay releva brusquement la tête et aperçut Abby qui s'installait à côté d'Yvette. Les deux sœurs étaient de vrais contraires, l'une sombre, l'autre lumineuse. Mais à la façon dont elles étaient assises, avec leurs postures exactement identiques et leurs visages inclinés suivant le même angle, on ne pouvait ignorer qu'elles partageaient le même lignage.

— Mais je t'ai commandé à déjeuner, dit Yvette en faisant signe à Sadie, la serveuse à mi-temps de la brasserie. Elle est là.

Sadie hocha la tête et disparut en cuisine. Quelques instants plus tard, elle revint avec une chaudrée dans un bol en pain et une salade maison. Elle jeta un regard à Clay.

— Il me faut une Stout Chocolat.

— Ça marche.

Abby se raidit légèrement, mais ne se tourna pas pour le saluer et il faillit en rire. Elle était bien trop consciente de sa présence et faisait tout son possible pour l'ignorer. Eh bien, il allait y remédier. Il remonta le bar pour venir se tenir en face des deux sœurs.

— Bonjour, mesdames, dit-il avec un grand sourire. Alors, on évite encore le boulot ?

Yvette leva les yeux au ciel.

— C'est ça, mon mignonnet. J'étais au travail, mais apparemment on distribue de la bière gratuite par ici, et tous les gens de cette ville préfèrent boire plutôt qu'acheter des livres. Alors j'ai laissé tomber et j'ai décidé de retrouver ma sœur pour déjeuner tardivement. Pour tout dire, je ne suis même pas sûre qu'on va rentrer assez d'argent aujourd'hui pour couvrir le salaire de Brinn.

Clay se rappelait vaguement la femme qu'Yvette avait embauchée quelques mois auparavant. C'était une sorcière nouvellement arrivée en ville, une cousine de Wanda s'il ne se trompait pas. Une autre sorcière d'air, lui semblait-il, ce qui était parfait pour ranger les livres. Elles étaient douées pour déplacer des objets en les faisant léviter.

— Je suis sûr que les gens seront prompts à ouvrir leurs portefeuilles une fois qu'ils auront descendu suffisamment de houblon.

Sa remarque fit rire Abby.

— Ça a toujours bien fonctionné sur le marché artisanal à La Nouvelle-Orléans.

Clay posa un coude sur le bar et se pencha vers elle, incapable de résister à cette attraction constante.

— Et toi alors, Abby ? Qu'est-ce que tu comptes faire pendant que tu es là ? Aller à la plage ? Faire des randos ? Participer à des courses effrénées en voiturette de golf avec Wanda ?

— Eh bien, Clay, si tu veux savoir, même si tout ça a l'air merveilleux pour des vacances, je serai en réalité en train de travailler la plupart du temps. J'ai des commandes à honorer pour les fêtes de fin d'année.

— Elle va s'installer dans la remise de la brasserie, dit Yvette dont les lèvres se retroussèrent en un sourire amusé.

— Vraiment ?

Clay se redressa et faillit renverser Sadie.

— Fais gaffe, dit la petite blonde en l'aidant à retrouver son équilibre des deux mains. Il y a des gens qui travaillent ici.

— Désolé, marmonna Clay avant de retourner son attention vers Abby.

— Tu vas travailler ici ? Combien de temps ? Une semaine ? Deux ?

Abby inclina la tête de côté pour l'observer.

— Pourquoi ? Ça va t'embêter que je sois là ?

— Non ! répondit-il trop vite, d'une voix trop aiguë.

Par Zeus et Hadès, il se comportait comme un idiot. Il se racla la gorge et réessaya.

— Je veux dire, bien sûr que non. Je me demandais juste combien de temps la remise serait occupée.

— Pourquoi ? Personne ne l'utilise, dit Yvette en étrécissant les yeux, soupçonneuse.

Clay savait ce qu'elle pensait. Elle croyait qu'il essayait de savoir combien de temps Abby travaillerait à moins de trois mètres de lui. Mais ce n'était pas ça... ou en tout cas, pas entièrement. À vrai dire, il utilisait la remise quand il travaillait sur de nouvelles recettes. C'était le bâtiment d'origine de la brasserie, à l'époque où Lin avait démarré son pub il y avait plus de quarante ans. Désormais, il y avait des équipements bien plus modernes dans le bâtiment principal qui la rendaient obsolète. Mais il y avait l'eau courante, le chauffage, une gazinière, et c'était tranquille, ce qui était ce dont il avait besoin quand il travaillait sur une nouvelle recette.

— Je pense que je passerai les fêtes ici, dit Abby. Et j'ai besoin de travailler pendant que je suis là. Alors si le fait que j'utilise la remise est un problème pour toi, il vaut mieux que je le sache tout de suite pour pouvoir prendre d'autres dispositions.

— Non.

Clay secoua la tête en essayant d'ignorer le frémissement d'anticipation qui le traversait.

Savoir qu'il la verrait presque tous les jours pour les trois prochains mois faisait disparaître le stress de l'année qui venait de s'écouler et il avait l'impression d'être un ado à nouveau, un ado qui avait hâte de passer du temps à proximité de la jolie fille qui occupait ses pensées.

— Ce n'est pas un problème du tout.

Les yeux d'Abby étincelèrent sous les lumières tandis qu'elle lui souriait.

— Tant mieux.

— Oh, vingt dieux, dit Yvette en levant les yeux au ciel. Moi je dégage d'ici avant que vous n'entriez en combustion spontanée avec toutes les étincelles que vous dégagez.

Elle descendit de son tabouret, jeta deux billets sur le comptoir et sortit du pub.

Abby regarda l'argent qu'elle avait laissé.

— Est-ce qu'on doit payer pour nos repas maintenant ?

Clay secoua la tête.

— Non. Tous les Townsend mangent gratuitement ici. C'est le pourboire de Sadie.

— Oh. Bien sûr.

Abby fouilla dans son sac et laissa le même montant que sa sœur. Puis elle leva sa bière pour porter un toast.

— À notre collaboration pour ces prochains mois.

Clay décapsula une bouteille de porter, la fit cogner contre sa chope, et répéta :

— À notre collaboration.

Chacun soutint le regard de l'autre le temps de prendre une longue gorgée. Il sembla à Clay que le pub, les autres employés et tous les clients avaient disparu et qu'il ne restait qu'Abby – jusqu'à ce qu'il entende un cri et un bruit de verre cassé.

Il se redressa d'un coup et tourna son regard vers l'avant de la pièce. Il repéra alors Sadie étalée par terre au milieu d'éclats de verre et de bière renversée. Du sang tachait son bras gauche et avait imprégné son tee-shirt blanc avec le logo de la brasserie.

— Sadie !

Abby sauta de son tabouret et se précipita vers elle. Elle l'observa rapidement et cria :

— Clay, ramène la trousse de premiers secours et des serviettes propres.

Il attrapa une pile de torchons et la lui lança. Puis il se

précipita derrière pour prendre la trousse de premiers secours. Quand il rejoignit Abby auprès de Sadie, elle avait bandé son bras avec deux torchons. Le sang avait déjà traversé.

— Oublie la trousse de secours. Il lui faut un guérisseur. Vite, dit Abby.

Clay n'hésita pas. Il souleva Sadie dans ses bras et commença à avancer vers la porte. Juste avant de passer le seuil, il appela par-dessus son épaule :

— Abby, surveille les lieux jusqu'à mon retour.

— Ça marche, répondit-elle.

Alors il commença à courir.

CHAPITRE 9

*L*e soleil était couché depuis longtemps quand Abby referma enfin les portes de la Brasserie Townsend Keating Hollow. Elle n'avait pas vu ni eu de nouvelles de Clay depuis qu'il avait emmené Sadie chez le guérisseur, et elle était carrément inquiète. Le seul bon côté, c'est qu'il y avait tellement de monde dans le pub qu'elle n'avait pas eu le temps de trop stresser pour eux.

Elle ne se rappelait pas avoir jamais vu le pub si populaire. Presque tous les gens qui étaient venus disaient être des clients réguliers et il semblait que les bières de Clay avaient conquis la ville. Mais ce qui lui donnait le sourire, c'est que même si tout le monde disait à quel point ça leur manquait de voir son père tous les jours, ils ne manquaient pas pour autant de montrer qu'ils approuvaient le travail que faisait Clay.

Pour une raison ou une autre, leurs compliments la rendaient fière, comme si Clay avait toujours été sien.

— Arrête, Abs, se dit-elle en commençant à passer le balai.

Quand elle eut fini et que le carrelage reluisait, le moindre muscle de son corps lui faisait mal. Mais elle n'avait toujours pas déchargé le pick-up de son père, ce qui était la raison pour laquelle elle était venue au pub à la base.

— C'est nickel, Abby, dit Rhys qui se trouvait derrière le bar.

À son grand soulagement, il s'était porté volontaire pour rester et s'assurer que tout était en ordre dans la cuisine. Le bar était parfaitement propre, les fûts avaient été remplacés et la caisse avait été comptée.

— Prête à y aller ?

— Vas-y, toi, dit-elle en lui faisant signe de partir. J'ai encore deux trois trucs à faire.

Il haussa les sourcils.

— Comme quoi ? Je ne crois pas avoir vu cet endroit aussi propre depuis la fois où Yvette a remplacé ton père pendant une semaine quand il était allé te voir à La Nouvelle-Orléans.

Ça fit rire Abby. Ce n'était pas surprenant. Yvette était le genre de personnes qui étaient incapables d'aller se coucher tant que la cuisine n'était pas impeccable et que tout avait été rangé.

— Il faut juste que je décharge des trucs du pick-up de mon père.

— Tu as besoin d'aide ? demanda-t-il en la rejoignant déjà.

— Non, non. Ça fait des heures que tu es là. Rentre chez toi. Je m'en occupe.

Elle lui adressa un sourire d'encouragement et partit déverrouiller la porte pour lui.

— Va te reposer. Je sais que tu es arrivé tôt.

Le bâillement qu'il ne put réprimer prouva ses dires.

— Tu vois ? Tu es épuisé. File. Allez, ordonna-t-elle.

— Je ne vais pas attendre que tu me le dises une troisième fois.

Il lui adressa un sourire reconnaissant et disparut dans la nuit.

Abby marcha jusqu'au bar, se servit un verre de stout à la tireuse et se laissa tomber sur un des tabourets, tout son corps s'affaissant de soulagement. Bon sang, depuis quand avait-elle perdu la forme comme ça ? Quand elle était au lycée, elle avait passé bien des soirées à servir au bar, et elle ne se rappelait pas avoir jamais été aussi épuisée qu'en ce moment.

Elle se renfonça dans le tabouret et sursauta quand ses fesses commencèrent à vibrer. Elle sortit son téléphone avec l'espoir que c'était Clay qui appelait, mais elle déchanta en voyant qu'il s'agissait de Logan. Elle grimaça. Ce n'était pas la réaction qu'on était censé avoir quand votre plus ou moins petit ami vous appelait.

Après s'être morigénée intérieurement, elle décrocha et dit d'une voix joyeuse :

— Salut, ça va ?

— Regarde tes emails, dit-il d'un ton jubilatoire.

— Quoi ?

Abby fronça les sourcils.

— Pourquoi ?

— Tu ne vas jamais croire ce qui est arrivé aujourd'hui. C'est dingue.

— D'accord, qu'est-ce qui est arrivé aujourd'hui ? demanda-t-elle en réprimant un bâillement.

Ses yeux s'embuèrent. Elle mourait d'envie de grimper dans son lit chez son père et de dormir une bonne douzaine d'heures.

— Devine. Vas-y. Tu ne devineras jamais.

— Euh, je ne sais pas. Tu as vendu un tableau ?

Il y eut un silence à l'autre bout de la ligne et pendant un instant, elle crut que l'appel avait été coupé.

— Logan ? Tu es toujours là ?

Elle l'entendit pousser un soupir exagéré.

— Oui, je suis là. Ça n'a rien à voir avec mes tableaux.

— Oh.

La frustration monta en elle et elle eut envie de crier juste pour l'évacuer. Il n'était pas juste agacé, il était énervé qu'elle ait mis ses tableaux sur le tapis. Mais bon sang, c'était lui qui lui avait dit de deviner. Comment était-elle censée savoir de quoi il voulait lui parler ? Pendant toute la première partie de leur relation, tout avait tourné autour de l'art… enfin, plus spécifiquement de l'art que *lui* produisait. Était-ce si étonnant qu'elle imagine que sa bonne nouvelle avait quelque chose à voir avec ça ?

— Euh, tu as remporté un contrat ?

— Mieux que ça, mais ce n'est pas pour ça que j'appelais.

Toute sa joie avait disparu et il apparut clairement à Abby qu'il lui en voulait pour l'avoir coupé dans son élan. Eh bien, tant pis. Elle ne lisait pas dans les pensées et ce n'était pas comme si elle avait dit quoi que ce soit de méchant.

— J'abandonne, dit-elle en se forçant à prendre une voix enjouée. C'est quoi la grande nouvelle ?

— C'était censé être une surprise.

— Ça l'est toujours, dit-elle en riant, vu qu'à l'évidence je n'ai aucune idée de ce que tu essaies de me dire.

— C'est évident.

— Quoi ?

Elle retira le téléphone de son oreille et contempla l'écran avec incrédulité. Quand elle le remit en position, elle dit :

— Est-ce que tu es vraiment en colère contre moi parce que je ne lis pas dans tes pensées ?

— Non, Abigail, je suis frustré parce qu'on dirait que tu n'as pas écouté un mot de ce que je disais depuis six mois. Ça serait sympa si tu pouvais me soutenir dans mes choix au lieu de toujours revenir sur l'échec de la galerie.

Une onde de choc la parcourut et elle se rappela soudain que Faith lui avait dit qu'il lui avait caché des douzaines de tableaux.

— Je suis désolée, répondit-elle machinalement même si elle n'avait pas dit un mot à propos de la galerie.

Ça n'avait pas vraiment d'importance en comparaison de l'ego sérieusement malmené de Logan.

— Je ne parlerai plus de la galerie ou de tes tableaux.

— Merci.

Le silence s'installa entre eux, mais cette fois, Abby était déterminée à attendre qu'il se décide. Elle n'avait toujours pas l'impression d'avoir fait quoi que ce soit de mal. Et elle n'allait pas s'épuiser davantage à lui tirer les vers du nez pour qu'il lui dise ce qu'il voulait lui dire. Franchement, après avoir traversé le pays en voiture et passé la journée à travailler à la brasserie, elle n'était pas d'humeur à démêler les problèmes de Logan.

— Tu sais quoi, Abby ? J'ai une réunion qui m'attend. Regarde juste tes mails et appelle-moi pour me dire ce que tu en penses.

— D'accord, dit-elle, mais seul le silence accueillit sa réponse.

Quand elle regarda le téléphone, ce fut pour constater qu'il avait raccroché. Elle secoua la tête en fusillant le téléphone du regard.

— Crétin.

— Il y a un nuage au paradis ? demanda une voix profonde derrière elle.

Clay.

Il était de retour. La tension disparut de ses épaules et quand elle se retourna pour plonger dans son regard troublé, elle sentit la paix revenir dans son âme. Tout l'énervement qu'elle avait ressenti en parlant à Logan disparut et elle se sentit *bien* comme elle ne l'avait pas été depuis très longtemps. Elle n'avait pas envie de réfléchir à ce que ça voulait dire, mais pour l'instant, elle était juste heureuse d'être en présence de quelqu'un avec qui elle avait désespérément envie d'être amie de nouveau.

— On dirait bien, confirma-t-elle avec un léger sourire. Je crois que je ne vais pas gagner le prix de la meilleure petite amie cette année.

Pourquoi est-ce qu'elle avait dit « petite amie » ? Elle n'était même plus sûre de ce qu'était son statut. Bon sang, il fallait vraiment qu'elle tire les choses au clair avec Logan, et le plus tôt serait le mieux, pour sa propre tranquillité d'esprit.

— Si c'est le cas, je suis sûr que c'est parce que ton crétin ne se rend pas compte de la chance qu'il a.

Le sourire d'Abby s'élargit.

— C'est très gentil. Merci.

Il haussa les épaules.

— C'est juste la vérité.

— Tu n'en sais rien. Si ça se trouve, je suis devenue la pire sorcière de la planète. Et si je m'étais tirée avec son portefeuille ?

— C'est ce que tu as fait ?

— Non.

— Bien sûr que non. Je parie que tu as rempli son frigo avec sa tarte favorite et que tu lui as laissé tes célèbres lasagnes dans le congel.

Ça la fit rire et elle se sentit réchauffée de l'intérieur en constatant qu'il la connaissait si bien.

— Presque. Glace au caramel maison et écrevisses à l'étouffée.

— Tu vois, tu es toujours aussi adorable qu'à l'époque, et s'il ne le voit pas, c'est son problème.

Ils se regardèrent dans les yeux une ou deux secondes puis Abby murmura :

— Merci.

— De rien.

Elle lui adressa un sourire reconnaissant avant de froncer les sourcils en se rappelant pourquoi elle était restée travailler là à la base.

— Comment va Sadie ?

— Mieux, avec les points de suture. Elle ne pourra pas travailler pendant quelques semaines, mais ça va aller.

— Oh, c'est bien.

Abby poussa un soupir de soulagement. L'entaille était impressionnante.

Clay marcha jusqu'à elle et lui tendit la main pour l'aider à descendre du tabouret.

— Bon, qu'est-ce que tu fais encore ici ?

Une fois sur ses pieds, elle lâcha sa main et fourra les siennes dans ses poches.

— Il faut encore que je décharge le pick-up de mon père. Il y avait tellement de monde que je n'ai pas eu le temps de le faire.

— Bon, faisons ça alors.

Il commença à avancer vers la porte d'entrée, mais Abby ne bougea pas.

— Tu n'es pas obligé. Tu as déjà tout sorti de ma voiture pour le mettre dans le garage de mon père.

— Abby, tu viens de passer toute la journée à faire mon travail. Je crois que je peux t'aider à décharger quelques cartons.

Il ouvrit la porte et lui fit signe de le suivre.

— Viens. Tu as l'air épuisée. Finissons-en avec ça, que tu puisses aller te reposer.

Ses pieds semblèrent se mouvoir tout seuls et quand elle arriva à sa hauteur, elle lui toucha le bras et dit :

— Merci.

Il posa la main en bas de son dos et dit d'une voix basse, bourrue :

— Toujours là pour toi, Abs.

CHAPITRE 10

Abby rentra chez son père, le cœur gonflé de satisfaction. Elle ne se souvenait pas de la dernière fois où elle s'était sentie si… légère. Clay était exactement le genre d'ami dont elle avait besoin en ce moment – drôle, décontracté et d'un vrai soutien. C'était incroyable qu'ils puissent retrouver cette amitié pleine d'aisance malgré tout ce qui s'était passé entre eux.

La maison était plongée dans le noir à l'exception de la lumière au-dessus de la cuisinière. En fredonnant, Abby se fit un chocolat chaud et s'assit au bar où elle ouvrit son ordinateur portable. Après avoir imprimé la liste de ses dernières commandes, elle ouvrit sa boîte mail.

Sa bonne humeur disparut immédiatement lorsqu'elle avisa le mail non lu de Logan. Un soupir s'échappa de ses lèvres au moment même où elle entendit un bruit sourd, suivi d'un gémissement, qui venait de quelque part vers la chambre de son père.

— Papa ?

Elle sauta de son siège et se précipita vers sa porte. Elle frappa en demandant :

— Euh, papa, est-ce que ça va ?

La peur l'assaillit et elle frappa à nouveau. Un bruit de pas léger se fit entendre juste avant qu'il ouvre la porte et l'accueille avec un faible sourire.

— Ça va, Abby. J'ai juste trébuché contre l'ottomane.

Elle cligna des yeux et remarqua sa posture courbée et la main qu'il tenait contre son abdomen.

— Ça n'a pas l'air d'aller, papa.

Il ferma les yeux et secoua légèrement la tête.

— Je suis juste un peu fatigué et j'ai quelques nausées à cause de la séance d'aujourd'hui.

— Tu avais une séance aujourd'hui ? demanda-t-elle, choquée. Comment ça se fait que tu ne m'aies rien dit ? Pourquoi Yvette ne m'a rien dit ? J'ai déjeuné avec elle. Bon sang, papa, qui t'a emmené ?

Il grimaça et déglutit visiblement.

— Personne. J'y suis allé tout seul.

— Pourquoi ?

Abby ne comprenait vraiment pas.

— Tu n'as pas besoin de faire ça. Si j'avais su, je serais venue avec toi. C'est en partie pour ça que je suis ici.

— Abby, dit-il d'une voix rauque d'épuisement. Je suis un adulte. Je peux aller à l'hôpital et revenir tout seul.

Il prit une inspiration et tourna la tête alors que son visage prenait une teinte verdâtre.

— Je...

Il se tourna et se précipita vers la salle de bain. Quelques secondes plus tard, elle l'entendit vomir.

— Oh, papa, dit-elle à mi-voix.

Elle repassa dans la cuisine où elle sortit quelques crackers et lui servit un verre de limonade au gingembre. Elle s'interrompit pour jeter un regard à son atelier. La culpabilité la rongea. Il y avait une époque où elle aurait pu produire une potion pour éliminer cette nausée. Mais cela remontait à longtemps et elle ne savait plus le faire. Si elle avait su que son père commençait déjà un traitement, elle aurait trouvé un guérisseur et aurait fait des stocks de potion anti-nausée.

Elle se hâta de revenir dans la chambre de son père et posa les crackers et le soda sur sa table de nuit, avant de se mettre à faire les cent pas en attendant qu'il revienne. Quand il émergea enfin de la salle de bain, elle fit de son mieux pour dissimuler son inquiétude et se précipita pour l'aider à revenir au lit.

Cette fois, il passa son bras autour de ses épaules et s'appuya sur elle.

— C'est coriace, la chimio.

— Viens. Remets-toi au lit. Je t'ai apporté des crackers.

— Merci, Abs.

Il poussa un soupir de soulagement en se rasseyant dans son lit. Il ignora les crackers et prit une gorgée de soda au gingembre. Il fit la grimace, reposa la boisson sur la table de nuit et saisit la télécommande.

— Tu veux regarder un film ?

— Oui, si tu veux, papa.

Il alluma la télé et zappa jusqu'à ce qu'il trouve un film avec John Wayne. Il sourit à sa fille et tapota la place à côté de lui dans le lit.

— Mets-toi à l'aise. C'est un marathon.

Abby grommela avant de pouffer de rire avec bonne humeur.

— Sérieusement ? Encore John Wayne ? Peut-être que tu devrais essayer quelque chose de cette décennie.

Son père s'installa en position assise avec deux oreillers et secoua la tête.

— On ne peut pas rivaliser avec la perfection, Abby.

Elle se contenta de secouer la tête et s'appuya contre la tête de lit. Cinq minutes plus tard, son père quittait les lieux à nouveau pour un deuxième round dans la salle de bain. L'entendre vomir lui mit les larmes aux yeux.

Pourquoi lui ? se demanda-t-elle pour la centième fois depuis que sa sœur avait appelé pour lui annoncer le diagnostic. Il ne méritait pas ça. Personne ne méritait ça, mais particulièrement pas Lincoln Townsend. Son père était le point de repère de la famille Townsend, la personne stable qui avait toujours été là pour chacune d'elles, entre les cœurs brisés, les devoirs ratés et les autres déceptions de la vie sans une mère sur qui s'appuyer. Lin s'était retrouvé à élever quatre filles à lui tout seul et il l'avait fait avec énormément d'amour et de grâce, sans jamais se plaindre du lot qui était le sien dans la vie. Pas un jour n'était passé sans qu'elle se sente aimée et chérie par son père.

Le bruit de l'eau qui coulait la tira de ses pensées et elle essuya en hâte ses yeux humides. Elle ne voulait pas que son père la voie comme ça. Il ne ferait que s'inquiéter pour elle, et elle ne voulait pas rajouter ça à la liste de ses soucis. Cette fois, c'était elle qui devait le soutenir, pas l'inverse.

Quand il ressortit enfin, son visage avait pris un teint cireux et il avait de gros cernes sous les yeux. Il avait également troqué son jean contre un bas de pyjama en flanelle et il avait mis un tee-shirt propre. Elle descendit du lit en hâte pour aller l'aider, mais il lui fit signe de s'éloigner.

— Ça va. J'ai juste besoin de me recoucher et de dormir, dit-il.

— Bien sûr. Laisse-moi simplement…

— J'ai dit que ça *allait*.

Abby capitula, comprenant qu'il détestait avoir l'air faible. Elle savait que c'était sa façon de se prouver qu'il pouvait s'en sortir, tout comme quand il était allé tout seul voir le médecin sans rien dire à personne. Elle attendit qu'il s'asseye dans le lit et prenne une autre gorgée de limonade. Il grimaça à nouveau quand le liquide toucha ses lèvres.

— Je peux te ramener autre chose. De l'eau ? Je peux appeler la pharmacie et voir s'ils ont quelque chose contre la nausée.

— J'ai déjà des cachets, Abby, dit-il doucement. Je les ai pris tout de suite après la séance. Ils ont dit que même avec les cachets, ce n'était pas inhabituel d'avoir des vomissements.

Abby souffla.

— Alors c'est quoi l'intérêt ?

Il croisa son regard de ses yeux fatigués.

— Sans ça, je crois que je passerais la nuit roulé en boule devant les toilettes plutôt qu'au lit devant la télé.

— Je vois.

Abby croisa les bras devant sa poitrine et fronça les sourcils. Elle était reconnaissante qu'il ait quelque chose qui l'aide en partie, mais est-ce que c'était vraiment le mieux qu'ils puissent faire ?

Son père grimpa sous les couvertures, et sans même éteindre la télévision, il roula sur le côté et ferma les yeux.

Abby poussa un long soupir, laissa la télécommande sur la table de nuit, puis éteignit la lumière en disant :

— Bonne nuit, papa. Je suis là si tu as besoin de quoi que ce soit.

Il remonta les couvertures plus haut et dit :

— Je sais. Bonne nuit.

Abby referma la porte derrière elle et laissa enfin tomber les larmes qu'elle retenait depuis une heure. Un petit sanglot lui échappa alors qu'elle s'asseyait sur le canapé en cuir et enfouissait son visage dans ses mains, et que toutes ses peurs remontaient à la surface.

C'était comme si son cancer était enfin devenu réel. Le voir malade, savoir que c'était à cause de la chimio, c'était comme un coup de poing dans le ventre. Elle était persuadée qu'il saurait mener cette bataille, elle le croyait capable de se débarrasser de ce cancer et d'en ressortir plus fort que jamais. Mais ça ne changeait rien au fait que la petite fille en elle venait de voir son héros se prendre une rouste et qu'elle ne pouvait pas s'attaquer au méchant elle-même.

Son père n'était plus infaillible et ça faisait mal d'être forcée d'affronter cette réalité.

Elle se leva, partit dans la cuisine et prit une poignée de serviettes en papier pour se nettoyer le visage. Après avoir séché ses larmes, elle se rassit devant son ordinateur et revint à ses emails.

— Oh, mince, marmonna-t-elle en apercevant le message de Logan.

Elle n'était pas d'humeur à gérer sa fameuse surprise et elle était sur le point de se déconnecter quand l'aperçu du mail retint son attention : *Le Bal des Sorcières.*

Elle cliqua sur le mail. Ça disait :

À la réunion d'aujourd'hui, j'ai rencontré le maire. Il a été impressionné par notre vision pour revitaliser le parc d'attractions abandonné et il a insisté pour qu'on le retrouve au Bal des Sorcières de La Nouvelle-Orléans. Je sais que tu avais vraiment envie d'y aller l'an dernier. Les billets d'entrée sont super chers, mais tu le vaux bien, ma belle. Tu pourras me remercier en portant une tenue sexy. J'ai vraiment hâte de te voir, ça nous fera un long week-end. Je t'ai déjà réservé un vol.

PS : N'oublie pas de me trouver une tenue. J'ai des réunions non-

stop jusqu'à ce que tu arrives. Tu as toujours mes mensurations, hein ?

Il y avait une pièce jointe avec un billet d'avion à son nom. Le vol au départ de San Francisco était deux jours plus tard, avec un départ à six heures du matin.

Abby resta assise sur son tabouret, à fixer l'email. C'était une blague, n'est-ce pas ? Est-ce qu'il était obtus au point de lui avoir acheté un billet d'avion et de s'attendre à ce qu'elle revienne à La Nouvelle-Orléans trois jours après être arrivée ? Alors qu'elle lui avait déjà dit qu'elle ne se sentait pas l'envie de revenir après seulement deux *semaines* ? Est-ce qu'il était dingue ? Plus elle fixait l'email, plus sa colère montait. Ses nerfs étaient déjà à vif après avoir vu les conséquences de la chimio sur son père. Elle n'avait pas d'énergie à dépenser pour prendre soin de l'ego fragile de Logan.

Quel enfoiré égoïste. Ces billets n'étaient pas pour elle. Ils étaient pour lui, pour l'aider à se faire bien voir des notables de la ville dans l'espoir d'obtenir leur soutien. À tous les coups, il avait une réunion de prévue à laquelle il comptait la forcer à l'accompagner. Même si ce n'était pas le cas, son mépris total du fait qu'elle avait besoin d'être auprès de son père en ce moment lui donnait envie de crier.

Elle appuya sur Répondre et commença à taper.

Tu es un sacré numéro. J'espère que ton billet d'avion est annulable, parce que je ne bougerai pas d'ici.

PS : Débrouille-toi pour t'habiller tout seul. Je ne suis pas ton assistante personnelle. Je ne suis même pas ta copine. Même plus. Trouve quelqu'un d'autre à manipuler. J'en ai fini avec toi.

Avant de pouvoir s'arrêter pour y réfléchir, elle appuya sur Envoyer et referma brusquement l'ordinateur portable. Elle se leva, la respiration rapide, et commença à faire les cent pas. Son cœur tambourinait contre sa cage thoracique. Est-ce qu'elle venait vraiment de mettre fin à leur histoire par email ? Elle hocha la tête. Oui, oui, c'est ce qu'elle avait fait. Elle méritait mieux. Beaucoup, beaucoup mieux.

Le temps qu'elle avait passé avec Clay ce soir avait été révélateur. Non parce qu'elle était bien trop consciente de toujours ressentir quelque chose pour lui, mais parce qu'il était si prévenant. C'était la deuxième fois en deux jours qu'il se pliait en quatre pour l'aider sans rien lui demander en retour. Et le truc, c'est qu'il avait toujours été comme ça. Il ne s'était jamais comporté comme si ses objectifs, son travail ou ses besoins étaient plus importants que ceux d'Abby. Le peu de temps qu'elle avait passé avec lui ce soir lui avait rappelé ce que ça faisait d'être avec quelqu'un qui était capable de se soucier d'une autre personne que lui-même.

Peu importe ce qui arriverait ou non dans le futur entre elle et Clay. Il lui avait montré quelque chose qu'elle avait oublié et elle lui en était reconnaissante.

Son téléphone sonna. Abby fit la moue en voyant le visage de Logan apparaître à l'écran et elle refusa l'appel. Le téléphone sonna à nouveau.

Elle grinça des dents, consciente qu'il allait réessayer jusqu'à ce qu'elle décroche. *Eh bien qu'il rappelle*, pensa-t-elle, et elle l'ignora pendant qu'elle se faisait une autre tasse de chocolat. Sans surprise, Logan continua à appeler sans discontinuer. Enfin, elle prit une grande inspiration et répondit.

— Qu'est-ce que tu veux, Logan ?

— C'est quoi ce délire, Abigail ? Je te fais un superbe cadeau et tu romps avec moi par email. C'est comme ça que tu me remercies ?

— Que je te remercie ? cracha Abby. De quoi ? De

m'ignorer quand je te dis que j'ai besoin d'être ici pour mon père ?

— Oh, allez. Tes sœurs sont là. Tu peux bien rentrer à la maison pour trois jours.

Le visage d'Abby s'embrasa et elle avait tellement envie de crier qu'il lui sembla que sa tête allait exploser. Elle aurait crié pour de bon, si son père n'avait pas été dans la pièce voisine, en train d'essayer de dormir. Elle compta jusqu'à cinq dans sa tête avant de répondre :

— Je suis déjà à la maison, Logan. Je ne reviendrai pas à La Nouvelle-Orléans. Tu vas devoir apprendre à te débrouiller sans moi.

— Comment ça, tu ne reviendras pas à La Nouvelle-Orléans ? Bien sûr que si. Et ma réunion dans deux semaines ?

Elle ferma les yeux et se demanda s'ils parlaient la même langue. Est-ce qu'il avait toujours été aussi égocentrique, aussi égoïste, ou est-ce que sa personnalité avait changé au cours des derniers mois ? Elle ne pouvait imaginer avoir été attirée par quelqu'un d'aussi dédaigneux, qui ignorait pratiquement tout ce qu'elle disait.

— Logan, écoute-moi bien. Je ne vais pas revenir à La Nouvelle-Orléans d'ici peu. Au plus tôt, ce serait en janvier, si je reviens. Pour le moment, je suis là avec mon père et mes sœurs, là où est ma place. Et, non, je ne peux pas simplement partir et laisser mes sœurs se débrouiller. Je suis ici autant pour moi que je le suis pour elles et mon père. Alors… arrête.

Silence complet.

Au bout d'un moment, Abby dit :

— Au revoir, Logan.

— Abby, dit-il en faisant traîner la dernière voyelle. Allez, ma puce. Ne m'en veux pas. J'ai fait une erreur. Je suis désolé. Je t'appelle demain et on mettra ça au clair.

— Non ! aboya-t-elle dans le téléphone. Ne m'appelle pas. Ce n'est pas juste que je suis en colère, Logan. C'est fini.

— Mais…

— Au revoir.

Elle raccrocha et quand il rappela à nouveau, elle refusa l'appel et bloqua son numéro.

Un étrange mélange de soulagement et de regrets la submergea quand son téléphone fut enfin silencieux. C'était fini. Elle était officiellement libre. Et même si un poids venait de quitter sa poitrine, elle ne put retenir le nouveau flot de larmes qui lui monta aux yeux. Elle battit furieusement des paupières, refusant de pleurer pour Logan. Quitter La Nouvelle-Orléans lui avait montré à quel point il l'avait utilisée. Rompre avec lui était la chose à faire, c'était bien mieux pour elle, mais elle ne pouvait s'empêcher d'avoir un sentiment d'échec. Elle avait fait tellement d'efforts pour cette relation. Probablement trop. Maintenant, il fallait qu'elle en fasse son deuil. Il était temps.

bby se tenait à l'entrée du marché fermier, un petit sourire aux lèvres. Elle avait passé les trois derniers jours à garder un œil sur son père et à l'aider dans le verger. La seule fois où elle était sortie du domaine, c'était pour aller poster les quelques commandes qu'elle avait reçues. Maintenant, son stock était bien entamé et il fallait qu'elle se reconstitue sérieusement des réserves, mais pas avant d'avoir profité de cette belle journée d'automne pour mettre la main sur quelques trésors.

Le marché était empli d'artistes et de fermiers locaux et elle avait hâte de visiter chaque stand pour refaire connaissance avec eux. Elle avait toujours aimé le marché quand elle était petite. Nombre des artistes qui s'y trouvaient avaient été ses premiers mentors.

Le soleil réchauffait sa peau tandis qu'elle rejoignait rapidement le stand de Miss Maple. La vieille dame avait épinglé ses cheveux gris bouclés sur le haut de son crâne et portait des lunettes à la monture en plastique épaisse, un corset et un jupon. Des bottes à lacets complétaient la tenue.

Abby arriva au stand et attendit patiemment tandis que Miss Maple charmait une jolie petite fille en agitant la main devant une rangée de cupcakes, faisant passer le glaçage de bleu à rose. Abby supposa que la petite fille devait avoir huit ou neuf ans.

— Vous pouvez les faire violets ? demanda la gamine en battant des mains d'excitation.

Ses boucles sombres rebondirent autour de son joli minois.

— C'est la couleur préférée de ma maman.

— Une cliente exigeante, dit Miss Maple en faisant un clin d'œil à la petite fille tandis qu'elle changeait la couleur de deux cupcakes en violet.

— Ouiiiiii.

La fillette adressa un sourire rayonnant à Miss Maple et Abby se sentit des affinités avec elle. De tous les habitants de Keating Hollow, Miss Maple avait toujours été sa préférée, et ça avait commencé avec un cupcake rose.

— Vas-y, l'encouragea Miss Maple. Prends-en un pour toi et un pour ta maman.

La petite fille hésita un instant, presque vibrante d'envie. Puis elle fit ressortir sa lèvre inférieure en une petite moue et elle tira ses poches à l'extérieur.

— Je n'ai pas d'argent.

Miss Maple se pencha et chuchota :

— Alors tu as de la chance, parce que les cupcakes violets sont gratuits. Vas-y. Prends-les. Un pour toi, un pour ta maman.

Le visage de la gamine se fendit d'un large sourire, puis elle saisit un des gâteaux et mordit dedans à pleines dents, s'étalant du sucre violet partout sur le visage.

— Olive !

Une belle femme blonde la rejoignit et lui fit tomber le cupcake des mains.

— Qu'est-ce que tu es en train de faire ?

Des larmes emplirent les yeux de la petite fille et elle baissa la tête pour fixer ses pieds.

— Tu sais que tu ne peux pas manger ça. Tu as une séance photo la semaine prochaine.

— C'est Miss Maple qui me l'a donné, dit la fillette, la voix tremblante de larmes.

— Eh bien, ce n'est pas Miss Maple qui va devoir s'arranger pour que tu rentres dans la robe que je viens de t'acheter, si ?

La femme attrapa une poignée de serviettes en papier et les fourra dans les mains de la petite fille.

— Nettoie-toi le visage, Olive. Si le colorant te tache les joues, on ne sait pas combien de temps il pourrait rester. On ne peut pas se permettre de gâcher la prochaine séance.

La femme pivota sur ses talons et commença à s'éloigner. Puis elle s'interrompit et jeta un regard à sa fille.

— Quand tu te seras nettoyée, rejoins-moi à la voiture. Ton père nous attend.

Abby resta bouche bée en regardant la femme disparaître dans la foule, puis elle s'avança et posa une main délicate sur l'épaule de la fillette avant de s'accroupir à sa hauteur.

— Besoin d'aide, ma puce ?

Elle secoua la tête tandis qu'une grosse larme mouillait ses yeux. Elle essayait courageusement de ne pas pleurer. Abby lui prit gentiment les serviettes des mains et essuya le glaçage violet sur ses joues avant de tamponner la larme qu'elle n'avait pas été capable de retenir. Elle lui fit un gentil sourire.

— Voilà, ma belle, tu es toute propre.

— Abby ? Olive ?

La voix reconnaissable entre mille de Clay retentit derrière elle.

— Papa ! glapit la fillette.

Elle bondit et Abby se tourna pour voir Clay la soulever dans ses bras. Olive posa la tête sur son épaule et s'accrocha à lui.

— Eh, ma chérie. Qu'est-ce qui ne va pas ? demanda-t-il en regardant par-dessus son épaule vers Abby. Où est ta mère ?

Olive secoua la tête et s'accrocha plus fort. Abby se racla la gorge.

— Je crois qu'elle attend à la voiture.

Le visage de Clay prit une expression orageuse.

— Elle a laissé Olive ici toute seule ?

— Elle n'était pas toute seule, Clay, dit Miss Maple en venant lui tapoter l'épaule. Abby et moi étions là.

Son regard passa de Miss Maple à Abby et il hocha la tête.

— Merci.

Abby resta plantée là, le cœur au bord de l'explosion, submergée par la tendresse et la douleur. Le voir avec sa fille, la fille qu'il avait eue d'une autre femme, c'était un coup de poing en plein ventre qu'elle n'avait pas vu venir. Elle savait qu'il avait une enfant avec son ex, mais elle ne l'avait encore jamais vue, et sa réaction était viscérale. Après avoir vu la façon dont sa mère la traitait, elle avait envie de serrer la petite dans ses bras et de la protéger de cette méchante sorcière.

Clay reposa sa fille sur ses pieds et s'accroupit à sa hauteur, juste comme Abby l'avait fait.

— Tu m'as manqué, moustique.

Olive retroussa les lèvres en une esquisse de sourire.

— Toi aussi.

Il hocha la tête et la serra à nouveau contre lui.

— Quand est-ce que vous êtes arrivées ?

— Hier soir.

— Hier soir ? demanda-t-il en haussant exagérément les sourcils. Où est-ce que vous avez dormi ?

— L'Auberge du Livre et de la Pierre. Maman a dit qu'il était trop tard pour venir à la maison.

Clay serra les dents, visiblement agacé, mais il ne dit rien. Il se contenta de hocher la tête et lui prit la main.

— Allons lui dire au revoir, d'accord ?

Le visage d'Olive prit la même expression orageuse que celle que Clay avait arborée quelques instants auparavant, et elle croisa les bras sur sa poitrine. Il étrécit les yeux.

— Qu'est-ce qui s'est passé, moustique ?

Les yeux de la fillette se portèrent sur le cupcake violet par terre, mais une fois encore, tout comme son père, elle ne dit rien.

Ils font vraiment la paire, pensa Abby. Ils essayaient tous les deux de protéger l'autre du comportement de la mère d'Olive.

— Qu'est-ce qui s'est passé, Abby ? demanda Clay.

C'est sympa de me mettre sur la sellette comme ça. Abby jeta un coup d'œil à Miss Maple avant de revenir à Clay.

— Une histoire de cupcake. Je crois que la maman d'Olive trouvait que ce n'était pas une bonne idée.

Miss Maple renchérit.

— Non, elle était clairement contre.

Le regard de Clay se porta sur le cupcake toujours par terre. Il se raidit et son visage se pinça de douleur alors qu'il additionnait deux plus deux. Il fit passer une de ses boucles derrière l'oreille d'Olive.

— Qu'est-ce que tu dirais qu'on fasse ta tarte préférée quand on sera rentrés à la maison ?

Olive secoua la tête.

— Ce n'est pas la peine, papa. Je ne dois pas manger de sucreries de toute façon.

Sa voix était si plate, si vide d'émotion, qu'Abby en eut presque le cœur brisé. Avant que sa mère n'apparaisse, Olive jubilait purement et simplement. Sa mère avait vampirisé sa joie de vivre.

Miss Maple secoua la tête.

— Bon, c'est là où je ne vais pas être d'accord, petite demoiselle. D'où est-ce que tu penses que vient la douceur qu'on a ici ?

Elle appuya sa paume contre son cœur et adressa un clin d'œil à Clay.

— Je vais devoir insister pour que tu prennes au moins un cookie.

Olive hésita et regarda son père pour avoir son approbation.

— Oui, mon cœur. Tu peux y aller, dit-il.

Son sourire exubérant refit surface alors qu'elle tendait la main vers le cookie. Quand ses doigts effleurèrent ceux de Miss Maple, une petite étincelle de magie jaillit. Olive pouffa de rire.

— Ça chatouille.

Miss Maple recourba un doigt pour lui faire signe de se pencher et chuchota quelque chose à son oreille. Le rire d'Olive se transforma en un hoquet de surprise, et elle regarda Miss Maple avec des yeux écarquillés.

— C'est vrai ?

Miss Maple hocha la tête.

— Tout à fait. Bon appétit, Olive. Reviens me voir la semaine prochaine, d'accord ?

— D'accord !

Ses fossettes apparurent et elle saisit la main de son père

avant de prendre une grande bouchée du cookie.

— Merci, Miss Maple, dit Clay avant de se tourner vers Abby. À toi aussi, Abs.

— Je n'ai rien fait, dit-elle. Pas la peine de me remercier.

Il s'interrompit et soutint son regard un instant.

— Si. Merci.

L'émotion monta et lui serra la gorge. Elle déglutit et dit.

— Pas de problème, Clay.

Elle sourit à Olive et lui tendit la main.

— On n'a pas eu l'occasion de se dire bonjour. Je suis Abby.

— Olive, dit la fille de Clay, la bouche pleine de cookie.

Elle lui serra rapidement la main.

— Ravie de te rencontrer, Olive. À une prochaine.

Olive lui fit salut de la main et tira Clay en sautillant pour s'éloigner du stand. Abby les regarda partir et son cœur se serra du regret de n'être pas restée à Keating Hollow dix ans auparavant.

— Il n'est pas perdu, tu sais, dit Miss Maple.

— Hein ?

— Clay. Il a traversé beaucoup d'épreuves, mais toi aussi. Avec le temps vient la sagesse, mais il faut que tu sois suffisamment ouverte pour prendre des risques.

Abby secoua la tête tandis que son ventre se nouait de mélancolie.

— Vous êtes gentille de dire ça, mais ça ne va pas arriver. Ce n'est pas possible.

Miss Maple inclina la tête et observa Abby.

— Pourquoi ça ? Aucun chemin n'est déterminé à l'avance.

— Parce que je ne peux pas rester, laissa échapper Abby.

Elle savait déjà que si elle commençait à sortir avec Clay, elle retomberait éperdument amoureuse de lui. Et le quitter à nouveau la tuerait. Et puis il y avait Olive. La situation de Clay était devenue bien trop réelle tout d'un coup. Il avait une fille qu'il adorait visiblement, et la gamine avait déjà réussi à s'emparer du cœur d'Abby en moins de cinq minutes. Elle ne pouvait pas s'attacher à eux et puis quitter leurs vies ensuite. Et surtout, ça n'aurait pas été correct envers Clay et Olive.

— Je vois, dit Miss Maple. Est-ce que tu t'es déjà demandé pourquoi tu continues à prendre la fuite, Abby ?

— Je n'en ai pas besoin, répondit-elle avec ferveur.

Miss Maple haussa les sourcils.

— Tu en es sûre ?

— J'en suis sûre.

Miss Maple hocha la tête, mais une tristesse s'était insinuée dans son regard noisette.

— Je comprends pourquoi tu es partie. La douleur est une motivation puissante, mais tu ne peux pas la garder sous clé éternellement. Fuir ne la fait pas partir, elle ne fait que la rendre plus venimeuse.

Abby se glaça en se remémorant le corps immobile de Charlotte étendu dans son cabanon, ses yeux qui fixaient le vide sans plus rien voir. Le souvenir la fit blêmir et elle secoua rapidement la tête.

— Je ne la garde pas sous clé. Elle est toujours bien ancrée ici, dit-elle en désignant son cœur. Alors je vous en prie, je sais que vous partez d'un bon sentiment, mais je ne prends pas la fuite. J'essaie juste de survivre.

Miss Maple tendit la main.

— Abby…

— Non.

Abby recula brusquement.

— Il faut que j'y aille. Bonne journée.

Puis elle tourna les talons et s'enfuit du marché, des larmes silencieuses coulant sur ses joues.

CHAPITRE 12

Olive désigna la Mercedes élégante garée à l'autre bout du parking. C'était une voiture de location.

— C'est celle-là.

Évidemment, pensa Clay. Son ex-femme avait toujours eu un goût pour le luxe, et lui avait toujours eu des factures à régler en conséquence. Tenir un budget n'était pas un des points forts de Val. Clay resserra sa prise autour de la main de sa fille alors qu'ils avançaient vers la voiture.

Val, assise à la place conducteur, leva la main pour lui faire signe d'attendre. Elle bougeait la bouche et il devina qu'elle était au téléphone. Son rire résonna à travers la fenêtre et il leva les yeux au ciel. Ce rire faux ne manquait jamais de lui mettre les nerfs en pelote. Il l'avait entendu bien trop souvent quand elle essayait de manipuler quelqu'un.

— Papa, regarde ! l'appela Olive à quelques pas de là.

Elle s'était penchée et observait quelque chose par terre.

— Qu'est-ce qu'il y a, ma puce ? demanda-t-il en la rejoignant, oubliant plus ou moins son agacement.

Olive le mettait toujours de bonne humeur. Elle était

curieuse, gentille et suffisamment turbulente pour le forcer à rester sur ses gardes. La vie avec elle serait toujours une aventure.

— C'est un penny.

Elle s'assit et croisa les jambes devant elle en tenant la pièce avec deux doigts.

— Je suis sûre qu'il est magique. Fais un vœu.

Clay lui sourit.

— Tu sais quoi, je pense que tu as raison. Mais pourquoi tu ne commencerais pas ? C'est toi qui l'as trouvé.

Elle eut un sourire radieux, ferma les yeux très fort et bougea les lèvres pour exprimer une requête silencieuse. Il devina quel vœu elle faisait. C'était toujours le même : avoir un chiot. Clay avait essayé d'attendre jusqu'à son anniversaire, mais ce serait dans plus de deux mois. Il n'était pas sûr de tenir jusque-là.

Quand Olive rouvrit les yeux, ils étaient lumineux et elle dit :

— Je l'appellerai Endora.

— Comme dans *Ma sorcière bien-aimée ?* demanda Clay. Je pensais que tu préférais Sabrina.

— Oui, mais Endora me fait rire.

Elle haussa les épaules.

— Tu crois que le chien voudra bien qu'on lui mette du bleu sur les yeux ?

— Olive, tu ne peux pas mettre de maquillage à un chien, intervint Val sur un ton désapprobateur. Maintenant, relève-toi. Tu vas te salir.

Clay tendit la main à sa fille et l'aida à se relever. Il ne put s'empêcher de remarquer que la gamine joueuse et expressive avait disparu, remplacée par une petite fille sombre qui ne voulait pas regarder sa mère. Il serra sa main pour lui exprimer son soutien silencieux.

— Regarde ce que tu as fait à ton pantalon neuf. Olive, combien de fois t'ai-je dit qu'il fallait que tu fasses attention à tes affaires ?

— Je suis désolée, maman, dit Olive qui avait soudain l'air d'avoir plutôt quatre ou cinq ans que huit.

— J'espère bien. Je ne peux pas t'emmener à des castings comme ça.

— À ce propos, dit Clay en étrécissant les yeux. Je ne pense pas que ce soit une bonne idée qu'Olive participe à ce genre de choses jusqu'à ce qu'elle soit un peu plus âgée.

— Clay, répondit Val en secouant la tête. Ce n'est pas à toi de décider de ce qu'elle fait quand je suis avec elle.

— Oh que si, dit-il en ravalant son envie de lui crier dessus. Si Olive travaille à Hollywood, c'est totalement quelque chose dont on devrait parler.

Il baissa les yeux vers sa fille.

— Tu veux me parler de la séance que vous avez faite ?

Olive haussa une épaule mais ne répondit pas. Ce n'était pas bon signe. Elle était bavarde quand quelque chose lui plaisait. Son exubérance se traduisait par le fait d'en parler constamment et de vouloir recommencer. Il était évident que, quoi qu'il se soit passé à Palm Springs, ça ne lui avait pas spécialement plu.

— Val ? demanda-t-il. Qu'est-ce que vous avez fait toutes les deux pendant ces deux semaines ?

— Je te l'ai déjà dit, Clay. On a été sur un tournage. Pour une pub. Ils voulaient qu'Olive joue une petite fille dont c'était l'anniversaire. Je me suis dit que ça serait sympa. Pourquoi pas ? Et puis, c'est une excellente façon de lui mettre le pied à l'étrier. Plus elle en apprend sur les tournages, et plus elle sera au point pour la saison des pilotes.

— La saison des pilotes ? Bon, attends un peu…

— Il faut que j'y aille, Clay.

Elle ouvrit les bras pour Olive.

— Fais-moi un câlin, mon cœur.

Olive obéit à sa mère, mais même si elle serra Val avec force, Clay ne put s'empêcher de remarquer qu'elle la lâcha vite et s'accrocha à lui comme s'il était sa bouée de sauvetage.

— À la semaine prochaine, Olive. Et souviens-toi : pas de sucreries.

Olive se raidit et s'accrocha davantage à Clay.

— La semaine prochaine ? demanda Clay en frottant l'épaule de la petite. Comment ça ? Ses prochaines vacances seront pour le solstice d'hiver.

— On a une audition, Clay. Je lui ai déjà pris un billet d'avion. Tout ce que tu as à faire, c'est l'amener à l'aéroport. Je serai là à Los Angeles pour la récupérer. C'est juste pour quatre jours, ça passera vite. Tu pourras demander à la maîtresse de te donner ses devoirs.

Clay la regarda en clignant des yeux. Puis il secoua la tête.

— Non, Val. Je ne vais pas l'autoriser à manquer l'école pour je ne sais quel rêve hollywoodien qui ne lui fait même pas envie.

Val fit un pas en avant.

— Tu ne sais pas ce dont elle a envie. Tu ne lui as même pas demandé. Et je ne vais pas te laisser lui arracher ses rêves, juste parce que tu ne supportes pas que je t'aie préféré ma carrière.

Clay resta bouche bée en l'entendant. Est-ce qu'elle était sérieuse ? À en juger par son expression indignée, oui, elle était terriblement sérieuse. Il se racla la gorge.

— Je crois que ça serait mieux si on reparlait de ça plus tard, une fois qu'on aura tous les deux eu le temps d'y réfléchir.

— Tu peux parler autant que tu veux, Clay, mais tu ne vas pas empêcher notre fille de faire ça. Des portes sont en train de s'ouvrir pour elle et je ne te laisserai pas saboter cette opportunité. Mets-la dans l'avion. Je t'enverrai son billet par email.

— Non.

Clay refusait de céder. Il n'allait pas mettre sa fille de huit ans toute seule dans un avion. Val étrécit les yeux.

— Si, sinon je demande la garde.

La colère monta en lui tandis qu'il contemplait son ex. Il savait qu'elle ne bluffait pas et, pour être franc, ça lui fichait une frousse terrible. Mais il était certain, sans avoir besoin de lui demander, qu'Olive n'était pas intéressée par la vie qu'elle essayait de lui imposer, et il refusait de laisser Val décider pour elle.

— Fais ce que tu as à faire, Val. Ce sera à nos avocats de démêler ça.

— Tu le regretteras, Clay.

Val lui jeta un regard venimeux avant de démarrer la Mercedes et de sortir du parking à toute allure.

— Probablement, marmonna-t-il en regardant la voiture noire racée disparaître à l'angle.

— Papa ?

Il baissa les yeux vers Olive.

— Oui, mon cœur ?

— Je peux aller avec maman si elle veut, dit-elle d'une voix docile. Je ferai mieux la prochaine fois.

Il s'agenouilla devant sa fille.

— Comment ça, « mieux la prochaine fois » ?

Elle poussa un soupir et son visage vira au rouge alors qu'elle détournait le regard.

— Olive ?

Il tourna gentiment sa tête vers lui pour qu'elle soit obligée de le regarder.

— S'il te plaît, dis-moi ce qui s'est passé.

Des larmes montèrent à ses grands yeux bruns et elle les chassa.

— Maman voulait aller à un casting et au lieu de rester avec la voisine qui pue, je lui ai demandé de m'emmener avec elle.

— Parce que tu voulais faire le casting ? demanda Clay en essayant de comprendre à quel moment sa fille avait décidé qu'elle voulait faire du cinéma.

Olive secoua la tête.

— Je ne voulais pas rester avec la voisine qui pue. Ça sent toujours le poisson pourri chez elle.

Clay fronça le nez.

— Je ne peux pas t'en vouloir.

Elle le récompensa d'un sourire timide.

— Je me suis vraiment ennuyée.

— J'imagine. Comment tu t'es retrouvée à participer au tournage ?

Elle haussa les épaules.

— Ils m'ont demandé de passer le casting et maman voulait que je le fasse alors je l'ai fait. Et puis ils m'ont retenue et pas elle.

Olive mordilla sa lèvre inférieure.

— Je crois que maman était en colère contre moi.

Il ne douta pas une seconde que ce fût vrai. Pour Val, l'idée que n'importe qui – et encore plus sa propre fille – lui vole la vedette était insupportable. La jalousie devait la ronger.

— Maman devait juste être déçue que vous n'ayez pas été choisies toutes les deux, mon cœur.

Elle haussa les épaules. Visiblement, elle n'en croyait pas un mot.

— Bon, tu t'es amusée au moins ? demanda-t-il.

— Non. Il faisait froid.

Lui soutirer des informations, c'était comme tirer les vers du nez d'une créature qui n'aurait pas eu de nez.

— Je croyais que tu étais à Palm Springs. Il ne fait pas chaud là-bas en ce moment ?

Elle hocha la tête. Son regard se fit distant et sa voix trembla.

— Mais il fait froid la nuit dans la piscine.

Bon sang. Clay eut envie de taper dans quelque chose. Ils l'avaient fait aller dans une piscine. Comment Val avait-elle pu imposer ça à leur fille ? Ce n'était pas étonnant qu'Olive ne se soit pas amusée. Elle avait peur de l'eau depuis qu'elle avait glissé d'un rocher à la plage et avait été engloutie par les vagues. Clay était juste à côté et avait plongé pour la sauver. Mais le ressac était violent et Olive s'était cogné la tête contre un rocher et s'était évanouie. Depuis, elle était terrifiée.

— Ça n'avait pas l'air très marrant, dit-il en faisant de son mieux pour ne pas rajouter à sa phobie.

Elle secoua la tête.

— Écoute, Olive. J'ai besoin que tu me dises quelque chose. Est-ce que ça t'intéresse de faire des pubs avec maman ? Est-ce que tu aimes jouer la comédie ?

Les yeux de sa petite fille se remplirent de larmes tandis qu'elle secouait lentement la tête.

— Ce n'est pas grave, ma puce, dit-il doucement. Tu n'es pas obligée d'en faire d'autres si tu ne veux pas.

— Mais m… maman, elle v… va être en colère, balbutia-t-elle alors que son petit corps était agité de sanglots.

Il ne pouvait pas haïr Val. Elle était la mère de son enfant, de l'enfant qui était le centre de son monde. Mais en cet instant, il souhaitait qu'elle disparaisse de nouveau de leurs vies. Elle ferait souffrir Olive dans les deux cas, mais là au moins il serait capable de la protéger du monde dans lequel Val était déterminée à vivre.

— Elle s'en remettra, dit-il en lui caressant les cheveux. Je lui parlerai. Tu n'as pas à t'inquiéter pour ça.

— Est-ce que je s… suis obligée d'y retourner la s… semaine prochaine ?

Elle avait l'air si abattue que Clay en eut presque le cœur brisé.

— Je v… veux rester ici.

— Non. Tu n'es pas obligée d'y aller. Tu as école et c'est important.

Il la garda dans ses bras encore quelques minutes le temps qu'elle se calme, puis il recula et essuya ses larmes exactement comme Abby l'avait fait précédemment quand il les avait retrouvées.

— Et si on allait déjeuner ?

Son regard s'illumina.

— Je pourrai avoir une glace après ? demanda-t-elle.

— Est-ce que tu n'as pas déjà eu un cookie ? demanda-t-il en connaissant pertinemment la réponse.

— Ce n'était pas un dessert. C'était un Cookie du Bonheur.

Il étrécit les yeux.

— C'est quoi un Cookie du Bonheur ?

Elle afficha un grand sourire et tapa dans ses mains. Et voilà qu'elle tenait soudain un cookie au glaçage jaune, exactement comme celui que Miss Maple lui avait donné tout à l'heure.

— Ça. Miss Maple a dit qu'ils sont magiques.

Visiblement. Clay n'avait pas manqué l'étincelle de magie dont Miss Maple avait pourvu sa fille, et désormais il connaissait leur secret. Elle avait donné à Olive le pouvoir de faire apparaître ses cookies quand elle le voulait. Il rit en lui-même, conscient que ça allait rendre Val complètement folle. Souriant, il ajouta :

— Si tu comptes te gaver de cookies, tu risques de ne plus avoir de place pour une glace.

— Mais non, bêta.

Elle pouffa de rire et le lui fourra dans la main.

— C'est pour toi. Il va te rendre heureux.

Il n'avait pas besoin d'un cookie alors que sa magnifique fille était en train de lui sourire, mais il en prit quand même une bouchée et dit :

— Je n'ai jamais été aussi heureux.

CHAPITRE 13

Abby était assise dans le pick-up de son père, garée devant Herbes et Charmes, les mains toujours agrippées au volant. Elle avait été secouée par le souvenir de la mort de Charlotte. C'était un événement auquel elle ne s'autorisait jamais à penser, et la raison pour laquelle elle mettait rarement les pieds à Keating Hollow. Elle savait que Miss Maple essayait juste de l'aider, mais ce type d'aide ne marchait pas pour elle.

Ce n'était pas à la mort de Charlotte qu'Abby essayait d'échapper. Elle en assumait la pleine responsabilité et ce qui était arrivé la suivrait toute sa vie, mais elle ne pouvait pas laisser ce souvenir exister au premier plan de ses pensées nuit et jour. Pas en permanence en tout cas. Trois mois, c'était le marché qu'elle avait passé avec elle-même. Elle resterait trois mois, jusqu'à ce que son père soit tiré d'affaire, et puis elle retournerait à La Nouvelle-Orléans. Si son père n'était pas tiré d'affaire d'ici là, elle se trouverait un appart sur la côte, à une distance raisonnable pour pouvoir être présente quand il aurait besoin d'elle. Mais rester à Keating Hollow… Non. C'était hors de question.

Un coup vif frappé à la fenêtre de son véhicule la tira de ses pensées. Elle poussa un petit cri et sursauta. Le cœur au bord des lèvres, elle abaissa la vitre.

— Noel. Salut.

Noel se pencha, et ses cheveux roux couvrirent un de ses yeux.

— Qu'est-ce que tu fais à rester là comme ça ?

— Je… respirais un coup avant d'entrer.

Elle se força à afficher un grand sourire.

— Tu viens chercher quelque chose ?

Noel hocha la tête.

— Je vais purifier la maison de papa pour lui. La débarrasser des énergies négatives.

Elle balaya Abby du regard et fronça les sourcils.

— En parlant d'énergies négatives, qu'est-ce que tu as foutu aujourd'hui ? Ton aura est hyper trouble. Tu devrais probablement demander un nettoyage à Bree plutôt que de rentrer à la maison et infecter papa avec ton bordel.

Abby grinça des dents, énervée que sa sœur ait probablement raison. Elle détestait le fait que son humeur affecte certainement son père, et elle était agacée de ne pas y avoir pensé par elle-même.

— D'accord. Je lui demanderai.

— Bien.

Elle ouvrit la portière.

— Allez viens. Daisy attend à l'intérieur.

Un sourire vint recourber les lèvres d'Abby.

— Pile la bonne personne pour éclairer ma journée. Comment va ma nièce préférée aujourd'hui ?

Noel ouvrit le chemin vers la porte de la boutique.

— Demande-lui toi-même.

La cloche sonna au-dessus de la porte alors qu'Abby se glissait à l'intérieur du magasin agréablement décoré. Des guirlandes lumineuses mettaient en valeur les étagères en bois emplies de diverses herbes, cristaux et autres ingrédients. Deux canapés hyper rembourrés étaient disposés au centre de la boutique, et les clients pouvaient s'y asseoir pour parcourir les nombreux sorts que Bree tenait à leur disposition. Sur la droite se trouvait un petit café spécialisé dans les tisanes revigorantes. Et au fond se trouvait le petit espace de travail où Bree réalisait diverses potions sur commande.

— Bonjour, mesdames, dit-elle de derrière la caisse.

Elle s'essuya les mains sur le tablier qu'elle portait par-dessus son jean et son tee-shirt et leur fit signe. Une mèche de cheveux sombres se détacha de son chignon et Bree souffla pour dégager son visage tandis qu'elle leur souriait.

— Faites appel à moi si vous avez besoin d'aide pour trouver quelque chose.

— D'accord, dit Noel.

Abby salua Bree de la main, une femme qu'elle avait connue toute sa vie, avant de tourner son attention vers Daisy qui arrivait vers elle en courant.

— Tata ! s'écria-t-elle en se jetant dans ses bras.

Abby rit et la fit tournoyer autour d'elle.

— Salut, toi. Qu'est-ce que tu fais ici ? Tu apprends à changer tes ennemis en crapauds ?

Elle pouffa de rire.

— Je préfère les papillons.

— Oh.

Abby sourit en la reposant sur ses pieds.

— Tes ennemis ont vraiment de la chance.

— Maman elle va m'apprendre comment faire des bougies tout à l'heure.

Elle lui montra un manuel d'instructions.

— Elle dit que ça permet d'éloigner les mauvais esprits.

— Ouah. Ça a l'air cool, dit Abby.

Elle jeta un regard par-dessus l'épaule de Daisy et haussa un sourcil interrogateur.

— *Cauchemars*, articula silencieusement Noel.

Une douleur étreignit le cœur d'Abby et elle se demanda si les cauchemars de Daisy avaient quoi que ce soit à voir avec la disparition de son père. Daisy avait trois ans quand il était parti pour ne jamais revenir. Daisy avait été la dernière personne à l'avoir vu. Quand Noel était rentrée à la maison, elle avait trouvé sa fille assise sur le canapé, en train de pleurer, un ours en peluche dans les bras. Il lui avait dit qu'il revenait tout de suite, mais pour autant que Noel avait pu en juger, sa fille était restée seule à la maison plus de trois heures.

Abby tendit la main et attrapa celle de Noel. À sa surprise, sa sœur répondit à son geste, mais laissa vite retomber la main d'Abby pour dire :

— On va choisir des teintures pour les bougies par là.

Noel baissa la tête vers sa fille et lui murmura quelque chose. Daisy eut un sourire ravi et partit en courant de l'autre côté de la boutique en riant de ce que sa mère lui avait dit. Abby les contempla, le cœur empli d'amour et d'un peu de tristesse. Entre Clay et Olive tout à l'heure et maintenant Noel et Daisy, elle commençait à sentir un grand vide dans sa poitrine. Adolescente, elle avait toujours pensé qu'elle et Clay resteraient à Keating Hollow, qu'ils se marieraient quelques années après le lycée et fonderaient une famille peu de temps après. Dans cette réalité alternative, elle aurait eu une boutique en ville pour ses lotions et elle serait heureuse en ménage, avec deux enfants, un chien et un jardin. Au lieu de ça, elle n'avait plus de petit copain et elle ne savait pas exactement où elle vivrait d'ici trois mois. Elle soupira et attrapa un panier.

Une fois qu'il fut plein d'herbes fraîches et de parfums à base de plantes, elle posa son butin sur le comptoir et demanda à Bree :

— Tu fais toujours des potions contre la nausée ?

— Oui. C'est pour quoi ?

Abby grimaça.

— Pour mon père. Après ses séances de chimio.

Bree fronça les sourcils et jeta un regard à Noel.

— Il a déjà tout utilisé ?

— Pardon ? demanda Abby. Comment ça ? Il n'a rien d'autre que ce que l'infirmière lui a donné.

— Mais…

— Il a déjà ses potions, Abby, dit Noel en les rejoignant. Je suis passée les prendre la semaine dernière pour qu'il les ait sous la main.

— Alors pourquoi il ne les prend pas ? demanda Abby, perdue.

Il avait été malade pendant deux jours complets. Elle ne comprenait pas pourquoi il choisissait de subir de plein fouet les conséquences de la chimiothérapie.

Noel poussa un soupir.

— Bien sûr qu'il les prend, Abby. C'est juste qu'elles ne fonctionnent pas comme on l'aurait espéré.

— La chimio, c'est un vrai poison, dit Bree. Je fais de mon mieux, mais mes potions ne peuvent que diminuer les symptômes. Elles ne les éliminent pas. Et pour certains clients, il n'y a presque pas d'effets. Je suis désolée que ça ne fonctionne pas mieux pour ton père.

— Ce n'est pas de ta faute, dit Noel.

Même si elle parlait à Bree, ses yeux étaient posés sur Abby.

— Tu as *essayé*, on ne peut pas t'en demander davantage.

Abby grimaça. Le message était clair et net. Elle n'avait même pas essayé de faire quelque chose qui diminuerait les souffrances de son père. En regardant sa sœur dans les yeux, elle demanda :

— Pourquoi tu ne m'as rien dit ?

— Ça aurait changé quelque chose ? demanda Noel en penchant la tête de côté pour l'observer.

— J'aurais au moins pu vérifier s'il les prenait, dit Abby.

— Il les prend.

Noel secoua la tête et haussa la voix.

— Tu ne comprends pas ? Il ne te l'a pas dit parce qu'il ne veut pas que tu te sentes coupable de ne pas avoir ramené tes fesses dans l'atelier pour lui préparer le seul truc dont il ait vraiment besoin.

— Je...

— Laisse tomber, Abby. On sait tous que tu ne *peux* plus faire tes potions. On l'a entendu un million de fois. Ce que je ne comprends pas, c'est comment tu arrives à te regarder dans le miroir en sachant que papa souffre et que tu pourrais faire quelque chose pour y remédier.

Abby ressentit une violente pression sur sa poitrine et des larmes lui brûlèrent les yeux. Tout en elle lui criait qu'il fallait qu'elle fasse quelque chose pour aider son père. Mais dans le même temps, tout arrêta de fonctionner et elle se retrouva paralysée sur place.

Noel ferma les yeux et secoua la tête.

— Je ne te comprendrai jamais, Abby.

— J'espère que tu n'auras jamais à me comprendre, parvint-elle enfin à rétorquer. Que tu n'auras jamais à enfermer ta magie dans une petite boîte parce que tu as peur de ce qu'elle pourrait faire.

— Tu sais, Abs, si c'était vraiment ce que tu avais fait toutes ces années, je comprendrais. Mais on sait toutes les deux que ce n'est pas le cas.

Elle lui tourna le dos, sortit son portefeuille et tendit sa carte de crédit à Bree pour payer les fournitures pour ses bougies.

Après avoir signé le reçu de sa carte bancaire, Noel tendit la main vers Daisy et dit :

— Dis au revoir à ta tante, Daisy.

— Au revoir, tata.

Daisy enroula ses bras autour de la taille d'Abby et la serra fort avant de la lâcher.

— À plus tard !

Abby lui fit coucou de la main en les regardant partir puis elle s'affaissa contre le comptoir.

— Est-ce que ça va ? lui demanda Bree.

— Franchement, répondit Abby, je n'en sais rien.

Elle secoua la tête et lança un regard peiné à Bree.

— Est-ce que tu peux ajouter un purificateur d'énergie, du fenouil, de la cannelle et du cumin à ma commande ? Et quelques cristaux de liaison.

— Tu es sûre ? demanda Bree, parfaitement consciente de ce qu'Abby comptait faire des herbes.

Abby laissa un petit rire sans joie lui échapper.

— Non. Pas du tout. Mais tu as entendu ma sœur. Il faut que j'essaie, hein ?

Bree hocha la tête.

— Donne-moi une seconde.

Elle disparut dans la réserve pendant qu'Abby s'accrochait au comptoir si fort que les articulations de ses doigts virèrent au blanc à l'idée de réaliser une potion pour son père. Et si elle se ratait à nouveau ? Et si la potion faisait empirer ses symptômes ? Et s'il faisait une réaction et que… Elle secoua la tête, refusant de se laisser aller à penser comme ça à nouveau. Cette fois, ce serait différent. Pour son père, ce serait différent.

— Voilà, dit Bree en revenant derrière le comptoir. J'ai aussi mis un peu de gingembre et de citronnelle. Si ça ne donne rien, tu peux venir avec lui pour de l'acupuncture. J'ai des aiguilles spéciales qui pourraient peut-être faire quelque chose.

— Merci, Bree. C'est gentil.

— Pas de souci, dit-elle en rangeant ses achats dans un sac en toile. Si je peux faire autre chose, tu sais où me trouver.

Abby paya ses emplettes et, le cœur battant à tout rompre contre sa cage thoracique, elle quitta la boutique et prit le chemin de la brasserie et de son nouvel atelier.

CHAPITRE 14

La lumière de l'après-midi envahissait la petite remise de la brasserie et illuminait les cartons alignés le long du mur. Abby déposa ses achats sur le plan de travail en acier inoxydable et souffla un grand coup. Il fallait qu'elle se calme ou ça ne marcherait jamais, et elle n'arriverait même pas à réaliser ses recettes de savon.

La seule chose à faire, c'était se vider l'esprit de tout ce qui concernait son père, sa maladie et la potion anti-nausée pendant qu'elle faisait son inventaire. Et puis une fois qu'elle serait lancée, elle réfléchirait à nouveau à l'idée de réaliser quelque chose pour son père. Rien que d'y penser, elle en avait les mains qui tremblaient. Elle fit claquer son carnet sur le plan de travail et secoua la tête.

Non, elle ne laisserait pas son anxiété la paralyser. Pas aujourd'hui. Pas dans cet endroit qui était empli de l'énergie positive de son père. C'était comme si elle pouvait le sentir dans la pièce, et ça la réchauffait de l'intérieur. Elle se rappela l'époque bien plus simple où elle le regardait brasser ses bières, et elle se mit au travail en commençant à ranger son matériel.

Bientôt, elle se retrouva debout devant le gaz en train de remuer son mélange pour les savons, prête à y ajouter ses ingrédients spéciaux. Faire du savon, c'était facile. N'importe qui pouvait le faire, franchement. Mais les produits d'Abby étaient uniques parce qu'elle y infusait des éléments de terre qui aidaient la peau à rester douce et jeune. Aujourd'hui, elle travaillait avec des graines de primevère. Elle les tint dans la paume de sa main, et leur poids familier était comme un baume pour son âme. Le léger souffle de magie qu'elle avait appris à manipuler avec une grande dextérité vint chatouiller ses doigts et elle le transféra aux graines de primevère qui se mirent à briller un bref instant.

Voilà. Parfait. Elle les parsema dans la casserole et remua. Le courant magique illumina le savon liquide puis disparut, indiquant que c'était prêt. En fredonnant, Abby versa le savon dans les moules qu'elle avait disposés, les plaça sur le portant, et se mit à travailler sur un autre lot.

Les heures passèrent tandis qu'elle était immergée dans son travail et quand tous ses moules à savon se trouvèrent remplis et qu'elle eut réalisé une demi-douzaine de lots de lotions, le soleil s'était couché et son ventre grondait. Elle jeta un regard aux ingrédients de la potion contre la nausée que Bree lui avait fournis et elle décida qu'elle ferait mieux de manger d'abord. Ça ne serait pas une bonne chose d'avoir des vertiges quand elle ferait à nouveau appel à sa magie, surtout qu'il lui faudrait bien plus de puissance que ce qu'elle avait l'habitude d'utiliser.

Elle retira son tablier et sortit de la remise pour rentrer dans le pub. Des bruits de conversation l'enveloppèrent alors qu'elle s'asseyait au bout du bar. Elle regarda autour d'elle et remarqua que la salle était comble et que le personnel passait rapidement de table en table.

— Tu es venue nous donner un coup de main ? demanda Rhys en déposant un verre d'eau avec des glaçons devant elle.

Elle se retourna.

— Si vous avez besoin d'aide, oui.

Il agita la main et secoua la tête.

— Non. Tout est sous contrôle. Je te taquine juste. Tu veux commander quelque chose ?

— Oui. J'ai passé la journée à travailler dans la remise et je meurs de faim. Un burger California et des frites à l'ail.

Il haussa un sourcil.

— Tu vis dangereusement, à ce que je vois.

Ça la fit rire.

— Je préfère être préparée en cas d'attaque de vampire.

— D'accooord.

Il prit une pinte et indiqua les bières pression.

— Qu'est-ce que tu veux boire ce soir ?

— Rien. J'ai encore du travail.

Si elle voulait s'essayer à concocter une potion ce soir, elle ne pouvait pas prendre le risque d'être ne serait-ce qu'un peu éméchée.

— Si tu me servais plutôt un soda à la glace ?

Un grand sourire lui fendit le visage alors qu'il notait sa commande.

— Ça fait plaisir de voir une fille qui n'a pas peur de bien manger.

— Je n'ai personne à impressionner, répondit Abby en haussant les épaules. Autant me faire un peu plaisir.

— Et monsieur Bidule-Truc à La Nouvelle-Orléans ?

C'était la voix reconnaissable entre mille de Clay qui venait de résonner à son oreille et de faire courir un frisson le long de sa colonne vertébrale.

Elle se tourna lentement pour le regarder. Il portait une

chemise bleu-gris, un jean sombre et des bottes de cowboy au cuir éraflé. Les doigts d'Abby se crispèrent tant elle mourait d'envie d'effleurer sa mâchoire bien dessinée. Qu'est-ce qu'il était canon. Il y avait chez lui une beauté sauvage et tranquille qui était évidente pour tout le monde sauf lui.

— Plus de monsieur Bidule-Truc. Il semblerait que ce soit fini.

Le sourire taquin de Clay disparut et un air inquiet naquit dans ses yeux sombres.

— Est-ce que ça va ?

Abby agita une main, l'air de dire que ce n'était rien.

— Oui. J'aurais dû faire ça avant. Il s'avère que c'est un connard et que c'est au moment où j'ai dû faire passer ma famille en premier qu'il s'est montré sous son vrai jour.

Clay s'assit sur le tabouret à côté d'elle. Il lui prit la main et la serra légèrement avant de la lâcher.

— Je connais ça.

Abby se demanda s'il parlait de Val, mais elle ne posa pas la question. Ce qu'elle avait vu de son ex ce matin-là lui suffisait.

— Ça arrive, je suppose. Mais…

Elle afficha un grand sourire.

— … je suis soulagée que ce soit fait, alors je vais de l'avant, hein ?

Rhys revint avec son soda à la glace et une porter pour Clay. Abby le remercia et leva son verre pour porter un toast.

— À un nouveau départ.

Clay lui offrit un sourire à peine perceptible alors qu'il levait sa bière pour venir entrechoquer son verre contre le sien.

— À un nouveau départ.

Abby croisa son regard et le soutint alors qu'elle prenait une gorgée de son soda. Une intensité profonde passa entre eux, quelque chose qui semblait plus sérieux que tout ce qu'ils avaient partagé quand ils étaient gamins. Abby eut la sensation étrange que de manière cosmique, toutes leurs expériences les avaient conduits précisément à cet instant. Clay détourna le regard et se racla la gorge. Il reposa sa bière sur le bar et fit signe à Rhys.

— Oui, patron ? demanda-t-il. Tu veux manger quelque chose ?

— Oui. Un burger et des frites, ça m'irait bien.

— Quelque chose pour Olive ?

Clay secoua la tête.

— Elle est à une fête d'anniversaire, je pense que je ne vais pas avoir besoin de la nourrir d'ici trois jours.

— La petite chanceuse.

Rhys repartit pour aller passer la commande de Clay, et même si le pub résonnait toujours du brouhaha des conversations, un silence tomba entre Abby et Clay.

Abby fixa la glace en train de fondre dans son soda, et elle eut soudain désespérément envie d'avoir pris une bière elle aussi, n'importe quoi qui l'aiderait à calmer sa nervosité. Elle ne savait pas quoi dire à Clay. Tout ce qu'elle avait envie de lui demander ne la regardait pas, et tout ce qui se passait dans sa vie à elle était trop personnel pour amener le sujet au milieu du pub. Elle ne voulait pas que le personnel sache que son père avait des difficultés avec son traitement. Il méritait de pouvoir maintenir l'image de l'homme fort qu'ils connaissaient et appréciaient.

— Merci, dit Clay en regardant l'horloge sur le mur. D'avoir été là pour Olive ce matin, je veux dire.

— Je n'ai rien fait, Clay.

— Si, et je veux que tu saches que je t'en suis vraiment reconnaissant.

Elle se tourna et lui adressa un doux sourire.

— De rien. Elle est adorable. Et très mignonne aussi. Je ne sais pas comment tu fais pour ne pas céder à ses quatre volontés.

Il renifla.

— Qui a dit que ce n'était pas le cas ?

Abby se mit à rire.

— Eh bien, c'est logique.

Leur repas arriva et pendant qu'ils mangeaient, Clay se lança dans un récit animé de la façon dont Olive l'avait piégé pour qu'il devienne un lapin, qui s'était retrouvé à avoir des bébés deux jours plus tard. Il lui raconta plein d'histoires qui mettaient en lumière une petite fille turbulente avec un grand cœur. Quand il eut fini, Abby était tombée un peu amoureuse de sa fille.

— Elle a l'air merveilleuse, Clay. Tu n'as sûrement pas le temps de t'ennuyer, mais on dirait que tu as touché le gros lot avec elle.

— Elle *est* merveilleuse et tu as raison sur les deux plans. Elle fait de la vie une aventure, c'est sûr.

Abby se leva, reconnaissante qu'il ait choisi de la régaler avec des histoires sur Olive. Il avait réussi à la distraire et à la garder détendue tandis qu'elle mangeait, et elle se sentait mieux qu'elle ne l'avait été de toute la journée.

— Merci pour la compagnie. C'était sympa de parler avec toi pendant ma pause repas.

— Quand tu veux, Abs.

Il jeta un regard autour d'eux.

— Pause repas ? Tu remplaces quelqu'un ou quoi ?

— Ou quoi. J'ai travaillé dans la vieille remise toute la journée. Il est temps que je m'y remette.

Elle déposa un pourboire généreux sur le bar.

— À plus.

— Bien sûr, dit-il en fronçant légèrement les sourcils.

Il se leva et fourra les mains dans ses poches.

— Ça m'a fait plaisir de te voir, Abby.

Elle posa la main sur son bras juste un instant avant de se glisser hors du pub et de retourner dans la remise. Elle s'adossa contre la porte fermée et poussa un soupir. Comment avait-elle pu quitter cet homme ? Il était devenu exactement ce qu'elle s'était imaginé. Et la façon dont il parlait de sa fille… Elle appuya une main contre son cœur qui battait trop vite et attendit qu'il revienne à la normale.

— Bon, Abby, il est temps de se reprendre.

Elle se décolla de la porte et rassembla les ingrédients qu'elle avait pris chez Bree. La potion n'était pas difficile à réaliser, elle nécessitait juste de la précision et un bon timing. Après avoir sorti sa marmite en cuivre, Abby la remplit d'eau distillée et la plaça sur le gaz à feu bas. Puis elle passa au plan de travail pour émincer le fenouil, la cannelle et le cumin avant de les transférer dans un mortier et d'utiliser le pilon pour les transformer en une pâte lisse.

De la vapeur s'éleva de la marmite en cuivre et soudain, ce fut le moment de vérité. Le moment de voir de quel bois elle était faite. Abby rassembla la pâte dans le mortier, laissa le pouvoir se concentrer dans la paume de sa main et commença à psalmodier :

— Soigne le corps. Ravive l'esprit. Que la terre restaure ta force.

Une lumière magique jaillit et illumina la remise, aveuglant presque Abby tellement elle était intense. Elle ne put le voir, mais elle sentit sa magie infuser les plantes. Quand sa paume commença à la chatouiller, elle tendit la main au-dessus de la casserole et fit tomber la pâte dans l'eau. Des étincelles jaillirent de la vapeur qui s'élevait en tourbillons au-dessus de la casserole et Abby sourit. Oui. C'était exactement ce qui était censé se passer. Elle se saisit de sa cuillère en bois et commença à remuer en faisant attention à ne pas laisser la mixture bouillir. Quand la pâte fut complètement incorporée, elle attrapa les citrons dans son sac à malices et ajouta une quantité généreuse de leur jus à sa potion. La concoction commença à faire des bulles et Abby la retira du feu. Alors qu'elle refroidissait, elle tint la cuillère en bois immobile, l'utilisant comme un conduit et dit :

— Des os à la terre et de la terre aux os, que cette potion de guérison soit une pierre angulaire.

De la magie sous la forme d'une lumière blanche s'enroula autour de la cuillère en bois et pénétra la potion. Elle devint immédiatement d'un orange flamboyant, exactement comme prévu. Abby sourit, submergée de soulagement. Elle avait réussi.

Elle attrapa une bouteille en plastique vide, mais avant qu'elle puisse y transférer la potion, celle-ci vira soudain à un vert maladif.

— Qu'est-ce que…

Elle souleva la mixture et la renifla.

— Oh, non. Dégueu.

Frustrée, elle balança tout dans l'évier. Elle lava la marmite en cuivre, carra les épaules et se remit au travail.

Deux heures et quatre potions plus tard, Abby commençait à manquer d'ingrédients et avait perdu toute patience. À chaque fois, peu importait le matériel qu'elle utilisait ou le timing qu'elle suivait, la potion prenait le même vert putride et sentait comme l'intérieur d'une vieille basket.

— Qu'est-ce qui ne va pas ? cria-t-elle avant de balancer la cuillère en bois à travers l'atelier.

Elle rebondit deux fois sur le sol avant de s'immobiliser. Abby fit la moue. On aurait dit que la cuillère en bois se moquait d'elle, à rester là sans bouger comme si elle n'avait rien fait de mal.

On frappa à la porte et la voix inquiète de Clay retentit :

— Abby ? Est-ce que ça va ?

Elle ouvrit la porte en grand.

— Non, ça ne va pas. Pas du tout.

Toutes les émotions qu'elle avait contenues alors qu'elle essayait de réaliser une potion qu'elle n'avait pas concoctée depuis dix ans remontèrent à la surface d'un coup. Elle se retourna, rebroussa chemin jusqu'au plan de travail et se laissa sombrer dessus, la tête dans les mains.

— Ma magie est cassée. Je l'ai rejetée, alors elle me rejette !

Clay passa la porte et rejoignit son poste de travail en silence. Il jeta un coup d'œil dans la marmite, grimaça et demanda :

— Qu'est-ce qui s'est passé ?

Abby laissa tomber ses mains et fixa le mur sans le voir.

— Je n'en sais rien.

— Qu'est-ce que tu essayais de faire ?

Elle se tourna, les yeux plissés de douleur.

— Une potion pour les nausées de mon père.

— Oh, dit-il dans un murmure.

Abby n'avait pas besoin de lui expliquer que c'était une sacrée étape pour elle de simplement tenter une telle chose. Il avait été là dix ans auparavant quand tout était parti de travers alors qu'elle essayait d'aider Charlotte.

Clay carra les épaules et dit :

— La seule façon de comprendre, c'est de reprendre ça étape par étape.

— Je l'ai déjà fait, dit-elle, bornée.

— Avec une seconde paire d'yeux ? Est-ce que tu as laissé quelqu'un analyser où pouvait se situer le problème ?

— Non.

Il lui jeta un regard vaguement impatient.

— Allez, Abs. Tu sais aussi bien que moi que parfois on est trop dedans pour se rendre compte à quel moment ça déraille. Je serai ton ombre pendant que tu essaies une dernière fois.

— Ça ne sert à rien. Il est clair que les potions de guérison ne sont pas ma vocation. Ça a été démontré très nettement il y a dix ans.

Elle le regarda fixement, comme pour le mettre au défi de la contredire. Il croisa les bras sur sa poitrine et l'observa comme s'il essayait de déterminer si ça valait le coup de se lancer dans cette conversation.

— Vas-y, Garrison. Tout le monde est venu donner son avis. Pourquoi pas toi ?

Ça la démangeait de se disputer avec lui pour évacuer sa frustration. Et même si elle savait qu'il ne méritait pas sa colère, il était le seul à se trouver en face d'elle en ce moment.

— Allez, balance.

Il émit un petit ricanement de dérision.

— Tu n'as pas envie d'entendre ce que j'ai à dire.

— Vraiment ? demanda-t-elle, agacée par son manque de soutien. Eh bien, chiche. Vas-y. J'attends.

— Si tu es sûre…

— J'en suis sûre, bon sang, hurla-t-elle, les poings serrés contre ses flancs alors qu'elle laissait les dernières bribes de maîtrise qui lui restaient lui échapper. Qu'est-ce que tu retiens depuis dix ans ? Dis-moi exactement ce que tu penses de moi. Comment je t'ai blessé, toi et tous les autres et… et…

Un sanglot monta dans sa gorge et elle ne parvint pas à sortir les mots qu'elle retenait depuis si longtemps.

Clay fit un pas en avant et la prit dans ses bras. Elle se raidit et tint ses bras devant sa poitrine, comme un bouclier contre son amour et son soutien. Mais ça ne l'empêcha pas de poser la tête sur son épaule tandis que son corps était secoué de sanglots silencieux.

— Chut, Abby. Ce n'était pas de ta faute.

Il caressa ses longs cheveux blonds en murmurant :

— Charlotte était malade. Très malade. Il faut que tu arrêtes de te reprocher ça.

Elle secoua la tête, presque violemment.

— La potion aurait dû lui donner de la force. Au lieu de ça, ça l'a plongée dans le coma, et puis juste après…

Elle ne finit pas sa phrase. Elle en était incapable. Les images étaient là, au premier plan de son esprit. Sa meilleure amie, qui comptait sur elle, avait disparu.

— Il faut que tu trouves un moyen de mettre ça derrière toi, Abby, dit-il doucement. Charlotte n'aurait pas voulu que tu te tortures comme ça.

Elle savait qu'il avait raison, elle s'était dit la même chose un million de fois auparavant. Mais être de retour à Keating Hollow et essayer d'accepter la maladie de son père, ça faisait trop. Et maintenant, elle n'arrivait même pas à réaliser une simple potion qu'elle aurait pu faire les yeux fermés toutes ces années auparavant, et elle se sentait brisée.

— Je sais, finit-elle par dire en s'essuyant les yeux. C'est juste qu'avec le cancer de mon père, et le fait que je n'arrive pas à faire cette satanée potion, je n'arrive plus à garder le cap.

Il jeta à nouveau un regard à la marmite.

— Et si on essayait ensemble ? Laisse-moi voir si je peux t'aider.

Elle hésita, pas sûre d'être capable de se concentrer après sa crise.

— Allez, Abs. Qui de mieux qu'un autre sorcier de terre pour évaluer tes capacités magiques ?

Il lui sourit et haussa les sourcils, comme pour la défier. Cette expression taquine sur son visage rappela à Abby une époque plus simple où la vie ne lui avait pas encore servi un plateau de douleurs et de déceptions, et où il existait entre eux une saine émulation pour devenir de meilleurs sorciers. C'était le souvenir de cette innocence et de cet optimisme plus que quoi que ce soit d'autre qui la poussa à dire :

— D'accord, Garrison. Mais je te préviens. J'ai essayé tout ce à quoi je pouvais penser, alors ça ne va pas être une sinécure.

Le sourire de Clay s'élargit.

— Tu ne me fais pas peur, Townsend.

Abby effectua à nouveau toutes les étapes qu'elle avait suivies jusqu'alors tandis que Clay se tenait sur le côté et l'observait. Il était si silencieux et elle se concentrait tellement qu'elle avait complètement oublié sa présence quand elle fit à nouveau appel à sa magie et dit :

— Des os à la terre et de la terre aux os, que cette potion de guérison soit une pierre angulaire.

La magie se comporta exactement comme elle s'y attendait, et une fois encore, dès qu'elle eut fini, le liquide prit une couleur d'un vert ignoble. Elle projeta ses mains vers le ciel et se tourna vers Clay.

— Je ne peux pas continuer comme ça. Soit les ingrédients sont mauvais, soit mon pouvoir est corrompu.

— Je ne pense pas que ce soient les ingrédients, dit-il.

— Génial. Donc c'est moi. Je le savais.

Elle commença à rassembler les différents ustensiles et les balança dans la marmite. Ses mouvements étaient agités et comme elle avait peur de se remettre à pleurer, elle ajouta :

— Tu devrais y aller. Je ne veux pas te retenir.

— Je ne suis attendu nulle part.

Clay prit la marmite de cuivre et vida la potion ratée dans l'évier.

— Rien ne presse. Olive est toujours avec ses amis.

Abby attrapa un torchon propre et son produit nettoyant naturel aux agrumes et commença à essuyer le plan de travail.

— D'accord, mais ça ne veut pas dire que tu vas faire ma vaisselle. Allez, Clay. Va prendre une bière ou je ne sais quoi. Je suis sûre que traîner avec ta folle d'ex n'est pas sur ta liste de priorités.

Il pouffa de rire.

— Laisse-moi décider moi-même de ma liste de priorités. En attendant, parlons un peu de la raison pour laquelle tu n'arrêtes pas de rater cette potion.

— Parce que ma magie est maudite ? demanda-t-elle avec désinvolture.

— Non, Abby, elle n'est pas maudite du tout. Mais je pense que soit tu la retiens, soit elle est bloquée.

Elle secoua la tête, frustrée par ses déductions.

— Ni l'un ni l'autre. Je mets tout ce que j'ai, et ma magie est bien là, elle refuse juste de coopérer sur *ce* sort. J'arrive toujours à faire mes savons et mes lotions sans problème.

— Des savons et des lotions qui requièrent beaucoup moins de compétences et de précision, dit-il comme si elle ne savait pas déjà que ses produits de beauté ne nécessitaient que très peu de pouvoir.

— Et donc ?

— Tu n'as pas besoin de toute ta puissance pour les faire. Mais pour une potion de guérison ? C'est une autre histoire. Et si tu veux mon avis, le pouvoir que tu dégageais... était plutôt faible, pour être franc. La prochaine fois, va chercher plus loin. Ce n'est pas le moment d'être prudente.

— J'allais chercher loin, marmonna-t-elle. Et tout ce que ça m'a valu, c'est un dégueulis informe.

Il finit la vaisselle et se retourna pour la regarder alors qu'elle remballait son matériel. Quand elle eut fini et qu'elle se retrouva sans plus savoir quoi faire d'elle-même, il dit :

— Je pense que tu devrais parler à quelqu'un de ce qui s'est passé.

Le visage d'Abby s'embrasa, et tout en elle se figea.

— Je ne compte pas en repasser par là, Clay. Merci pour ton aide, mais ça suffit.

Il ouvrit la bouche pour dire quelque chose, mais elle tendit le bras vers la porte, indiquant qu'il était temps pour lui de partir.

— Je ne veux pas en parler. Bonne nuit, Clay.

Il se tint là à la regarder pendant quelques instants puis finit par hocher la tête.

— J'y vais. Mais d'abord, promets-moi que tu chercheras un moyen de débloquer ton don ?

Abby secoua la tête.

— Je ne crois pas, Clay. Ça… ça ne marche jamais.

— Si quelque chose pouvait aider, tu tenterais le coup ?

Elle hésita. C'était une bonne question. Tout ce qui concernait sa magie était un genre de chemin de croix : des souvenirs, des déceptions, des cœurs brisés. Elle n'avait pas franchement envie de revivre ça, mais pour son père, elle ferait ce qu'elle avait à faire.

— Oui, je suppose que oui.

— Je saurai te le rappeler, dit-il.

Un sourire satisfait fendit ses lèvres tandis qu'il pointait un doigt vers elle.

— Ne va pas imaginer que j'oublierai.

— Oh, non, aucune chance, dit Abby qui le poussa carrément hors de la remise.

Une fois qu'il fut parti, elle rassembla ses affaires et envoya un SMS à Noel.

J'ai essayé. Plusieurs fois. Toutes mes préparations ont échoué. Je suis désolée.

CHAPITRE 15

L'heure de pointe du déjeuner venait juste de se terminer quand Clay entra dans son bureau. Il avait déjà passé bien trop de temps derrière le bar cette semaine, plus que d'ordinaire. Il avait dit à Rhys que c'était parce que Sadie était en arrêt maladie. Elle s'était retrouvée avec deux profondes entailles qui avaient nécessité d'innombrables points de suture, et elle avait interdiction totale de soulever plus d'un kilo tant que ça n'avait pas commencé à guérir.

Mais remplacer Sadie n'était pas la seule raison pour laquelle il passait davantage de temps au pub. Pour être franc, ce n'était même pas la raison principale. Les autres serveurs, ainsi que Rhys, étaient tout à fait capables de compenser son absence. Mais chaque fois que Clay se retrouvait dans son bureau, ça le démangeait de revenir dans le restaurant où il passait le plus clair de son temps à fixer l'entrée et à attendre qu'une certaine blonde en franchisse les portes.

Bien sûr, ça n'avait pas été le cas. Il ne l'avait pas revue depuis qu'elle l'avait mis à la porte de la remise quelques jours auparavant. Elle n'était même pas venue pour continuer à travailler sur ses savons et ses lotions, pas pendant qu'il était là en tout cas. Son absence le rendait dingue. Maintenant qu'il savait qu'elle n'était plus avec quelqu'un, il n'arrivait pas à se la sortir de la tête. Quand il l'avait prise dans ses bras, il avait ressenti des choses qu'il n'avait pas éprouvées depuis très longtemps. Il avait eu envie de la protéger, d'être là pour elle, de l'aimer.

— Arrête, murmura-t-il pour lui-même, et il se concentra sur les notes qu'il avait prises pour sa recette de bière en cours.

Il écrivit *Bière de Noël* en haut de la page et se mit à travailler : il fallait qu'il calcule les proportions d'ingrédients pour en produire une grande quantité.

— Clay ? demanda Rhys après avoir frappé un coup bref contre la porte ouverte. Je ne veux pas te déranger, mais il y a quelqu'un qui demande à te voir.

Abby. Mais à peine avait-il lâché son stylo et commencé à se lever qu'il sut que c'était improbable. Si Abby avait voulu le voir, Rhys l'aurait simplement envoyée dans son bureau et il ne l'aurait sûrement pas désignée comme « quelqu'un ».

— C'est qui ? demanda-t-il en suivant Rhys vers l'avant du bâtiment.

— Aucune idée. Mais elle est plutôt jolie, déclara son assistant en lui adressant un sourire appréciateur. Pourquoi est-ce qu'on dirait que tu as charmé toutes les jolies filles de la ville ? Tu mets un truc dans la bière ou bien quoi ?

— Ou bien quoi, répondit Clay.

À vrai dire, il utilisait vraiment de la magie sur la bière… ou en tout cas sur les ingrédients. Mais pour autant qu'il puisse en juger, ça n'avait jamais résulté en un philtre d'amour, dieux merci.

— Ça a probablement davantage à voir avec ma délicieuse personnalité.

Rhys ravala sa réponse et lui désigna une femme à l'autre bout du bar. Elle portait un tailleur bien coupé et ses cheveux étaient relevés en un chignon compliqué. Des bracelets manchettes en or encerclaient un de ses poignets et un pendentif assorti se balançait juste au-dessus de son décolleté.

Elle a de l'argent, pensa immédiatement Clay en l'avisant. Une vendeuse ? Une représentante de commerce ? Une agente marketing qui voulait se faire de l'argent sur la Brasserie Townsend Keating Hollow ? Peu importait. C'était lui le responsable, et c'était à lui de la prendre en charge.

Il s'avança jusqu'à elle et posa les mains sur le bar.

— Que puis-je faire pour vous ?

Elle le regarda de bas en haut comme si elle l'évaluait et demanda :

— Clayton Garrison ?

— Oui.

Elle sortit une enveloppe de sa besace.

— Vous avez été notifié. Bonne journée.

Clay serra l'enveloppe en la regardant sortir du bar. Et puis la colère s'installa. Il n'y avait qu'une seule personne qui puisse lui faire un procès. Il serra les dents, déchira le rabat de l'enveloppe et poussa un juron en lisant l'assignation.

Val réclamait la garde.

Les bruits de conversation et le vacarme du restaurant disparurent autour de lui et tout ce qu'il entendit fut le froissement du papier alors que son poing se refermait autour de l'assignation. Elle avait menacé de demander la garde, mais il n'y avait pas vraiment cru. Il avait pensé que peut-être elle ne faisait que bluffer pour le forcer à céder et la laisser ramener

Olive en Californie du Sud pour lui faire embrasser une carrière d'actrice dont la petite ne voulait même pas.

Il se raidit complètement et la colère lui tordit le ventre, se propageant rapidement à travers ses veines jusqu'à ce qu'il se retrouve à quasiment vibrer sous l'effet de cette émotion toxique.

— Patron ? demanda Rhys. Est-ce que ça va ?

— Non.

Clay tourna un regard dur vers son assistant.

— Il faut que je règle quelque chose. Est-ce que tu peux t'en sortir sans moi ici pour le reste de l'après-midi ?

— Bien sûr. Pas de souci. Qu'est-ce qui ne va pas ?

Clay plia avec soin l'assignation froissée et la remit dans l'enveloppe. Sa réponse tint en un seul mot :

— Val.

CLAY RENTRA dans le bureau de Lorna White et y découvrit une atmosphère chaleureuse. Des fauteuils rembourrés dans des tons crème emplissaient l'espace à côté de la fenêtre. Une causeuse assortie était disposée devant la cheminée où craquait un feu.

— Bonjour, Clay, dit Paige, la fille de Lorna, en se levant pour venir à sa rencontre. Maman se demandait quand tu viendrais nous voir.

— Elle m'attendait ? interrogea-t-il en se demandant si Yvette lui avait parlé.

Paige retira une mèche de cheveux sombre de devant ses yeux et haussa une épaule.

— Elle a rencontré Val. Personne ne s'attendait à ce que tu sortes de ce mariage sans batailler.

Il eut un rire sans joie.

— Oui, bon, je suis sorti de ce mariage. Mais maintenant j'ai un problème de garde.

— Oh, Clay, je suis désolée d'entendre ça, dit-elle, la voix pleine d'inquiétude et d'empathie.

— Merci, dit-il. Est-ce que Lorna est disponible ?

Elle leva un doigt.

— Donne-moi juste une minute.

Paige disparut dans le bureau de sa mère et Clay s'installa sur un des fauteuils rembourrés. Le cabinet d'avocat n'avait rien à voir avec l'image qu'il s'en faisait. Il n'y avait rien d'aride dans cette pièce, et s'il n'avait pas su ce qu'il en était, il aurait pensé que Lorna White était décoratrice d'intérieur ou organisatrice d'événements, tellement l'atmosphère de la pièce était confortable.

— Mr. Garrison.

Lorna sortit de son bureau et s'installa sur le fauteuil à côté du sien.

— Je ne peux pas dire que je suis ravie de vous voir. Pas dans ces circonstances en tout cas.

Clay lui tendit la main et elle la serra dans les siennes.

— Je dois avouer que je me sentirais mieux si c'était juste une visite de courtoisie, Lorna.

Il lui tendit la citation à comparaître à l'audience.

— Elle réclame la garde complète.

Lorna grimaça.

— Elle joue les dures, hein ?

— C'est la seule méthode qu'elle connaît.

Lorna hocha la tête avec compréhension.

— Et comment ton adorable fille réagit à tout ça ?

Il secoua la tête.

— Elle n'est pas encore au courant. Mais Val essaie de la

forcer à devenir actrice. Ça ne plaît pas à Olive, mais elle joue le jeu pour faire plaisir à sa mère.

— Actrice ? Waouh. Ce n'est pas anodin pour une enfant de huit ans. Qu'est-ce que vous en pensez, vous, Clay ?

Il secoua la tête.

— Pour être franc, Lorna, je déteste cette idée. Et je crains que Val se soit mis en tête que si elle peut trouver du travail pour Olive, ça l'aidera à avancer dans sa propre carrière.

— Vous avez des preuves de cela ?

— Non, soupira Clay. Juste quelques trucs qu'Olive m'a dits, comme le fait que sa mère voulait leur faire passer des auditions ensemble.

— D'accord.

Elle ouvrit un carnet et inscrivit quelques notes.

— Je suppose que vous êtes là pour être représenté ?

— Oui, mais…

Clay grimaça.

— Qu'est-ce qui se passe, Clay ?

Lorna l'observa, la tête penchée de côté. Il poussa un soupir.

— Je n'ai pas des masses de liquidités à disposition. Avec les voyages à payer pour Olive entre ici et Los Angeles et la pension pour Val, ce n'est pas évident.

Elle agita une main.

— Ne nous inquiétons pas de ça pour le moment. Le plus important, c'est que nous gardions votre fille à Keating Hollow.

— Mais je ne sais pas comment je vais payer…

— On trouvera quelque chose, Clay. Je vous en prie, ne vous inquiétez pas de ça.

Clay fit craquer ses épaules et sentit une partie de sa tension disparaître.

— D'accord. Je ferai des virements au fur et à mesure, le

plus possible. Est-ce qu'il vous faut une avance sur honoraires ?

Elle secoua la tête et se leva.

— Passons dans mon bureau. Nous allons discuter de tout ce que j'ai besoin de savoir.

— D'accord.

Alors que Clay se levait et suivait Lorna dans un bureau qui avait la même atmosphère que la réception, il se rendit compte à quel point elle était douée. Il était entré dans son cabinet tendu, fébrile, irrité. Le simple fait de passer un peu de temps dans la salle d'attente à lui parler de façon informelle l'avait déjà détendu un peu. C'était exactement ce dont il avait besoin. Sinon il serait devenu fou.

Une fois dans la pièce, il s'assit dans un fauteuil confortable face à son bureau. Elle leur versa une tasse de café à tous les deux et s'assit en face de lui, un stylo à la main.

— Bon, dites-moi tout ce qu'il y a à savoir sur Val, les bonnes choses, les mauvaises, les horribles. Je veux tout savoir.

Clay prit une grande inspiration.

— D'accord, mais… rappelez-vous que c'est vous qui l'avez demandé.

CHAPITRE 16

Abby était assise à la table de la salle à manger et parcourait ses emails. Il y avait beaucoup de commandes pour les fêtes qui étaient arrivées au cours des derniers jours, ce qui voulait dire qu'il allait falloir qu'elle se ressaisisse et qu'elle se remette au travail. Depuis qu'elle avait échoué à réaliser la potion pour son père, elle avait repoussé le moment de refaire son stock. Elle n'avait tout simplement pas la force d'utiliser sa magie, même si elle savait que ça fonctionnait bien pour ses produits de beauté.

La mine de son critérium grattait le papier du carnet tandis qu'elle inscrivait les ingrédients qu'elle allait devoir se procurer. Elle était tellement prise par son travail qu'il lui fallut un moment avant de se rendre compte que quelqu'un était en train de klaxonner devant leur maison.

Elle se leva et alla voir son père qu'elle trouva dans la cuisine en train de se régaler des brownies qu'elle avait faits la veille. *Enfin*, pensa-t-elle. Il n'avait presque rien avalé au cours des derniers jours, et même si un brownie n'était pas le summum d'une alimentation saine, les calories lui feraient du bien.

— Eh, dit-elle, tu attends quelqu'un ?

— Non, dit-il en prenant une gorgée de café. Aucun de mes amis ne conduit de voiturette de golf.

— Quoi ? Comment tu sais que c'est une voiturette ? demanda-t-elle en riant.

— Je reconnais le son de ce pauvre klaxon.

Il lui fit un petit signe de tête.

— Allez, file. Wanda t'attend.

Abby secoua la tête. Comment savait-il que Wanda l'attendait, elle se le demandait bien. Des fois, il avait un drôle de sixième sens pour ce genre de choses. Elle marcha jusqu'à lui et l'embrassa sur la joue.

— Tu es un sacré numéro, tu le sais ça, hein ?

— C'est ce que les filles me disent.

Abby émit un grognement et partit vers l'entrée. Effectivement, Wanda était assise dans sa voiturette festive, et Bruno Mars résonnait dans les enceintes. Ses cheveux récemment teints en rouge rebondissaient souplement autour de son visage souriant tandis qu'elle dansait sur son siège, les bras levés.

— Eh, salut, dit Abby en lui souriant. Qu'est-ce qui se passe ?

— Je suis venue te kidnapper. Monte.

Elle tapota le siège à côté d'elle.

Abby jeta un regard vers la maison et mordilla sa lèvre inférieure. La journée se passait bien pour son père.

— Allez. Vis un peu, Townsend. Ça fait une semaine que tu es arrivée et personne ne t'a vue. Enfin, personne à part Clay.

Elle haussa les sourcils d'un air suggestif.

— Je parie que c'était *intéressant*, ça.

— Qu'est-ce qui te fait penser que j'ai vu Clay ?

— Je t'en prie.

Elle eut un rire si contagieux que cela fit sourire Abby.

— Tout le monde à la brasserie dit que vous vous êtes enfermés tous les deux dans la remise. N'essaie même pas de nier.

— Ce n'est pas ce que je fais, dit Abby en contournant la voiturette pour monter à l'avant. Je voulais juste savoir qui parlait de moi.

Elle haussa les épaules.

— Il me donnait un coup de main.

— C'est comme ça qu'on dit maintenant ?

Elle lui fit un clin d'œil pour lui montrer qu'elle ne faisait que la taquiner.

Abby envisagea de lui dire exactement ce sur quoi ils avaient travaillé, mais elle repoussa cette idée. Elle n'avait pas besoin des conseils de tout le monde sur sa magie, et c'est pile ce qui se passerait si le reste de la ville apprenait qu'elle avait recommencé à s'entraîner.

— Si par « ça » tu veux dire « être amis », alors oui.

Wanda secoua la tête, l'air amusée.

— Ma grande, entre toi et Clay, ça n'a jamais été « juste de l'amitié ». Mais si c'est comme ça que tu veux gérer ça, je suis de ton côté.

— Tu sais, tu as raison là-dessus. Mais cette fois, c'est vrai, Wanda. On est juste amis, ou en tous cas, en bons termes. On a tout un passé à surmonter avant de pouvoir être meilleurs potes.

— Je comprends.

Wanda démarra le moteur et fit tourner la voiturette.

— Tu ne m'as jamais appelée pour cette course de minuit au bord du lac. Ça te dirait ce week-end ?

Le soleil brillait doucement et ne réchauffait pas que la peau d'Abby mais aussi son cœur. Avec son père qui allait mieux, elle ne put résister.

— Oui, j'amènerai du chocolat chaud à l'irlandaise.

— Ça, c'est un langage que je comprends.

Wanda désigna le porte-gobelet.

— Il y a du courage liquide dans cette bouteille d'eau si tu en as besoin.

— Du courage liquide ? Pour quoi ? demanda Abby.

— J'ai trouvé à qui appartient la Mini Cooper blanche que tu as démolie le jour de ton arrivée.

Wanda s'arrêta au bout de l'allée et prit à gauche, dans la direction opposée à la ville. Il n'y avait que quelques habitations de ce côté, incluant une maison qu'Abby connaissait aussi bien que la sienne.

— Wanda ? demanda-t-elle, le cœur battant. S'il te plaît, dis-moi que tu ne m'emmènes pas là où je pense que tu m'emmènes.

— Désolée. Je ne vais pas pouvoir faire ça.

La musique changea et Abba commença à se déverser des haut-parleurs.

— Il s'avère que la Mini Cooper n'appartient à nulle autre que Mary Pelsh.

Abby ferma les yeux et prit de grandes inspirations pour essayer de se calmer. Elle ne l'avait pas revue depuis l'enterrement, même si Hanna lui disait à chaque occasion que les parents de Charlotte aimeraient vraiment la voir. Et maintenant, elle était censée franchir cette étape en lui annonçant qu'elle avait embouti l'arrière de sa voiture toute neuve.

— Génial, marmonna-t-elle.

Bien sûr, la voiture appartenait à Mary. Avec la façon dont

l'univers tout entier semblait conspirer contre elle, cette révélation était parfaitement logique. Elle se tourna vers Wanda.

— On était obligées d'y aller là tout de suite ?

— Non, mais tu sais comment les nouvelles circulent dans cette ville. Elle finira forcément par apprendre que c'était toi, et je me suis dit que c'était quelque chose qu'il valait mieux ne pas laisser traîner.

Elle désigna la bouteille.

— Bois. Tu vas en avoir besoin.

Abby jeta un regard à la bouteille et haussa un sourcil curieux.

— C'est quoi ?

— De la liche ! Ne pose pas de questions idiotes. Fais juste ce que tu as à faire.

— D'accord, dit Abby en attrapant l'alcool.

Et avant de pouvoir y réfléchir davantage, elle dévissa le capuchon et prit une large goulée. Le whisky-coca vint frapper le fond de sa gorge et elle grimaça en se forçant à l'avaler. Elle n'était pas fan des alcools fort, mais elle devait bien reconnaître ça à Wanda : s'il y avait une occasion où c'était justifié, c'était bien celle-ci.

Wanda lui fit un clin d'œil et dirigea la voiturette dans la longue allée serpentine qui conduisait à la propriété des Pelsh. Abby remit la bouteille à sa place, se disant qu'il valait mieux éviter d'arriver bourrée. Ce n'était pas comme ça qu'elle avait envie de leur parler pour la première fois depuis des années. Il fallait qu'elle se tienne.

— Prête ? demanda Wanda en se garant devant la maison modeste à un étage.

— Non.

Mais Abby descendit quand même de la voiturette.

Maintenant qu'elle était là, elle se sentait submergée par l'envie de voir Mary. L'émotion enfla dans sa poitrine et ce fut soudain un peu difficile de respirer. Néanmoins, ses pieds semblèrent avancer tout seuls le long de l'allée bordée de fleurs jusqu'à ce qu'elle se trouve sur le pas de leur porte.

Wanda était juste derrière elle et avant qu'Abby puisse changer d'avis, son amie appuya sur la sonnette.

La porte s'ouvrit et Mary Pelsh apparut, vêtue de leggings, d'une longue tunique et de bottes noires élégantes. Le choc fut net sur son visage : elle écarquilla les yeux et resta bouche bée. Puis, retrouvant sa respiration, elle sortit sur le pas de la porte et serra Abby dans ses bras.

— Abigail, dit-elle avec un soupir soulagé. Hanna m'a dit que tu étais en ville. J'espérais tellement que tu viendrais nous voir.

— Je suis désolée, balbutia Abby en serrant contre elle la femme qui avait été comme une deuxième mère pour elle. Je suis tellement, tellement désolée.

Mary recula légèrement et l'observa.

— Pourquoi est-ce que tu es désolée ?

Abby secoua la tête, incapable de parler alors que les larmes dévalaient sur ses joues.

— Oh, chérie. Rentre. Je vais te trouver un mouchoir et quelque chose à boire.

Mary jeta un coup d'œil par-dessus son épaule et fit un signe de tête à Wanda.

— Toi aussi. Allons nous asseoir et papotons un peu.

Mary garda le bras d'Abby sous le sien tandis qu'elle la guidait jusqu'à la cuisine ensoleillée.

— Assieds-toi, dit-elle en indiquant la table. Je vais nous faire du thé.

— Merci, Mary, dit Wanda qui s'assit à côté d'Abby contre la fenêtre en saillie qui donnait sur la forêt de séquoias.

Mary attrapa une baguette pailletée, la pointa sur la bouilloire posée sur la gazinière et dit :

— Prépare le thé.

La porte du placard juste à gauche de la gazinière s'ouvrit et un pot de feuilles de thé en vola. La bouilloire flotta jusqu'à l'évier où le robinet se tourna tout seul et remplit le contenant.

Abby ne put s'empêcher de sourire en assistant à ce spectacle. Mary était une sorcière d'air et elle était très douée pour la télékinésie. Sauf que c'était plus que simplement déplacer les objets avec son esprit. C'était presque comme si elle communiquait avec l'air qui l'entourait pour lui faire chorégraphier la danse des objets qui produirait la parfaite tasse de thé.

— Et une ou deux viennoiseries ?

Sans attendre leur réponse, Mary pointa sa baguette sur une assiette de danoises et les déposa sur la table. Des serviettes, des assiettes et des cuillères suivirent et atterrirent délicatement devant Wanda et Abby.

— Vous vous êtes vraiment améliorée, dit Abby. Je me rappelle toujours la fois où vous aviez fait des cupcakes pour l'anniversaire de Charlotte.

Elle se tourna vers Wanda.

— Quand elle les a envoyés vers la table, ils se sont envolés en tourbillonnant et la plupart se sont écrabouillés en atterrissant.

Abby rit en se rappelant la mine horrifiée sur le visage de Charlotte.

— Mais ce n'était rien comparé à celui qui a atterri en plein dans les, hum, d'Andrew Baker, dit Abby en désignant son

entrejambe. Les gamins ont commencé à l'appeler
« cupcouilles ».

— Oh, c'était horrible. Charlotte craquait sur lui en plus,
ajouta Mary.

Abby hocha la tête.

— C'est vrai. Quand ils ont enfin commencé à sortir
ensemble au lycée, elle l'appelait toujours affectueusement
« cupcake ».

— Alors c'est de là que lui vient ce surnom, rit Wanda. Tu
sais qu'il travaille au commissariat maintenant et les autres
flics l'appellent comme ça. Je pensais que c'était juste un genre
de bizutage.

Abby secoua la tête.

— Non.

— Heureusement, il a toujours été de bonne composition
ou ça aurait pu le traumatiser à vie, dit Mary en frissonnant.
Après ça, j'ai arrêté de frimer quand les enfants ramenaient des
amis à la maison. Je n'avais pas envie d'avoir un autre incident
de cupcouilles.

— Vous n'avez plus à vous inquiéter pour ça désormais,
Mrs. P, dit Abby. Charlotte serait fière.

Elle fut surprise de constater que, pour une fois, parler de
Charlotte ne lui donnait pas la nausée. À vrai dire, c'était
agréable de se rappeler d'elle telle qu'elle était avant de tomber
malade.

— Merci. C'est ce que j'aime à me dire.

Mary s'assit à côté d'Abby et poussa les danoises vers elle.

— Mange. Il faut que tu éponges tout cet alcool.

— Je...

Abby étrécit les yeux en regardant Mary.

— Comment savez-vous que j'ai bu quelque chose ? C'était
juste une gorgée.

— Sorcière d'air, tu te rappelles ?

Elle tapota sa tempe.

— Je sais, c'est tout.

Wanda souffla entre ses lèvres pincées.

— Ou bien elle le sent, hein…

— Aussi.

Mary prit une viennoiserie et en rompit un morceau avant d'ajouter.

— J'ai un nez très sensible. Si c'est dans l'air, je suis au courant.

Bien sûr. Abby aurait dû se rappeler que Mrs. P était capable de sentir n'importe quoi : les garçons, l'alcool, les bêtises. Elle les avait forcées à rester sur le qui-vive, ça c'est sûr. Abby prit également une danoise et en mordilla un petit bout jusqu'à ce que le thé flotte dans l'air et atterrisse devant elle. Elle souleva la tasse et prit une gorgée du mélange de sauge et de myrtilles.

— C'est délicieux.

— Un de mes préférés.

Mary but à son tour et jeta un regard à Abby.

— Bon, Abigail, je pense qu'il est temps que tu me dises exactement pourquoi tu t'es tenue éloignée si longtemps. Tu savais que nous voulions te voir.

Abby avala le reste de sa pâtisserie, la bouche soudain sèche, et elle secoua la tête.

— C'est juste… je ne pouvais pas. Pas après ce qui est arrivé.

La main de Mary se referma sur la sienne.

— Et qu'est-ce que tu crois qui est arrivé ?

— Je…

Abby regarda Wanda comme si elle avait la réponse, mais Wanda n'avait pas été présente. Elle ne savait pas ce qu'Abby savait. Enfin, elle se tourna vers Mary et la regarda dans les yeux.

— C'est de ma faute si Charlotte est morte. Je lui ai donné une potion énergisante qui a masqué ses symptômes et au lieu d'appeler à l'aide, elle a essayé d'aller à ce stupide bal.

Des larmes emplirent les yeux de Mary et elle serra la main d'Abby plus fort.

— Ce n'est pas à cause de toi que Charlotte n'est plus parmi nous. Tu n'as fait qu'essayer de l'aider. Personne ne t'en veut.

— Moi si.

La voix d'Abby était vide, dépourvue d'émotion. Il fallait qu'elle le fasse, qu'elle dise enfin ce qu'elle avait retenu en elle depuis toutes ces années.

— Sans moi, elle aurait été trop faible pour quitter la maison. Vous ou votre mari auriez remarqué quelque chose et vous l'auriez amenée chez un guérisseur, un *vrai* guérisseur qui aurait su quoi faire. Au lieu de ça, à cause de moi, elle se sentait bien ce soir-là. Assez bien pour mettre sa robe de bal et faire comme si tout était normal. Mais ce n'était pas le cas. Elle était mourante, et on était en train de danser et faire la fête comme si on avait toute la vie devant nous. Si j'avais su, je n'aurais jamais... enfin, il y a des tas de choses que j'aurais faites différemment.

Mary était assise en silence, les yeux fermés, et secouait la tête.

— Je suis tellement désolée, répéta Abby et elle se leva de table. Je ferais mieux de partir maintenant. Je ne voulais pas ajouter à votre douleur. C'est pour ça que...

— Abby !

Mary attrapa sa main et la serra fermement.

— Il y a quelque chose que tu ne sais pas. S'il te plaît, assieds-toi.

Abby se figea, sans savoir quoi faire. Elle avait été tellement certaine que les Pelsh la haïraient quand ils apprendraient qu'elle avait fait prendre à Charlotte une potion qu'ils lui avaient spécifiquement demandé de ne pas lui donner. Ils lui avaient demandé de laisser leurs guérisseurs s'occuper de la maladie de Charlotte. Mais Charlotte lui avait dit que c'était juste une infection. Quel danger aurait-il pu y avoir ? Les médicaments qu'ils lui avaient donnés l'en débarrasseraient en un rien de temps. Quel mal aurait pu faire une petite potion énergisante ?

Les yeux tristes de Mary cherchèrent ceux d'Abby, puis elle détourna le regard et fixa la viennoiserie devant elle.

— Charlotte était malade depuis longtemps.

— Quoi ? demandèrent Abby et Wanda en même temps.

— Elle avait une maladie auto-immune qui affaiblissait son système immunitaire.

Abby cligna des yeux.

— Elle avait une maladie auto-immune ? Mais comment… je veux dire, pourquoi elle ne nous a jamais dit ça ?

— Elle ne voulait pas que les gens la traitent différemment, dit Mary avec un soupir. Tu te rappelles qu'elle était toujours malade quelques jours par mois ?

— Mais elle n'était pas vraiment malade. Elle nous avait dit… oh.

Abby secoua la tête. Comment avait-elle pu être aussi idiote ? Charlotte leur avait dit que sa mère appréciait de passer du temps en tête à tête avec sa fille et qu'elles partaient à la plage ou qu'elles sortaient de la ville pour des week-ends prolongés. Abby avait été tellement jalouse, elle n'avait jamais réfléchi au fait que ce n'était peut-être pas vrai.

— Techniquement, elle n'était généralement pas malade. Nous allions effectuer ses traitements avec un spécialiste à

Salem. La maladie qu'elle avait était rare et n'apparaît que chez un pour cent des sorcières. Elle était soignée par un guérisseur dans l'Est. Mais au bout d'un moment, les traitements ont arrêté de fonctionner.

Ils ont arrêté de fonctionner. Les mots résonnèrent dans la tête d'Abby. Son amie avait été très malade et elle n'en avait rien su.

— Qu'est-ce que vous avez fait ?

Les lèvres de Mary formèrent une ligne mince, elle avait visiblement du mal à poursuivre cette conversation.

— Nous avons essayé des soins expérimentaux avec un guérisseur qui faisait ses études à l'université d'État de Humboldt. C'étaient des essais. La plupart n'ont pas fonctionné, mais il y en avait un qui semblait prometteur et paraissait l'aider. Et puis elle a contracté cette infection pulmonaire. Ça faisait alors dix ans qu'elle se battait contre la maladie, Abby. Elle en avait marre et elle voulait juste continuer à vivre sa vie. Je ne suis pas surprise qu'elle t'ait demandé la potion énergisante. Elle en avait assez de passer à côté de la vie.

— Je vous suis reconnaissante de me dire ça, Mrs. P. Mais je ne vois quand même pas en quoi je ne suis pas responsable. Si je n'avais pas…

— Elle était mourante, Abby. Quand elle a contracté cette infection, le nouveau traitement a cessé d'être efficace. Il n'y avait rien qui aurait pu la sauver, dit doucement Mary. Ne comprends-tu pas ? Charlotte est morte en vivant. C'était sa volonté. Elle ne voulait pas s'éteindre doucement dans un lit. Elle voulait vivre sa vie au maximum, et tu l'as aidée à accomplir cela.

Abby se leva brusquement, incapable d'accepter ce que la mère de son amie était en train de lui dire.

— Je sais que vous essayez de me dédouaner et c'est gentil, mais je ne peux pas ignorer le fait que c'est ma potion qui a causé son décès prématuré.

Des larmes emplirent à nouveau ses yeux et elle ne fit rien pour les empêcher de dévaler ses joues.

— C'est quelque chose avec lequel je devrai vivre pour le reste de ma vie, savoir que vous n'avez pas pu lui dire au revoir, qu'elle aurait dû avoir plus de temps devant elle, que je n'ai pas respecté vos souhaits. J'étais arrogante et je pensais tout savoir mieux que tout le monde. Cette arrogance m'a coûté ma meilleure amie. Alors je vous en prie, n'essayez pas de me réconforter.

Le silence tomba dans la cuisine. Abby commença à se sentir comme un animal pris au piège, comme si les murs étaient en train de se refermer sur elle. Il fallait qu'elle sorte de là. Maintenant. Elle se tourna pour partir, mais Mary se leva d'un coup et la serra dans ses bras, si fort que les côtes d'Abby commencèrent à lui faire mal.

— Ce n'est pas de ta faute. Ce n'est pas de ta faute, répéta Mary encore et encore. J'espère qu'un jour tu apprendras à arrêter de te rendre responsable parce que ce n'est pas de ta faute. Ça ne l'a jamais été, ça ne pouvait pas l'être.

Abby s'accrocha à Mary et se laissa réconforter par son étreinte, mais elle connaissait la vérité. Ses actions avaient arraché sa meilleure amie à cette vie trop tôt. La douleur que lui causait cette certitude ne risquait pas de disparaître de sitôt.

— Tu veux bien me promettre quelque chose ? demanda Mary.

— Tout ce que vous voudrez, dit Abby, consciente qu'elle devait bien ça à Mary.

— Va voir quelqu'un. Parle de ça à quelqu'un.

Abby se raidit.

— Je ne…

— Je t'en prie, Abby.

Mary la lâcha et fit le tour du plan de travail. Elle attrapa une carte de visite dans un tiroir.

— Parle au Dr Kass. Elle m'a vraiment aidée à surmonter ma douleur après la mort de Charlotte.

— J'ai vu quelqu'un à La Nouvelle-Orléans.

Abby passa ses mains sur son visage baigné de larmes.

— Ça n'a pas… disons juste que ça n'a fait qu'empirer les choses.

— Oh, chérie.

Mary attrapa de nouveau ses mains.

— Je suis vraiment désolée que ça n'ait pas fonctionné. Mais le Dr Kass a été une bouée de sauvetage. Un véritable réconfort. Essaie au moins ? Pour Charlotte ? Elle ne voudrait pas que tu souffres toujours autant après toutes ces années.

Comment Abby aurait-elle pu lui dire non ? C'était impossible. Elle hocha la tête et dit :

— Je l'appellerai.

— Bien, c'est bien, dit Mary, l'air soulagée. Tu ne le regretteras pas.

Abby était sûre à cent pour cent du contraire, mais elle adressa quand même un faible sourire à Mary et dit :

— On ferait probablement mieux d'y aller.

Mais quand elle regarda autour d'elle, elle s'aperçut que Wanda avait disparu.

— Où est passée Wanda ?

Mary fit le tour de la cuisine des yeux.

— Elle voulait sans doute nous laisser un peu tranquilles.

C'était probable. Abby commença à avancer vers la porte d'entrée, avant de se rappeler la raison pour laquelle elle était venue à la base.

— Euh, Mrs. P ?

— Oui ?

Elle agita sa baguette pailletée et le thé et les viennoiseries atterrirent sur le plan de travail.

— Est-ce que vous avez une Mini Cooper ?

— Oui, pourquoi ?

— Est-ce que vous l'avez prêtée à votre nièce pour qu'elle aille faire un tour avec il y a une semaine et quelques ? demanda Abby en grimaçant. Et est-ce qu'elle est revenue avec l'arrière enfoncé ?

Mary la contempla d'un air soupçonneux.

— Prêter n'est pas le mot que j'utiliserais, mais oui, elle a conduit ma voiture. Comment tu sais ça ? Candy a dit que c'était un délit de fuite.

Abby soupira.

— Je suppose qu'on pourrait dire ça. C'est moi qui ai percuté votre voiture.

— Abby…

Mary fit traîner les syllabes de son prénom en secouant la tête.

— Mais ce n'est pas moi qui ai pris la fuite. Vous pouvez même vérifier avec Pauly Putzner. Il était là pour prendre ma déposition, mais avant qu'il puisse rassembler toutes les informations, votre nièce – Candy – est partie. Je suis vraiment désolée. C'était juste un accident. J'en ai déjà informé mon assurance. Ils ont simplement besoin du rapport de police et d'une estimation.

— Elle est partie ? demanda Mary en étrécissant les yeux, agacée. Pourquoi ?

— Je crois qu'elle avait peur de s'attirer des ennuis. Je ne sais pas. Mais comme elle a pris la fuite, je ne savais pas qui contacter. C'est Wanda qui a découvert que la voiture vous appartenait, alors je suis venue pour rectifier la situation.

L'expression de Mary s'adoucit.

— Merci, Abby. Tu n'as qu'à me laisser les coordonnées de ton assurance et je ferai passer ça à mon garagiste. Je suis vraiment contente que tu sois venue aujourd'hui.

Elle ouvrit les bras pour une autre étreinte. Incapable de résister, Abby se laissa aller dans ses bras.

Elles restèrent ainsi un long moment, mais Abby finit par reculer et éponger ses nouvelles larmes. Après lui avoir donné les coordonnées de son assurance, elle la salua de la main et sortit pour retrouver Wanda qui s'était installée dans la voiturette.

— Qu'est-ce que tu fais là ? demanda Abby.

— Je prends juste un peu le soleil. Je me suis dit que vous voudriez peut-être un peu d'intimité.

Elle leva une bouteille de stout chocolatée.

— Et puis j'avais envie de quelque chose d'un peu plus fort que du thé.

Abby se mit à rire et reprit sa place dans la voiturette.

— Abby, attends ! appela Mary en se précipitant hors de la maison avec une boîte de taille moyenne dans la main. J'avais gardé ça pour toi.

Elle la lui passa.

— Ce sont des souvenirs de Charlotte, je me suis dit que tu aimerais les avoir un jour.

Abby serra le carton, à la fois curieuse et un peu effrayée de découvrir ce qu'il y avait à l'intérieur. Mais la vérité, c'était que son amie lui manquait. Après avoir passé dix ans à essayer de ne pas penser à elle, elle avait vraiment pris plaisir à se remémorer des souvenirs avec Mary. L'histoire des cupcakes lui avait fait du bien, et si le contenu de la boîte pouvait également alléger son cœur, Abby se dit qu'elle était peut-être prête à arpenter de nouveau le passé.

— Merci, Mrs. P. C'est très gentil.

Elle agita la main.

— Allons, ce n'est rien. Et repasse nous voir, Abby, d'accord ?

— D'accord, promit Abby.

Et cette fois, elle le pensait.

CHAPITRE 17

Après la visite de Clay chez l'avocate, il s'était arrêté chez sa mère pour voir Olive. Sa fille était aussi fougueuse et turbulente que d'habitude et elle jouait dans la cabane dans l'arbre avec le garçon des voisins. Il les observa depuis la fenêtre de la cuisine jouer à faire comme si la cabane était un château fort qu'ils défendaient avec des arcs contre l'armée fantôme de derrière le voile.

Il pouffa de rire, comblé.

— Elle se plaît ici, dit sa mère à côté de lui.

Elle portait un tablier par-dessus un jean poussiéreux et un tee-shirt, et elle avait de la terre sous les ongles, signe qu'elle était allée s'occuper du jardin.

— Je ne l'ai jamais vue comme ça quand vous viviez à L.A.

Clay hocha la tête.

— Tu as raison. Mais là-bas elle ne pouvait pas avoir la liberté qu'elle a ici. C'est très différent de grandir dans une ville.

— Je me demande si ce n'était pas plus dû à l'ambition de sa mère qu'au fait de vivre en ville.

Elle avait raison, mais ça ne faisait pas plaisir à Clay de l'entendre. Val avait toujours voulu qu'Olive soit mise bien nettement, qu'elle se comporte parfaitement, avec des coiffures tirées à quatre épingles, comme si elle était une poupée de porcelaine. Ce n'était pas tant qu'elle adhérait à la théorie selon laquelle les enfants devraient être vus mais pas entendus, mais surtout qu'elle agissait comme si le moindre geste d'Olive aurait une répercussion sur elle et sa capacité à décrocher des rôles.

Clay se maudit pour avoir accepté que Val l'emmène à des auditions en premier lieu. Val avait rapidement appris qu'Olive avait un visage recherché à la télévision. Les directeurs de casting l'adoraient – du moins jusqu'à ce qu'Olive commence à s'impatienter et à leur porter sur les nerfs avec son babillage incessant qui n'était que la conséquence de son ennui.

— Tu n'as pas tort, dit Clay.

— Elle n'a pas envie d'être actrice, tu le sais, hein ?

Clay hocha la tête.

— Oui. Elle ne le dit pas franchement, mais c'est assez évident.

Sa mère haussa les sourcils.

— Vraiment ? Elle me l'a dit des tas de fois.

Il se tourna vers elle.

— Quand ?

— Tout le temps. Pratiquement à chaque fois qu'elle revient après avoir vu sa mère. Elle n'en parle pas avec toi ?

— Non.

Il fourra les mains dans ses poches et courba les épaules.

— Elle protège Val.

Sa mère secoua la tête et ses boucles fraîchement teintes d'un balayage miel rebondirent autour de son visage.

— Eh bien, moi je ne compte pas la protéger. Tu sais que je n'aime pas critiquer la mère d'Olive…

— Vraiment ? demanda Clay en pouffant de rire. Depuis quand ?

Elle plaça ses mains sur ses hanches.

— Eh, j'ai tenu ma langue pendant que vous étiez mariés.

— C'est vrai. Et je t'en suis reconnaissant, mais tu ne m'as pas franchement épargné tes opinions depuis dix-huit mois.

Marina Garrison le fixa dans les yeux.

— Mon fils, je te respecte et je respecte tes décisions. Et je vous aime, toi et Olive. Mais je ne peux, ni ne veux, rester silencieuse pendant que sa mère fait tout ce qu'elle peut pour détruire la joie de vivre de cette petite fille. Et c'est ce qu'elle fait à chaque fois qu'elle l'emmène à L.A. Est-ce que tu sais qu'elle n'a parlé à personne pendant deux jours après son retour cette fois ?

— Elle m'a parlé à moi, dit-il en fronçant les sourcils.

— Oui. Mais juste à toi. Pas à moi. Ni à Randy, dit-elle en indiquant le petit garçon à l'extérieur. Et elle a à peine décroché deux mots à l'école. La maîtresse a dit que c'était comme si ses lumières étaient éteintes et que soudain quelqu'un avait appuyé sur un interrupteur.

— Je sais qu'elle était perturbée après le départ de Val, mais je ne m'étais pas rendu compte que c'était à ce point. Pourquoi tu ne m'as rien dit ?

— Je comptais le faire, mais c'est passé et tu étais déjà assez en colère comme ça contre Val. Mais maintenant qu'elle réclame la garde, je me suis dit qu'il fallait que tu saches.

Clay hocha la tête.

— Oui. Merci.

— Je suis désolée, mon chéri.

Il lui jeta un regard.

— Tu n'as pas à être désolée, maman.

Clay fulminait toujours quand il revint à la brasserie. Valerie était vraiment un cas. Est-ce qu'elle n'en avait réellement rien à faire de leur fille ? Il secoua la tête. C'était évident. Elle était décidée à l'obliger à faire quelque chose qu'elle n'avait pas envie de faire.

Au lieu d'aller voir comment ça se passait pour Rhys et le reste du personnel, il se dirigea tout droit vers son bureau. Il n'était pas d'humeur à parler à quiconque. Il s'assit à son bureau et posa les yeux sur la recette qu'il était en train d'élaborer, mais ce n'était pas la peine. Sa frustration s'était transformée en agitation et il était incapable de tenir en place.

Il se leva, prit la balle de baseball posée sur son bureau et la fit passer d'une main à l'autre tandis qu'il faisait les cent pas. L'idée que Val essaie de demander la garde complète était ridicule. Le fait qu'elle les ait abandonnés ne plaiderait pas en sa faveur. Il n'avait jamais compris comment la mère d'Abby avait pu laisser ses filles derrière elle. Et il ne comprenait certainement pas non plus comment Val avait pu abandonner Olive.

Abby à l'esprit, il jeta un regard par la fenêtre en direction de la remise. Et c'est là qu'il la vit. Elle se tenait derrière la fenêtre, la tête penchée comme si elle se concentrait sur son travail. Quelque chose en Clay changea alors qu'il la regardait. Il était plus calme, comme si sa simple présence l'apaisait. Et juste à ce moment, Abby releva la tête et leurs regards se croisèrent. Les lèvres de la jeune femme se retroussèrent en un léger sourire, et un éclair de joie transperça le cœur de Clay.

Sans y réfléchir davantage, il reposa la balle sur le bureau et partit vers la remise.

— Salut, l'accueillit Abby quand il passa la porte. Ça fait un moment, hein ?

— Ça, c'est parce que tu te laisses aller, répondit-il avec un sourire tranquille.

— Je me laisse aller ?

Elle rit, les yeux pétillants. Il lui sourit comme un idiot, bien trop conscient qu'il était face à une Abigail plus libre et plus heureuse que celle qui était arrivée il y avait un peu plus d'une semaine. Ce dont il avait un aperçu en ce moment, c'était Abby telle qu'il l'avait connue au lycée, la Abby dont il était tombé amoureux.

— Comment tu sais que je me laisse aller ? Tu me surveilles, Garrison ?

— Et si c'était le cas ? demanda-t-il en se rapprochant, incapable de résister à son attirance magnétique.

Il n'en avait jamais été capable. Aucune raison d'imaginer qu'il serait immunisé désormais. Pas alors qu'elle était à l'évidence la même personne, juste un peu plus complexe, avec plus de subtilités.

Elle posa les mains sur son torse et inclina la tête pour le regarder dans les yeux.

— Je pense que tu sais où me trouver si tu me cherches.

Sa respiration se bloqua devant son beau visage, la confiance qu'il y lisait, la franchise, la bonté. Elle était tout ce que Val n'était pas et ça lui coupait le souffle.

— Tu sais, chez moi, à m'occuper du verger et à veiller à ce que mon père ait un vrai repas à midi. Qui aurait cru que je deviendrais la fée du logis de cette famille ?

Il pouffa de rire et recula d'un pas.

— Pas moi. Mais en parlant de ta famille, tes sœurs ne viennent pas t'aider ?

— Si. Faith passe presque tous les jours. Mais Yvette est bien occupée par son magasin, et Noel a Daisy. Il se trouve que c'est moi qui vis là. Alors Faith s'occupe surtout de distraire mon père et de lui changer les idées, tandis que je m'assure que tout se déroule sans accrocs. Ce n'est pas un fardeau.

— Je n'irais jamais imaginer que c'en est un, pas pour toi en tout cas. La famille a toujours été ta priorité, dit-il.

— Ça l'était… jusqu'à ce que je parte.

Elle se tourna et se concentra sur une boîte ouverte sur le plan de travail.

C'est là qu'il se rendit compte qu'elle n'était pas du tout en train de travailler ; ou en tout cas, qu'elle n'avait pas commencé.

La seule chose sur le plan de travail en inox, c'était la boîte et deux photos. Il les reconnut : c'étaient des photos d'elle et Charlotte à la plage, et c'était lui qui les avait prises.

— Ouah, dit-il doucement. Je ne les avais pas revues depuis qu'on les a fait développer. Où est-ce que tu les as trouvées ?

— Chez la mère de Charlotte. Je suis allée voir Mrs. P aujourd'hui.

Un éclair d'empathie mêlé de surprise passa sur son visage et il écarquilla les yeux.

— On dirait que ça s'est plutôt bien passé. Tu vas bien ?

— Oui, dit Abby doucement. Plutôt. C'était dur mais c'était bien aussi. On a remué des souvenirs. Parler d'elle était plus facile que je ne m'y attendais.

Le cœur de Clay enfla d'émotion. Il n'avait pas vu Abby aussi en paix depuis la mort de Charlotte. Il avait envie que cet instant dure toujours. Cette Abby-là lui avait manqué.

— Elle n'aurait pas voulu que tu l'enfermes dans tes souvenirs. Tu le sais, hein ?

— Je sais.

Elle le regarda, les yeux humides des larmes qu'elle retenait.

— C'est juste que ça fait trop mal d'habitude.

— Et maintenant ?

Il ne put résister et coinça une mèche de ses cheveux blonds derrière son oreille. Elle cligna des yeux et son regard s'éclaircit.

— Ça fait toujours mal, mais parler d'elle semble me faire du bien en même temps. Mrs. P veut que j'aille voir un psy.

Il aurait voulu qu'elle soit allée en voir un dix ans auparavant. Quand elle avait rompu avec lui et annoncé qu'elle quittait la ville, il lui avait demandé d'aller parler à un professionnel avant de faire un changement aussi radical dans sa vie, mais elle s'était barrée.

— Si tu tombes sur le bon, ça peut vraiment faire du bien. Qu'est-ce que tu lui as dit ?

Elle laissa échapper un rire étranglé.

— Je lui ai parlé du charlatan que j'ai vu à La Nouvelle-Orléans, qui n'a fait qu'empirer les choses.

Ses sourcils se relevèrent jusqu'au milieu de son front.

— Tu es allée voir quelqu'un ? Je pensais… eh bien, je croyais que tu étais opposée à cette idée.

Elle posa la main contre la poitrine de Clay, juste au-dessus de son cœur.

— Tu me l'as demandé juste après la disparition de Charlotte, alors quand je suis arrivée à La Nouvelle-Orléans, je l'ai fait.

Clay couvrit sa main de la sienne et la maintint là où elle était.

— Je suis désolé que ça ne se soit pas bien passé.

— Moi aussi. Mrs. P dit que des fois, il faut continuer jusqu'à ce qu'on trouve le bon.

— Ce n'est pas faux. C'est ce que j'ai fait jusqu'à ce que je trouve le Dr Bell.

— Tu as vu un psy ?

Sa voix était aiguë, incrédule. Il lui adressa un sourire ironique.

— Eh bien, oui. Je souffrais d'une sérieuse phobie de l'abandon. Quand Val est partie, j'ai commencé à le prendre personnellement, tu vois ? D'abord toi, ensuite elle. Au bout d'un moment, ça vous retourne le cerveau.

Abby grimaça et essaya de reculer, mais Clay garda sa main par-dessus la sienne, l'empêchant de bouger, et il ajouta :

— Ne t'enfuis pas à nouveau, Abby. Pas maintenant. On a encore des choses à régler.

— Clay, je…

— Tu n'as pas besoin de dire quoi que ce soit, Abby. Ce n'est pas pour ça que j'ai lancé le sujet. Je voulais juste que tu saches que parfois, souvent, parler à un professionnel adapté peut vraiment aider à apaiser ce qui te bouffe de l'intérieur. Je veux juste que tu sois en paix avec le passé.

Elle l'observa et puis son regard tomba sur leurs mains toujours jointes au-dessus de son cœur.

— Vraiment ?

Il prit une inspiration tremblante, un peu pris au dépourvu par sa question.

— Tu es sûre que tu veux la réponse à ça ?

— Oui.

La réponse avait été immédiate et pleine de conviction.

— D'accord, mais rappelle-toi que c'est toi qui as voulu savoir.

Abby hocha la tête.

— Plus que tu ne l'imagines.

Clay était certain qu'elle allait regretter d'avoir demandé. Lui allait certainement regretter d'avoir répondu, mais il ne pouvait pas mentir. Pas alors que son for intérieur lui hurlait de l'embrasser.

— Tu sens mon cœur qui bat comme un fou sous ta main ?

Elle fronça les sourcils.

— Oui.

— C'est entièrement à cause de toi. À cause de ta présence. De cette amitié tranquille que nous avons reprise. Du fait que depuis que tu es de retour, je n'arrive pas à te faire sortir de ma tête.

— Ah bon ? demanda-t-elle avec une ébauche de sourire.

— Non. Pas même une minute. Alors la réponse est clairement non. Je n'ai pas tiré un trait sur mon passé. Pas entièrement. Pour la plupart, si, bien sûr. Mais quand il s'agit de toi, Abigail Townsend, mon passé avec toi me hantera toujours. Je voulais être avec toi depuis mes treize ans, et passer dix ans loin de toi n'a rien changé à ce fait. Je te veux dans ma vie, Abby. Mais ces dix dernières années, je n'ai pas eu le choix. Alors j'ai fait la seule chose que je pouvais faire…

— Épouser quelqu'un d'autre, dit-elle avec une tentative de sourire qui se transforma davantage en grimace.

Il eut un rire sans joie et secoua la tête.

— Non, j'ai appris à accepter le fait que tu n'allais pas revenir, qu'il n'y avait plus de nous. Mais même si j'ai pu accepter ce qui s'est passé, même si j'ai pu passer outre et vivre une existence normale, ce n'est pas ce que je voulais. Je soupçonne que ça ne sera jamais ce que je veux, mais ce n'est pas mon choix. C'est le tien, et ça l'a toujours été.

Abby émit un petit bruit étranglé qui venait du fond de sa

gorge et elle appuya sa paume avec plus de force contre la poitrine de Clay.

— Je suis tellement désolée, Clay, répéta-t-elle. Tellement, tellement désolée. Je n'ai jamais voulu te faire de mal.

— Je sais, Abs. Ce n'est pas grave.

Il leva une main et caressa sa joue. Le corps d'Abby ploya vers le sien et elle se pencha en avant, les yeux fermés. Tout chez elle lui coupait le souffle. Il savait que c'était une mauvaise idée, qu'il n'aurait pas dû s'autoriser à retomber amoureux alors qu'elle avait une vie à La Nouvelle-Orléans à laquelle elle finirait par retourner. Mais il était impossible d'arrêter ce qui était en train d'arriver entre eux. Quand il s'agissait d'Abigail Townsend, Clay ne savait pas reculer.

Le cœur dans la gorge, il anéantit la distance entre eux et posa ses lèvres sur les siennes.

Abby se sentit fondre. Un mélange de chaleur, de joie et de désir l'emplit tandis qu'elle glissait une main dans les cheveux épais de Clay et gardait l'autre appuyée sur son torse. Les lèvres de Clay bougèrent doucement contre les siennes, délicates et pourtant fermes, et se firent rapidement plus exigeantes quand ses bras se resserrèrent autour d'elle. Il inclina la tête et ouvrit la bouche pour approfondir le baiser.

Le monde s'arrêta de tourner et disparut autour d'elle. Elle n'avait plus conscience que de Clay Garrison et de la façon dont elle se sentait dans ses bras : aimée, désirée.

— Abby ?

Une voix masculine et colérique emplit la remise.

— Qu'est-ce que tu fais ?

Elle se figea en reconnaissant immédiatement le ton outragé de Logan. Clay se redressa, faisant suivre le mouvement à Abby, avant de se tourner, un bras autour de sa taille. Il lui jeta un regard.

— Tu connais cette personne ?

Abby hocha la tête et fit un pas en avant.

— Logan, qu'est-ce que tu fais là ?

— Je suis venu chercher ma petite amie. Imagine ma stupeur de la trouver en train d'embrasser quelqu'un d'autre. Est-ce que c'est ça la raison pour laquelle tu ne veux pas rentrer ?

— Quoi ?

Elle le regarda fixement, la bouche entrouverte tandis qu'elle essayait d'analyser ce qu'il venait de dire. *Petite amie ?* Il oubliait facilement son email et leur conversation téléphonique de la semaine précédente.

Clay se raidit à côté d'elle et se racla la gorge.

— Je croyais que vous aviez rompu.

— On a rompu ! s'exclama Abby, alarmée par le ton accusateur de Clay. J'ai mis fin à notre relation la semaine dernière. Par deux fois.

Elle tourna son attention vers Logan.

— Est-ce que tu pensais pouvoir simplement te pointer ici et faire comme si cette conversation n'avait jamais eu lieu ?

— Non, bien sûr que non, dit Logan d'un air raisonnable en prenant sa main dans la sienne. Mais tu ne peux pas rompre avec quelqu'un comme ça au téléphone après avoir vécu avec cette personne pendant deux ans. Abby, il y avait quelque chose de fort entre nous, et je ne te laisserai pas le balancer comme ça.

Abby fixa l'endroit où leurs mains se touchaient, et son contact lui sembla à la fois familier et étranger. Elle jeta un regard à Clay. Celui-ci haussa les sourcils.

— Vous viviez ensemble ?

— Quoi ? Non, par la déesse !

Elle retira sa main de celle de Logan et la colère finit par dépasser son choc de le voir à Keating Hollow. Elle croisa son regard paternaliste.

— On n'a jamais vécu ensemble. Pourquoi tu réécris l'histoire ? Et qu'est-ce que tu fais ici ?

— Allez, Abby, c'était comme si nous vivions ensemble. Et je sais que tu es juste stressée. On ne peut pas rompre pendant que tu t'occupes de ton père. Tu te montres irrationnelle.

Clay réprima un rire et marmonna :

— Ça risque de mal se passer.

— En effet, dit Abby en plaçant ses mains sur ses hanches. Je ne sais pas pour qui tu te prends ou ce que tu fais dans mon atelier, mais je peux t'assurer que tu n'es pas le bienvenu, Logan. Comment est-ce que tu es arrivé là, déjà ?

— Abby, ma puce. Allons faire un tour dehors pour discuter de ça.

— Non. Et je ne suis pas ta puce.

Abby croisa les bras devant sa poitrine et le fusilla du regard.

— Qui t'a permis de venir ici ?

Logan agita la main vers la porte de service du pub.

— Le gars aux commandes là-bas m'a dit que tu travaillais probablement derrière. Je me suis dit que j'allais te faire la surprise.

Abby posa la main sur son torse et le poussa hors de la remise.

— Eh bien tu m'as surprise. Maintenant, sors d'ici.

Logan enfonça ses talons dans le sol et s'agrippa à l'encadrement de la porte.

— Abby…

— Écoute, mon vieux, dit Clay avec calme. Il est assez évident qu'Abby n'est pas vraiment heureuse de te voir. Je te suggère de faire ce qu'elle te dit avant que j'appelle la police pour qu'elle te fasse quitter les lieux.

Logan étrécit les yeux en le regardant.

— Reste à ta place, mec. Abby est *ma* copine.

— Non, je ne suis pas ta copine ! cria Abby à pleins poumons.

Puis elle fixa Logan et prit note de son expression pleine de désapprobation et de ses poings serrés. Elle finit par secouer la tête d'exaspération et passa devant lui pour rentrer dans le pub. Elle savait sans avoir besoin de regarder qu'il la suivrait, et elle continua, passa la porte et descendit les marches de bois jusqu'à ce qu'elle soit sur le parking.

— C'est laquelle ta voiture ?

— J'ai loué la BMW noire, dit Logan derrière elle.

— Bien sûr, dit-elle d'un ton sec en avançant vers la plus belle voiture du parking.

Quand elle se retourna, elle aperçut Clay qui la regardait depuis le porche, appuyé à la balustrade. Elle lui adressa un petit signe de tête, un remerciement silencieux pour le fait de garder un œil protecteur sur elle tout en lui laissant l'espace dont elle avait besoin pour gérer la situation elle-même. Elle tourna son attention vers Logan et demanda :

— Pourquoi es-tu venu ici ?

Il fit un pas en avant, mais Abby leva la main pour l'arrêter. Il soupira.

— Pour te parler de cette rupture hâtive. On est bien ensemble, Abigail. Tu ne vas pas ruiner un truc bien pour un barman de village.

— Tu parles de Clay ?

Elle rit de son hypothèse, mais intérieurement elle avait juste envie de pleurer ou de se remettre à hurler. Logan n'avait-il rien entendu de ce qu'elle lui avait dit ?

— D'abord, il n'est pas barman. Il est maître brasseur et il dirige l'entreprise de mon père. Ensuite, notre rupture n'a rien à voir avec lui. Elle a tout à voir avec toi. J'en ai marre que tu ne m'écoutes pas, Logan. Tout tourne toujours autour de toi et de tes besoins. Là, il faut que je m'occupe de moi et de ma famille. Et je ne peux pas faire ça alors que tu essaies de me faire revenir à La Nouvelle-Orléans.

Il jeta un regard vers Clay et fit la moue.

— Oh ma déesse ! s'écria Abby en levant les mains en l'air. Rentre chez toi, Logan. C'est la dernière fois que je te dis ça : C'est. Fini. Je ne suis plus ta copine. Je suis désolée que tu aies fait tout ce trajet, mais tu aurais dû appeler d'abord.

— Abby…

Elle secoua la tête et commença à s'éloigner.

Logan lui attrapa le bras pour l'arrêter.

Abby se figea et fixa la main qui la tenait.

— Lâche-moi, dit-elle, les dents serrées.

— Pas tant que tu ne m'auras pas parlé, dit Logan d'une voix bornée.

— Tu ferais mieux de la lâcher, dit Clay en les rejoignant. Le shérif arrive et s'il te voit traiter Abby comme ça, tu le sentiras passer.

Abby arracha son bras de la poigne de Logan et fit un pas en avant vers lui, envahissant son espace personnel.

— Si jamais tu me touches encore une fois, je demande une ordonnance de protection. Compris ?

Il leva les mains.

— D'accord. Compris. Pas la peine d'en faire tout un plat. Je voulais juste…

— Je me fiche de ce que tu voulais. Monte dans ta voiture et va-t'en. Je ne vois pas comment te dire ça autrement.

Abby secoua la tête.

— Je ne veux plus être ta petite amie. Et si tu ne me laisses pas tranquille, tu auras d'autres raisons de t'inquiéter que le shérif.

Elle baissa les yeux vers son entrejambe.

— Tu ne voudrais pas que je maudisse tes bijoux de famille, si ?

Logan blêmit.

— Tu n'oserais pas.

— Continue, pour voir.

— Bon sang, Abby. Je pensais que tu étais plus mature que ça. Grandis un peu.

— Toi d'abord.

Il se glissa dans sa BMW tape-à-l'œil en grommelant. Il baissa la vitre et se pencha à l'extérieur pour dire :

— Tu le regretteras.

— J'en doute sérieusement.

Logan démarra vivement et sortit du parking en faisant crisser les pneus.

Abby se tint là, fulminante, à regarder la voiture foncer dans la Grand-Rue. Elle avait du mal à réaliser que son ex venait de se pointer et avait ignoré tout ce qu'elle lui avait dit au téléphone comme si ce n'était jamais arrivé. Sans compter qu'il l'avait traitée comme si c'était elle qui était folle. Elle prit une grande inspiration et la relâcha.

— Est-ce que ça va ? demanda doucement Clay derrière elle.

Elle ferma les yeux, souhaitant à nouveau que le sol s'ouvre et l'engloutisse. Comment avait-elle pu se retrouver avec un mec si égocentrique, si peu en phase avec la réalité qu'il était prêt à faire trois mille kilomètres en avion en pensant qu'elle oublierait son comportement égoïste et le fait qu'elle voulait rompre ?

Clay posa une main en bas de son dos.

— Abby ?

— Ça va, dit-elle avec un soupir. Est-ce que ça vient vraiment d'arriver ?

— J'en ai peur, mais je suis impressionné par la façon dont tu lui as foutu la trouille. Maudire ses bijoux de famille, hein ? Tu as appris de nouvelles méthodes ces dernières années ou bien tu bluffais ?

Abby rit.

— Je bluffais, évidemment, mais tu as vu la tête qu'il a fait ?

— Ça, c'est la Abby dont je me souviens.

Clay eut un grand sourire et lui tendit le bras. Elle glissa sa main dans la sienne et répondit à son sourire.

— Tu as vraiment appelé le shérif ?

— Non, mais j'ai envisagé de le faire. Ce type ne semble pas très en phase avec la réalité.

— Pas très ?

Abby leva les yeux au ciel.

— C'est un euphémisme. Tu sais ce que je ne comprends pas ?

— Quoi donc ?

— Comment j'ai pu rester deux ans avec lui sans me rendre compte du con que c'était ?

Clay lui adressa un sourire triste et secoua la tête.

— Je me suis posé la même question bien des fois à propos de Val. Je crois que certaines personnes sont juste douées pour nous montrer qui ils pensent qu'on veut qu'ils soient, mais au bout d'un moment la façade s'effrite et ils révèlent qui ils sont vraiment. Tout ce qu'on peut espérer, c'est qu'ils se dévoilent avant qu'il ne soit trop tard.

— Deux ans, c'est long. Je pense que je faisais exprès de ne pas voir sa véritable nature.

— Tu as eu de la chance. Essaie ça pendant sept ans et reviens me voir, dit-il, la tristesse évidente dans son regard.

Abby posa une main sur son torse, par-dessus son cœur, et souhaita follement pouvoir annuler la douleur qu'il avait connue. Elle ne s'en voulait pas vraiment. Ils étaient encore des gamins quand elle avait quitté Keating Hollow. Si elle n'était pas partie, qui pouvait jurer qu'ils seraient restés ensemble et seraient encore un couple une décennie plus tard ? Mais ce qu'elle savait, c'est qu'elle l'avait aimé et que cet amour existait encore, profondément enfoui en elle. Son cœur se serrait de savoir qu'il avait connu un mariage difficile qui s'était terminé par un divorce.

Une légère brise d'automne se leva et fit voler une des mèches d'Abby dans ses yeux. Clay tendit la main et l'écarta, lui donnant la chair de poule. Elle frissonna, désirant être de retour dans ses bras, comme elle l'avait été avant d'être grossièrement interrompue par Logan.

Leurs yeux se croisèrent et Clay lui sourit.

— Tu as quelque chose de prévu demain soir ?

Le cœur d'Abby manqua un battement alors qu'un sentiment d'anticipation plein d'espoir la traversait.

— Non. Hormis peut-être un autre John Wayne que mon père insistera pour regarder avec moi. Pourquoi ?

— J'aimerais dîner avec toi. Sept heures trente ?

Il caressa sa joue de son pouce sans jamais détacher son regard du sien.

— D'accord, souffla-t-elle. Où est-ce qu'on se retrouve ?

Il secoua la tête et lui adressa un sourire tendre.

— C'est une invitation, Abs. Je sais qu'on est au vingt et unième siècle et tout, mais si ça ne te dérange pas, j'aimerais quand même venir te chercher.

— Ça me va.

La joie explosa en elle en l'entendant présenter ça comme

une invitation officielle, et elle dut lutter pour ne pas afficher un grand sourire idiot.

— Parfait.

Il se pencha et déposa un baiser léger sur la joue qu'il avait caressée avant de se détourner et de rentrer dans le pub.

— Par toutes les verrues, dit une femme derrière elle.

Abby fit volte-face et sourit en apercevant Wanda dans sa voiturette. Depuis quand était-elle là ? Elle et Clay avaient été si absorbés l'un par l'autre qu'elle ne s'était même pas rendu compte de sa présence.

— Il fait chaud ou bien ? demanda Wanda en s'éventant.

— Il fait quinze degrés, Wanda, dit Abby en s'asseyant à côté d'elle. Je n'appellerais pas ça chaud.

— Non, ça c'était avant. Avec cette démonstration d'affection, je dirais que le mercure à Keating Hollow vient de prendre dix degrés.

Abby rit et secoua la tête.

— Arrête. On ne faisait rien.

— Bien sûr, Abby. Si tu le dis.

Wanda mit la marche arrière et commença à reculer.

— Où est-ce qu'on va ? demanda Abby.

Wanda fit défiler l'écran de son smartphone et presque aussitôt, Taylor Swift entonna une chanson qui parlait d'une robe à acheter juste pour que quelqu'un d'autre puisse la retirer. Wanda se pencha vers elle, sourit, et dit :

— On va te trouver une tenue pour ton rendez-vous.

Abby fredonnait quand elle se glissa dans la maison familiale, ses sacs de courses à la main. Wanda et elle avaient passé les dernières heures à Ensorcelée, la boutique de vêtements pour femmes sur la Grand-Rue. Après avoir essayé presque toutes les robes de la boutique, Abby s'était finalement décidée pour un dos nu rouge qui mettait admirablement en valeur ses épaules et sa taille. Mais c'étaient les chaussures dont elle était tombée amoureuse : des talons de dix centimètres avec des rubans de soie qui s'enroulaient autour de ses chevilles et se fixaient avec un nœud. Elle se sentait féminine et sexy rien qu'à la pensée de porter sa nouvelle tenue.

La maison était sombre et silencieuse. Abby déposa rapidement ses achats dans sa chambre, jeta un coup d'œil à son père qui faisait la sieste et entreprit de lui faire à manger pour quand il se réveillerait.

Une heure plus tard, une soupe chauffait tranquillement sur le gaz et un pain de maïs refroidissait sur le plan de travail. Abby s'assit et alluma son ordinateur. Alors qu'elle ouvrait sa boîte mail, elle entendit la porte de la chambre de son père s'ouvrir. Elle se tourna et lui sourit.

— Le dîner est prêt si tu veux.

Il appuya une main contre son ventre et secoua la tête.

— Je ne vais rien prendre ce soir, mon cœur. Juste de l'eau et des crackers.

Abby le dévisagea alors qu'il s'avançait dans la lumière. Son visage était cireux et des cernes sombres bordaient son regard.

— Tu as fait une nouvelle séance aujourd'hui, papa ?

— Ce matin.

Il passa devant elle, ouvrit le placard et en sortit des crackers.

— Papa, je t'ai dit que je t'y emmènerais. Pourquoi tu n'as pas…

— J'avais oublié que c'était aujourd'hui, et quand je me suis rappelé que j'avais rendez-vous, tu étais déjà partie. Yvette m'a emmené.

— Oh. D'accord, c'est bien. Comment ça s'est passé ?

— Bien, jusqu'à il y a dix minutes.

Il sortit une bouteille d'eau du frigo.

Abby se força à rester assise plutôt que de bondir sur ses pieds pour l'aider. S'il y avait une chose qu'elle avait apprise depuis qu'elle était revenue, c'est que son père détestait quand ses filles le traitaient comme un invalide.

— Tu es nauséeux ?

— C'est un euphémisme.

Il s'interrompit, et de la sueur perla à son front tandis que son visage prenait une teinte d'un vert maladif.

— Aucune des potions de chez Herbes et Charmes ne fonctionne ?

— Non.

Il reposa les crackers et l'eau et s'accrocha au plan de travail en essayant de faire passer la vague de nausée.

Merde ! Abby se maudit. Pourquoi est-ce qu'elle n'arrivait pas à faire fonctionner ses propres potions ? Celles qu'elle faisait quand elle était ado n'avaient jamais manqué de calmer les estomacs barbouillés. Elle détestait devoir regarder son père souffrir alors qu'elle savait au fond d'elle-même qu'elle devrait être capable de l'aider.

Son père fonça soudain vers sa chambre en laissant l'eau et les crackers derrière lui.

Des larmes montèrent aux yeux d'Abby, mais elle ne les laissa pas couler. Déterminée à l'aider, elle saisit la bouteille d'eau et les biscuits salés sur le plan de travail et se glissa dans sa chambre. Elle les posa sur sa table de nuit et grimaça en l'entendant vomir dans la salle de bain. Il n'y avait qu'une chose à faire : essayer de nouveau. Sauf que cette fois, elle le ferait dans son espace de travail à elle.

Il était temps d'affronter son dernier démon.

En carrant les épaules, elle sortit de la chambre de son père et repassa dans la cuisine. Après avoir rassemblé ses affaires, elle rejoignit la jolie cabane extérieure que son père lui avait construite vingt ans auparavant. Il n'y avait plus d'hésitation en elle : seule la détermination l'habitait quand elle ouvrit la porte.

Elle s'était attendue à ce que la pièce soit poussiéreuse, emplie de toiles d'araignées et d'autres traces d'insectes qui se seraient installés là en son absence, mais tout était immaculé. L'inox brillait sous l'éclairage encastré, et il n'y avait pas un gramme de poussière sur ses marmites et ses bols en cuivre suspendus aux crochets. Il y avait même des herbes fraîches alignées sur l'étagère.

— C'est Noel, décida Abby. Aucun doute.

Elle secoua la tête, à la fois légèrement agacée et reconnaissante. Bien sûr que c'était Noel. Ça faisait des années que sa sœur insistait pour qu'elle se tourne de nouveau vers ses dons de guérisseuse. Il était logique qu'elle se soit assurée que son atelier serait prêt pour quand Abby aurait enfin le courage de recommencer.

Sa nervosité la rattrapa et ses mains se mirent à trembler quand elle décrocha une des marmites en cuivre de son support. Elle fit de son mieux pour garder les yeux fixés sur son plan de travail, mais elle ne put s'empêcher de jeter un regard en arrière, au banc appuyé contre le mur. Des images de Charlotte lui vinrent aussitôt à l'esprit. Elle se tendit et son cœur s'arrêta l'espace d'un instant. C'était le dernier endroit où elle avait vu son amie. Charlotte avait été assise juste là quand Abby lui avait donné la potion – la potion qui avait causé son trépas.

Abby secoua violemment la tête et repoussa le souvenir de son esprit. *Pas maintenant.* Elle ne pouvait pas laisser son père continuer à souffrir. Pas alors qu'elle savait au fond d'elle qu'elle avait le pouvoir de l'aider.

Elle tourna le dos au banc et se mit au travail. Trente minutes plus tard, elle retint son souffle en prononçant l'incantation finale. Sa magie jaillit d'elle avec une force si vive et si éblouissante qu'elle se retrouva à reculer de quelques pas.

— Ouah.

Elle s'accrocha au plan de travail pour reprendre son équilibre et continua à remuer. La potion devint d'un doré brillant. L'espoir monta dans sa poitrine tandis qu'elle attendait. Cinq secondes, dix, quinze, vingt. Juste alors qu'elle commençait à penser qu'elle avait enfin vaincu son blocage, la potion vira au beige et diffusa une légère odeur d'œufs pourris.

— Berk ! s'écria Abby.

Elle souleva la marmite et la balança en travers de la pièce. La potion s'écrasa contre le mur et dégoulina sur le banc. Abby se tint là à regarder son échec salir l'atelier, un vif rappel de la raison pour laquelle elle était partie dix ans auparavant.

Quelque chose en elle se brisa et un sanglot monta de sa gorge alors qu'elle se laissait tomber à genoux et enfouissait son visage dans ses mains. Elle ne savait pas combien de temps elle était restée assise là sur le carrelage froid, à pleurer toutes les larmes de son corps, mais quand elles s'arrêtèrent enfin de couler, elle se sentait vide et faible. Elle s'allongea, ferma les yeux, posa la tête sur ses mains et laissa l'obscurité l'emporter.

— ABBY ? Allez, Abs, réveille-toi.

— Noel ? dit Abby d'une voix cassée.

Elle cligna des yeux, sa vision encore floue de sommeil.

— Qu'est-ce que tu fais là ? Papa était inquiet.

Abby frotta ses yeux secs qui la grattaient et elle se redressa. La douleur pulsa dans son épaule et sa hanche.

— Aïe.

Les cheveux roux de Noel tombèrent en avant alors qu'elle se penchait pour offrir une main à sa sœur. Abby la prit avec reconnaissance et se hissa sur ses pieds. Une fois debout, elle regarda autour d'elle et gémit en voyant la lumière qui passait à travers la fenêtre.

— Je ne comptais pas passer toute la nuit ici.

Noel indiqua le mur derrière elle d'un signe de tête.

— On dirait que tu as eu une soirée intéressante.

Abby s'appuya au plan de travail et grimaça.

— Plus frustrante qu'autre chose.

— Tu veux en parler ?

Abby secoua la tête mais finit par dire :

— Papa était malade après sa séance. Je ne supportais pas de le voir comme ça alors je suis venue ici pour réessayer de faire la potion. Je me suis dit qu'en étant ici je pourrais peut-être dépasser mon espèce de blocage.

Noel se tourna pour regarder la potion séchée sur le mur.

— J'ai vraiment essayé, Noel, dit Abby dans un élan de frustration. Je n'y arrive pas, c'est tout. Peu importe à quel point tu en as envie.

— Je n'ai rien dit, répondit Noel en inclinant la tête pour observer sa sœur. Pas depuis ce jour dans la boutique de Bree, en tout cas.

Abby regarda ses pieds, envahie par la culpabilité et la honte.

— Je sais. C'est juste que… je ne supporte pas de voir papa malade.

— Oh, Abs.

Noel attrapa sa main.

— Je suis désolée. Je n'aurais pas dû te forcer à essayer de faire quelque chose alors que tu n'es pas prête. C'est juste difficile pour tout le monde.

Des larmes emplirent ses grands yeux bleus.

— Ça ne repose pas que sur tes épaules. Je le sais, et Faith et Yvette aussi. Je… je suis désolée.

— Oh bon sang. On fait une belle équipe.

Abby prit Noel dans ses bras et la serra fort.

— Je sais.

Sa sœur laissa échapper quelque chose qui était à mi-chemin entre un rire et un sanglot et lui rendit son étreinte. Elles restèrent ainsi enlacées un long moment jusqu'à ce que Noel dise :

— Je crois qu'on devrait peut-être toutes les deux voir un psy.

Un rire triste monta de la gorge d'Abby.

— C'est ce que Clay a dit.

Noel recula et jeta un regard perplexe à Abby.

— Qu'on a toutes les deux besoin de voir un psy ?

— Non. Il ne parlait que de moi. Et Mrs. P m'a demandé d'aller voir quelqu'un aussi. Je crois que l'univers essaie de me faire passer un message.

Noel serra les lèvres et lui adressa un sourire plein d'empathie.

— Peut-être qu'il est temps d'écouter ?

Abby haussa les épaules.

— Qu'est-ce que j'ai à perdre ?

— Ces cinquante kilos de culpabilité que tu trimballes avec toi ?

Les yeux de Noel étincelèrent alors qu'elle la taquinait.

— Tu rentrerais probablement mieux dans tes jeans si tu t'en débarrassais.

— Eh ! Je rentre très bien dans mes jeans, merci.

— Si tu le dis, répliqua Noel en souriant et en jetant un regard vers sa taille.

Abby leva les yeux au ciel et avança vers la porte.

— Arrête. Et allons trouver quelque chose à manger pour le petit déjeuner avant que j'aille dévoiler mon âme à un inconnu.

— Et du café. Beaucoup, beaucoup de café. Il n'est que huit heures, et j'ai l'impression d'avoir déjà passé une journée complète.

— C'est bien vrai.

Abby tint la porte pour sa sœur et alors que Noel passait devant elle, elle dit :

— Merci pour ce que tu as fait ici.

Noel lui jeta un regard en biais.

— Tu veux dire, t'avoir laissé couvrir mon pull de morve ?

— Non, pour avoir nettoyé l'atelier et fait en sorte qu'il soit prêt à m'accueillir.

L'expression amusée sur le visage de Noel fut remplacée par de la sincérité quand elle répondit :

— J'ai toujours cru en toi, Abby. Et je crois en toi maintenant. Tu as toujours adoré cet endroit, du jour où papa l'a construit pour toi. Et même si tu ne refais jamais une autre potion ici, ce n'est pas grave, mais tu mérites de garder cet espace. Je voulais juste qu'il soit là pour toi quand tu serais prête.

Abby inclina la tête de côté et observa sa sœur.

— Est-ce que tu viens de me dire un truc gentil ?

— Non. Peut-être que tu devrais aller te laver les oreilles.

Puis elle lui fit un clin d'œil et la tira hors de l'atelier pour la ramener vers la maison.

CHAPITRE 20

Clay se tenait devant le miroir de sa chambre et essayait de se dépatouiller avec la cravate en soie bleue qu'il s'était mis en tête de porter. Il ne se souvenait pas de la dernière fois où il s'était dit qu'il avait besoin de porter un costume. C'était probablement à Los Angeles pour un événement auquel Val l'avait forcé à assister. Il n'était pas vraiment le genre de mecs à porter des cravates, et après sa troisième tentative de former le nœud, il arracha le morceau de tissu et le balança sur la chaise dans le coin de sa chambre.

— Tu es mieux sans de toute façon, dit sa mère depuis le seuil.

Il lui jeta un coup d'œil et sourit pour marquer sa reconnaissance. Elle lui avait proposé de garder Olive pendant qu'il sortait avec Abby.

— Salut. Quand est-ce que tu es arrivée ?

— Il y a quelques minutes. Olive est en train de faire son sac.

Clay fronça les sourcils.

— Elle n'a pas besoin de dormir chez toi. Je peux venir la chercher après mon dîner avec Abby.

Sa mère agita une main impatiente.

— Laisse tomber. Sors. Va t'amuser. Olive et moi, on se fait une soirée pyjama.

Clay hocha la tête, distrait, et jeta un coup d'œil à l'horloge. Il devait passer prendre Abby dans trente minutes, et le temps semblait alternativement s'arrêter et passer à toute allure. À l'instant même, il s'était arrêté.

— Comme ça, vous pourrez faire une soirée pyjama de votre côté si vous voulez, dit sa mère en riant.

— Quoi ?

Clay se tourna brusquement vers sa mère.

— Ce n'est pas…

Il secoua la tête.

— Abby et moi on commence tout juste à refaire connaissance. Il n'est pas question qu'elle reste dormir.

— Bien sûr, Clay, dit-elle en toussotant de rire avant d'emprunter le couloir vers la chambre d'Olive.

Clay grommela, attrapa son téléphone et son portefeuille sur sa commode et les fourra dans ses poches. Est-ce qu'elle essayait de lui gâcher sa soirée ? La dernière chose dont il avait envie, c'était de parler de sa vie amoureuse, ou de son absence de vie amoureuse, avec sa mère.

Le beau visage d'Abby emplit ses pensées et il oublia totalement sa mère. Le baiser qu'ils avaient échangé la veille était gravé dans son esprit et il avait été incapable d'arrêter de penser à elle. Il mourait d'envie de passer un peu de temps seul avec elle et de voir quelle direction prendraient les choses.

Mais comme toujours, il était assailli par le doute. Est-ce qu'elle resterait à Keating Hollow cette fois ? Pouvait-il se permettre de la laisser reprendre une place dans son cœur et, surtout, d'en prendre une dans celui d'Olive ? Il ne fallait pas qu'il aille trop loin avant de savoir ce qu'elle prévoyait de faire, pour lui comme pour sa fille. C'était quelque chose dont il fallait qu'ils parlent et le plus tôt serait le mieux. Il le savait. Mais il ne pouvait s'empêcher d'avoir envie de passer du temps avec elle. Il ne voulait pas s'en empêcher d'ailleurs. Il y avait une sorte d'attirance magnétique entre eux qui ne lui permettait pas de garder ses distances – en tout cas pas ce soir.

Il rejoignit la chambre de sa fille et se tint dans l'embrasure de la porte en s'appuyant contre le montant.

— Tu mets toute ta chambre dans ton sac ? demanda-t-il en pouffant de rire.

Olive finit d'empaqueter ce qui semblait être toute sa collection de peluches dans un sac de voyage. Elle releva la tête et sourit à son père.

— Non. Mais je ne peux pas laisser mes peluches ici. Elles passent déjà trop de nuits toutes seules quand je suis avec maman.

Il pinça les lèvres et prit une mine blessée.

— Quoi ? Je ne compte pas moi ? J'étais là avec elles.

Elle lui jeta un regard soupçonneux.

— Tu les as laissées dormir dans ton lit ?

— Euh, non.

— Tu es venu ici pour les border ?

— Mmh, non, mais elles étaient déjà dans ton lit. Je me suis dit…

— Alors, non, dit Olive en secouant la tête d'un air décidé. Tu ne comptes pas. Elles se sentent seules.

Clay retint un petit rire et hocha la tête de façon solennelle.

— Je vois. Tu es une bonne maman pour tes peluches.

Elle attrapa son chien en peluche préféré et le serra dans ses bras en frottant sa joue contre sa tête toute douce.

— Merci, papa.

Il rentra dans la pièce et s'accroupit à sa hauteur.

— Sois sage avec mamy ce soir, d'accord ? Je te retrouve demain matin pour des pancakes avec des pépites de chocolat.

Olive poussa un petit cri de joie tandis que sa mère exprimait sa perplexité par une petite expiration bruyante derrière lui. Bon, peut-être qu'il se sentait un peu coupable de se débarrasser de sa fille pour la nuit pour draguer. Ce n'était pas comme s'il sortait tout le temps avec des filles… en fait, ce n'était pas arrivé du tout depuis le divorce.

Olive entoura son cou de ses bras et le serra contre elle. Puis elle l'embrassa sur la joue.

— Je t'aime, papa.

Le cœur de Clay fondit et il la serra plus fort.

— Je t'aime aussi, moustique.

Juste alors qu'il la lâchait, la sonnette retentit.

— Tu attends quelqu'un ? demanda sa mère avec espoir.

— Non. Juste toi. Je dois passer chercher Abby chez elle.

— Oh.

Elle n'essaya même pas de cacher sa déception. Clay leva les yeux au ciel et traversa la maison de style Craftsman pour ouvrir la large porte d'entrée en bois.

— Bonjour, Clay.

Val se tenait sur son porche, une enveloppe à la main.

Il sortit et referma la porte derrière lui pour protéger Olive de ce qu'elle essayait de faire cette fois-ci.

— Qu'est-ce que tu fais là, Val ?

Elle lui tendit l'enveloppe.

— Je suis venue chercher ma fille.

— Tu rêves.

Il ferma le poing et le papier se froissa dans sa main.

— Olive n'ira nulle part. Elle commence à peine à retrouver ses marques et elle a école.

Val regarda l'enveloppe.

— Ce n'est pas ce que pense le juge.

Une colère chauffée à blanc monta dans la poitrine de Clay et il la fusilla du regard.

— De quoi est-ce que tu parles ?

— J'ai obtenu une injonction temporaire. Olive vient vivre avec moi jusqu'à l'audience.

Elle bluffait. C'était obligé. Il étrécit les yeux et déchira l'enveloppe pour l'ouvrir. À l'intérieur se trouvait une ordonnance judiciaire déclarant que Valerie Garrison avait temporairement la garde exclusive d'Olive Garrison. Clay fixa le papier, figé d'incrédulité. Quand il releva les yeux, il grimaça devant l'expression satisfaite de Val.

— Olive vient avec moi.

Elle tendit la main vers la poignée de la porte, mais Clay se plaça devant pour la bloquer.

— Comment c'est arrivé ?

Il agita le papier devant elle.

— Je n'ai pas été notifié d'une audience en urgence.

— C'est mon avocat qui l'a suggéré puisque tu ne me laisses pas voir ma fille quand je le désire. Il trouve que tu présentes un risque de fuite puisque je te fais un procès. Le juge s'est rangé à ses arguments puisque tu as déménagé ici sans mon consentement quand nous nous sommes séparés. Comme ça, on peut s'assurer que tu ne disparaîtras pas de nouveau avec Olive.

Son sourire faussement innocent donna envie à Clay de l'étrangler.

— C'est *toi* qui nous as quittés, dit-il à travers ses dents serrées.

Elle agita une main dédaigneuse.

— J'ai dû quitter le pays pour le travail, Clay. Je n'ai pas enlevé Olive et déménagé sans te prévenir.

— Tu es partie pendant six mois et tu as arrêté de nous appeler après la première semaine.

Le visage de Clay était brûlant et il pensait que sa tête allait exploser.

— Tu savais où j'étais, dit-elle en haussant les épaules. J'ai dû engager un détective privé pour te retrouver quand je suis revenue à L.A.

Il la regarda comme si une nouvelle tête venait de lui pousser. Qu'est-ce qu'elle racontait ? Est-ce qu'elle se leurrait au point de croire à ces absurdités ?

— Valerie, dit-il en faisant appel à une patience qu'il n'était pas sûr de posséder. Je t'ai appelée et j'ai laissé un message sur ton téléphone. Tu ne m'as jamais rappelé. Mon numéro n'a même pas changé. Tu aurais pu nous trouver n'importe quand avec très peu d'efforts.

— Ça ne change rien au fait que tu as fait déménager ma fille sans mon consentement, Clay. Elle va venir vivre avec moi pour le moment.

— Non ! cria Olive depuis l'intérieur de la maison. Non ! Je n'irai pas. Tu ne peux pas m'obliger.

Clay se tourna et l'aperçut derrière la fenêtre ouverte. Depuis combien de temps se tenait-elle là ? Et qu'avait-elle entendu au juste ?

— Olive, ma puce, dit Val en passant devant Clay pour ouvrir la porte.

Clay se retint de la faire sortir manu militari. Toute altercation entre eux ne ferait qu'empirer les choses. À la place, il sortit son téléphone et appela Lorna. Elle décrocha à la seconde sonnerie.

— Clay ? Qu'est-ce qui ne va pas ?

Il ne fut pas surpris de sa voix inquiète. Elle savait qu'il ne l'aurait pas appelée hors de ses heures de travail s'il n'y avait pas eu un problème.

— Val vient de se pointer avec une ordonnance temporaire de garde. Elle a je ne sais comment réussi à convaincre un juge que je risquais d'enlever Olive.

Lorna prit une brève inspiration.

— Vous êtes sûr que c'est une vraie ordonnance ?

Tout le corps de Clay se raidit. Il n'avait même pas imaginé qu'elle puisse mentir.

— On dirait, mais je ne suis pas avocat.

— J'arrive. Ne la laissez pas emmener Olive avant que je sois là.

— Je ne veux pas la laisser l'emmener du tout.

— Je sais. Mais ne faites rien pour le moment. Je suis déjà en train de sortir de chez moi.

— D'accord. Merci.

Clay mit fin à l'appel et rentra dans la maison. Olive s'accrochait à la taille de sa grand-mère et secouait la tête tandis que Val se dressait au-dessus d'elle et lui ordonnait de prendre sa valise.

— Val, tu ne peux pas lui donner une minute ? demanda la mère de Clay. Tu viens juste de lui balancer ça comme ça. Elle a besoin de temps pour se faire à l'idée.

— Elle n'a pas besoin de se faire à quoi que ce soit. Je suis sa mère. Allez maintenant, Olive. On a un avion qui nous attend. Soit tu prends tes affaires, soit tu pars sans elles et tu devras porter les mêmes vêtements toute la semaine.

— Valerie ! s'écria Clay en s'approchant à grands pas. Ne menace pas ma fille.

Elle leva les yeux au ciel.

— Je ne la menace pas. Les actions ont des conséquences, Clay.

Il ne pensait pas avoir jamais détesté quelqu'un. Mais en cet instant, il sentit sa haine pour son ex-femme brûler en lui.

— Alors tu comptes punir une enfant de huit ans en la forçant à porter des vêtements sales ? Qu'est-ce qui cloche chez toi ?

— Elle a des vêtements chez moi, Clay ! J'essayais juste de lui faire comprendre quelque chose.

Valerie se tourna et tendit la main vers Olive.

— Allez, mignonne. On va pouvoir passer un peu de temps entre filles. Juste toi et moi. Qu'est-ce que tu en dis ?

Olive leva le regard du sol et contempla sa mère avec un intérêt nouveau.

— Juste nous ? demanda-t-elle avec hésitation, comme si c'était trop beau pour être vrai.

Malheureusement, Clay pensait que c'était effectivement sans doute trop beau pour être vrai.

— Bien sûr, ma puce. On ira chez le coiffeur et se faire faire une manucure, et une fois qu'ils auront fini de s'occuper de nous, on sera les deux plus belles pour les auditions que je nous ai prévues.

L'espoir disparut du regard d'Olive et elle enfonça son visage dans le ventre de Marina.

— Je préfère rester ici, marmonna-t-elle.

— Eh bien ce n'est pas possible, Olive. Il est temps que tu grandisses un peu. Tu n'es plus un bébé, alors va chercher ton sac et allons-y.

— Pas encore, dit Clay en s'interposant entre elles. Mon avocate arrive. Tu n'emmèneras Olive nulle part tant qu'elle n'aura pas vu cette ordonnance.

— J'ai le droit de faire ce que je veux, Clay, dit-elle.

— Tu peux bien attendre quinze minutes.

Il croisa les bras devant son torse et la fusilla du regard.

— Très bien.

Elle traversa la pièce jusqu'au fauteuil rembourré et se percha au bord du siège d'où elle jeta un regard à Clay.

— Dis à ta fille d'aller chercher sa valise.

— Je ne la forcerai à rien du tout.

Clay sentit le regard d'Olive sur lui, mais il ne se tourna pas dans sa direction. Il avait peur de craquer s'il le faisait. L'idée que Valerie l'emmène à L.A. le rendait malade. Il savait qu'elle détestait être là-bas, et lui détestait quand elle était loin de lui. Son seul espoir était que l'ordonnance soit un faux. Malheureusement, il ne croyait pas une seule seconde que Valerie se serait pointée ici avec des documents contrefaits. Elle était sournoise, pas idiote.

— Je n'irai pas, dit Olive d'une voix forte et assurée alors qu'elle s'accrochait à sa grand-mère. Je vais chez mamy ce soir.

Valerie haussa un sourcil et dévisagea Clay de haut en bas comme si elle se rendait seulement compte de son apparence pour la première fois depuis qu'elle s'était présentée à sa porte ce soir.

— Et où est-ce que tu vas, élégant comme ça ? Faire le joli cœur ?

Il grimaça et jeta un regard à l'horloge. Il était censé aller chercher Abby dans moins de dix minutes. Ça n'allait évidemment pas être possible ce soir, mais il n'avait pas l'intention de donner à Valerie la satisfaction de lui dévoiler quoi que ce soit sur sa vie personnelle. Il allait devoir attendre que cette histoire soit réglée pour appeler et annuler son rendez-vous.

Il alla se tenir à côté de Val. Il posa une main sur l'accoudoir du fauteuil et demanda d'une voix basse :

— Pourquoi est-ce que tu fais ça ?

— C'est ma fille aussi, Clay. Est-ce que ça ne te vient pas à l'esprit que j'ai peut-être envie de passer du temps avec elle ?

Il avait une réponse mordante sur le bout de la langue, mais il la retint. Il valait mieux ne pas se disputer avec elle devant Olive. Elle était déjà suffisamment réfractaire comme ça, elle n'avait pas besoin de les voir se sauter à la gorge.

— On va voir ce que Lorna dira.

— C'est qui Lorna ?

Elle appuya sur les syllabes du prénom comme pour laisser sous-entendre quelque chose. Elle ne l'avait pas écouté ou quoi ? Il supposait que non. Ça n'avait pas été le cas par le passé alors pourquoi commencerait-elle maintenant ? Il lui jeta un regard neutre.

— Mon avocate.

Puis il retourna vers Olive et tendit le bras vers elle.

— Viens là, moustique.

Olive lâcha sa grand-mère et enfouit son visage dans son ventre pour s'accrocher à lui de toutes ses forces. Le cœur de Clay se brisa, là, au milieu du salon. Et il sut qu'il n'y avait pas moyen qu'il la laisse sortir de la maison sans lui ce soir.

CHAPITRE 21

*A*bby regarda l'horloge puis son téléphone pour ce qui devait être la dixième fois. Pas de message. Clay avait plus d'une heure de retard. Alors que les minutes défilaient, elle alternait entre l'énervement de s'être fait poser un lapin et l'inquiétude pour lui. Il ne pouvait pas y avoir eu d'urgence à la brasserie. Quelqu'un les aurait appelés. Ce qui voulait dire que soit Clay l'avait laissé tomber, soit quelque chose s'était passé et l'empêchait de l'appeler.

Il n'était pas du genre à lui poser un lapin. Elle était certaine qu'il l'aurait au moins appelée. L'inquiétude qu'elle avait refrénée jusqu'alors revint de plus belle et elle attrapa son téléphone pour lui envoyer un SMS.

Salut. Est-ce que tout va bien ?

Pas de réponse.

Abby reposa le téléphone et passa dans le salon pour voir comment allait son père.

— Regarde-toi, dit celui-ci en souriant. Clay ne va pas comprendre ce qui lui arrive.

Lin Townsend était assis dans un fauteuil inclinable, les

pieds relevés, et il tenait ce qui devait être une tasse de chocolat chaud, à en juger par la montagne de chantilly qui flottait sur le dessus. *Parfait*, pensa Abby. Quelques calories en plus ne lui feraient pas de mal après les derniers jours.

Elle haussa les épaules.

— S'il vient. Il était censé être là il y a une heure.

Son père fronça les sourcils.

— Ça ne ressemble pas à Clay d'être en retard. Est-ce qu'il a appelé ?

Abby secoua la tête et se laissa tomber sur le canapé.

— On dirait que tu vas devoir le remplacer.

Lin leva sa tasse vers elle.

— Une nuit avec John Wayne et du chocolat chaud n'a jamais fait de mal à qui que ce soit.

En dépit de sa déception grandissante, Abby ne put se retenir de rire. Elle avait été clairvoyante en annonçant qu'elle passerait la soirée à regarder un autre western.

— Ça me va.

Son père attrapa sa main et la serra.

— Je suis sûr qu'il a une bonne raison.

Abby hocha la tête et essaya de réprimer l'inquiétude qui lui serrait le ventre. Elle ne savait pas ce qui se passait, mais elle était consciente que ce devait être grave pour que Clay n'ait même pas appelé.

Son téléphone sonna et elle sauta sur ses pieds pour le saisir.

Le nom de Wanda apparut à l'écran et la déception submergea Abby, mais elle se força à répondre d'une voix gaie :

— Salut, ça va ?

— Abby, est-ce que ça va ?

L'inquiétude dans la voix de Wanda était palpable.

— Bien sûr. Pourquoi ça ?

— Oh, parce que, hum… Clay n'a pas appelé pour annuler ?

— Non. Pour tout dire, il ne l'a pas fait.

Abby tapota ses ongles sur le comptoir, soudain énervée que Wanda possède des informations qu'elle n'avait pas.

— Crache le morceau, Wanda. Qu'est-ce qui se passe ?

— Merde. Je pensais qu'il t'aurait appelée. Bon sang, Clay, marmonna-t-elle.

— Wanda, dit Abby avec un soupir.

— Désolée, Abs. J'étais juste en train de rentrer chez moi quand je suis passée devant chez Clay et je l'ai vu avec Olive en train de charger des bagages dans une voiture de location, avec Val à côté. Puis ils sont montés tous les trois dedans et ils sont partis.

Abby eut l'impression de s'être pris un coup de poing en plein plexus solaire.

— Ils sont partis ensemble ? Dans la même voiture ?

— Oui. Je suis vraiment désolée, ma puce. Je, euh… bon, je n'ai pas pu résister, je les ai suivis dans la Grand-Rue et je peux te dire qu'ils ont quitté la ville ensemble.

— Tu déconnes ? laissa tomber Abby. Mais pourquoi ?

— C'est une bonne question. Et pour être franche, je pensais que tu aurais la réponse. Est-ce que ça va ?

— Non, répondit-elle machinalement.

Pourquoi est-ce que Clay irait où que ce soit avec Val ? Il lui avait donné l'impression qu'il n'y avait aucune affection entre eux, non ?

— Je ne sais pas. Je suppose que ça va. C'était juste un premier rendez-vous.

— Un rendez-vous que tu attends depuis dix ans, dit Wanda.

— Merci. C'est ce que j'avais besoin d'entendre, dit Abby d'une voix pleine de sarcasme.

— Désolée. Écoute, j'arrive. Je serai là dans vingt minutes.

— Tu n'es pas obligée. Mon père est là. Ça va.

Wanda poussa un soupir impatient.

— Je sais que je ne suis pas obligée, mais c'est ce que font les amies. Et je ne vais pas te laisser broyer du noir chez toi parce qu'un mec t'a posé un lapin. Habille-toi chaudement. J'arrive bientôt.

La communication fut coupée et Abby reposa le téléphone.

— Papa ?

Son père détacha son attention de la télévision.

— Oui, ma grande ?

— On dirait que je vais sortir quand même. Tu as besoin de quelque chose avant que j'y aille ?

Il montra sa tasse et la télécommande.

— Non, j'ai tout ce qu'il me faut, merci.

Elle pouffa de rire et passa dans sa chambre pour retirer la superbe robe rouge. Dix minutes plus tard, elle portait un jean, un pull et des bottines. En sortant de sa chambre, elle attrapa un bonnet et une écharpe. Il ne gelait pas vraiment en Californie du Nord en octobre, mais une fois que le soleil était couché, la température baissait drastiquement.

— Abby, tes amies sont là, l'avertit son père depuis son fauteuil.

Elle passa rapidement dans le salon, se baissa pour embrasser son père sur la joue et sourit.

— Je suis heureuse que tu te sentes mieux aujourd'hui.

— Moi aussi. Maintenant, file et va t'amuser, dit-il en agitant la main vers la porte. John Wayne prend la relève.

— Ça marche. À demain.

Abby attrapa son manteau et passa la porte. Des lumières stroboscopiques jaillissaient de la voiturette de Wanda et les filles qu'elle avait amenées avec elle poussèrent des acclamations.

— Youhou ! Il était temps qu'on te sorte de chez toi ! s'écria l'une des femmes.

Abby étrécit les yeux.

— Shannon, c'est toi ?

— Eh oui.

La grande rousse pulpeuse agita la main.

— Viens par ici. On a des endroits à voir et des gens à pourvoir.

— Shannon, tiens-toi bien.

Hanna bondit de la voiturette et enlaça Abby.

— Salut, toi.

Abby sourit et s'accrocha à la petite sœur de Charlotte de toutes ses forces.

— Tu fais plaisir à voir.

— Ma mère était ravie que tu sois passée, murmura Hanna à son oreille. Elle n'arrête pas d'en parler. Tu lui as vraiment manqué.

— Elle aussi elle m'a manqué, dit Abby en ravalant l'émotion qui menaçait de la submerger. Elle a été géniale.

— Ne te fais pas trop rare, d'accord ? Papa aussi aimerait te voir.

Hanna la lâcha et la regarda droit dans les yeux.

— Et il faut que Candy s'excuse, la petite fauteuse de troubles. Je n'arrive pas à croire qu'elle a eu le culot de se barrer comme ça.

Abby suivit Hanna jusqu'à la voiturette et elles se glissèrent toutes les deux sur les sièges du milieu.

— Si j'avais su que la Mini appartenait à ta mère, je serais venue avant.

Hanna haussa un sourcil interrogateur.

— Vraiment ? Tu en es sûre ?

Abby ne pouvait pas lui en vouloir de se montrer sceptique. Il lui avait fallu dix ans pour se présenter.

— Oui. Je n'aurais pas pu laisser passer un truc pareil.

Hanna hocha la tête et se pencha en avant pour dire.

— Allez, Wanda. Il faut qu'on commence cette fête.

Wanda fit un signe de tête et appuya sur un bouton de son smartphone. Pink se mit à hurler dans les haut-parleurs alors que Wanda faisait faire demi-tour à la voiturette et traversait le parking des Townsend. Abby se pencha et demanda à Hanna :

— Où est-ce qu'on va ?

Hanna lui passa une bouteille de bière et leva les mains pour signifier qu'elle n'en savait rien.

— Ça change quelque chose ?

— Je suppose que non, dit Abby en pouffant de rire.

Elle prit une longue gorgée de la stout chocolatée. Quelques moments plus tard, les trois amies s'étaient mises à chanter à pleins poumons et Abby sentit un poids quitter sa poitrine alors que son cœur enflait d'amour pour ses amies. Et pour la première fois depuis longtemps, Abby sut qu'elle était exactement là où elle devait se trouver.

L'air frais sembla emporter avec lui ses inquiétudes et sa déception. Son père passait une bonne soirée, et elle avait ses copines. Pour l'instant, ça lui suffisait.

— Qui a envie d'un bain de minuit ? demanda Wanda par-dessus son épaule.

— Oui ! hurlèrent aussitôt les deux autres.

— Tu déconnes. Il doit faire cinq degrés.

— Ah, mais la rivière est chauffée.

Wanda tourna la bièromobile sur la piste réservée aux voiturettes et traversa la pelouse jusqu'à la rivière.

— Depuis quand ? demanda Abby qui resta cramponnée à son siège pendant que ses amies sortaient du véhicule.

Wanda ricana.

— Depuis Samhain dernier quand Miss Maple l'a transformée en jacuzzi à bulles par accident. Elle essayait d'impressionner son nouveau galant et elle en a un peu trop fait.

Abby regarda l'eau tranquille.

— Il n'y a pas l'air d'y avoir de bulles.

— Oh, il y en aura.

Wanda se débarrassa de ses chaussures et commença à se déshabiller. Les deux autres suivirent son exemple.

Abby les regarda faire bouche bée, toujours dans la voiture. Elles la faisaient marcher. Comment est-ce que Miss Maple aurait pu transformer toute une rivière en jacuzzi ? Ça aurait nécessité une énergie incroyable.

— Dépêche-toi, Abby, l'appela Hanna en se débarrassant du reste de ses vêtements. Tu n'as pas envie de manquer ça, je te jure.

— Oh, et puis mince, marmonna Abby en sortant de la voiturette.

Quand elle eut rejoint ses amies, elles étaient déjà nues toutes les trois et couraient vers l'eau. Wanda et Shannon y sautèrent. De la vapeur s'éleva immédiatement de la rivière et l'eau commença à bouillonner, exactement comme dans un jacuzzi.

— La vache.

Hanna, qui avait marqué une pause, tourna la tête vers la rivière et les suivit. Elle poussa un cri de plaisir en se glissant dans l'eau. Elle ressortit rapidement la tête et se tourna pour regarder Abby.

— Qu'est-ce que tu attends ?

— Je n'en sais rien, répondit Abby en riant.

Elle se déshabilla en hâte et courut tout droit jusqu'à la rivière. Le choc de l'eau glaciale faillit la paralyser et elle ressortit en balbutiant et en tremblant de manière incontrôlable.

— Qu'est-ce que… vous êtes horribles.

Elle claquait des dents et s'agitait en tous sens en essayant de ressortir de la rivière.

— Je n'arrive pas à croire que vous ayez fait ça. Crénom, ce que c'est froid.

— Euh, Abby, dit Hanna de là où elle flottait tranquillement. Qu'est-ce que tu racontes ?

Abby serra ses bras autour d'elle-même tandis que ses muscles hurlaient sous l'effet de l'eau glaciale qui courait toujours sur son corps. Elle regarda les trois filles qui étaient toujours dans l'eau et semblaient parfaitement à l'aise.

— Comment vous faites pour supporter ça ? Elle doit être à peine au-dessus de zéro.

Elle attrapa son pull et le serra contre sa poitrine sans trop savoir quoi faire ensuite. Il n'y avait pas moyen qu'elle arrive à enfiler son jean alors qu'elle était trempée comme ça.

— Elle fait presque quarante degrés, dit Shannon.

— Oh non, dit Wanda en se tournant vers Shannon. Elle est immunisée. Il faut que tu la réchauffes.

— Immunisée, répéta Shannon. Mais comment…

— Sa magie doit déconner, dit Wanda. Fais quelque chose avant qu'elle se casse une dent en les faisant claquer comme ça.

— Oh… oh, non.

Shannon sortit aussitôt de l'eau et de la vapeur s'éleva en tourbillonnant de sa peau parfaite. Elle leva les bras et dit :

— Air du centre de la terre, lève-toi et revêts cette âme de ta chaleur.

La terre sous les pieds d'Abby se mit à chauffer et en quelques secondes, un air chaud l'enveloppa et fit disparaître la fraîcheur de la nuit. Abby baissa les yeux sur son corps et s'aperçut qu'elle était déjà sèche. Elle poussa un soupir de soulagement.

— Merci, Shannon.

— De rien. Maintenant, remets tes fringues avant de geler de nouveau.

Abby n'hésita pas. Elle se rhabilla et s'enroula dans son manteau. Shannon se sécha et la rejoignit dans la voiturette tandis que Wanda et Hanna passaient encore un peu de temps dans la rivière.

— Ça fait combien de temps que ta magie déconne ? demanda Shannon.

Abby laissa échapper un petit rire.

— Dix ans, je suppose.

— Dix... oh.

Shannon grimaça.

— Je suis désolée. Ça ne me regarde pas.

Abby haussa les épaules.

— Ce n'est pas grave. Il va falloir que je m'y habitue si je compte rester ici, après tout.

Shannon tordit ses cheveux humides et les rassembla en un chignon.

— C'est ce que tu comptes faire ? Te réinstaller ici ?

— Je n'en sais rien. Peut-être ?

Abby n'arrivait pas vraiment à s'imaginer retourner à La Nouvelle-Orléans. Pas d'ici un long moment, en tout cas. Et maintenant qu'elle avait rompu avec Logan, à part sa coloc, elle n'avait pas vraiment de raison d'y retourner. Elle aimait la ville, mais elle devait reconnaître que Keating Hollow lui avait manqué. Sa famille lui avait manqué. Clay lui avait manqué.

Penser à lui transperça de nouveau son cœur. Comment avait-il pu la laisser tomber comme ça, sans même appeler ou envoyer un SMS ?

— Tu nous as manqué, tu sais.

— Ah bon ?

Abby observa la jolie femme en face d'elle. Elles n'avaient pas été amies au lycée alors Abby n'arrivait pas à imaginer avoir beaucoup manqué à Shannon.

— Wanda, Hanna, Miss Maple et plein d'autres, tu leur as clairement manqué. Et à tes sœurs et ton père, bien sûr. Tout le monde parle de toi avec un air d'émerveillement et de regret. Je pense que tu ne te rends pas compte de ce que tu as laissé derrière toi.

Abby fronça les sourcils.

— De l'émerveillement ? Tu es sûre que ce n'était pas plutôt de la déception ?

— Bien sûr que non.

Shannon lui jeta un drôle de regard.

— Pourquoi tu dis ça ?

— Tu ne sais pas ce qui s'est passé… avec Charlotte, je veux dire ?

— Bien sûr. Mais ce n'était pas de ta faute.

Shannon inclina la tête de côté comme si elle essayait de démêler quelque chose. Enfin, elle dit :

— Écoute, je sais que nous ne nous entendions pas quand nous étions plus jeunes. Et j'en porte toute la responsabilité. J'étais… eh bien disons que j'avais de gros problèmes d'estime de soi et que de mon point de vue, tu étais tout ce que j'aurais voulu être. Ce n'est pas juste et je ne suis pas fière de moi, mais je m'en prenais à toi parce que je ne pouvais pas *être* toi. Il m'a fallu un moment pour comprendre que juste être moi, c'était déjà bien. Quand j'ai enfin arrêté d'être aussi dure envers moi-même, la vie est devenue beaucoup plus facile.

Shannon fronça les sourcils.

— Et ça fait dix ans que j'attends pour te dire que je suis désolée.

— Tu étais jalouse de moi ? demanda Abby avec stupeur. Mais pourquoi ?

Shannon aboya un rire.

— Tu blagues, hein ? Tout le monde t'aimait. Charlotte, Clay, Wanda. Et tu avais la famille parfaite. Sans mentionner à quel point tu étais douée. Je te jure, tu aurais pu marcher sur l'eau alors que moi je passais à peine les tests de magie les plus basiques.

Abby secoua la tête.

— Tu as dû t'en sortir finalement. Ce sortilège d'air que tu viens de faire, la façon dont tu m'as empêchée de geler sur place, c'était super impressionnant.

Shannon eut un semi-haussement d'épaules.

— Je pense que j'avais un problème avec l'apprentissage structuré. Ou les contrôles. Ou peut-être juste que je n'étais pas assez motivée à l'époque. Quoi qu'il en soit, l'école c'était horrible pour moi.

Abby se sentit submergée par le regret et la honte. Comment avait-elle pu être aussi aveugle ? Il était vrai que Shannon n'avait pas été son amie, mais si Abby avait fait un peu attention, elle aurait pu apercevoir la jeune fille vulnérable derrière son armure. Ça aurait pu la pousser à essayer de voir au-delà de sa carapace pour découvrir la personne adorable qu'elle était désormais.

— Je suis désolée. Mais si ça peut te consoler, je peux t'assurer que rien n'est jamais aussi génial qu'il n'y paraît. La famille parfaite que tu voyais ? C'était une façade. Après le départ de ma mère, ç'a été dur. Mon père travaillait tout le temps, et il n'y avait que moi et mes sœurs pour essayer de comprendre pourquoi elle s'était barrée comme ça.

— Oh, mince, dit Shannon en hochant la tête. Oui, c'est nul.

— Je m'en suis presque remise, dit Abby avec un petit sourire. Autant qu'on peut le faire quand un de vos parents vous abandonne, je suppose.

Un silence s'étendit entre elles tandis qu'elles regardaient Wanda et Hanna s'éclabousser dans l'eau. Il ne fallut guère de temps avant que Shannon sorte une bouteille de bière de la glacière intégrée au véhicule.

— Tiens.

Shannon lui passa la bouteille et récupéra son siège.

— Je pense qu'il est temps de te pardonner, Abby.

— Quoi ? demanda Abby, surprise. Pour quoi ?

— Pour n'avoir pas été capable de sauver Charlotte. Je pense que c'est ça qui bloque ta magie.

— Je ne… euh, je n'essayais pas de la sauver. Je ne savais même pas qu'elle était malade.

— Je sais.

Shannon se tourna vers elle, le regard plein de sagesse.

— Mais je parie que quelque part au fond de toi, tu penses que tu aurais pu la sauver si tu avais su. Peut-être que si tu étais un peu moins exigeante envers toi-même, ta magie se remettrait en place.

Abby ne répondit rien et elle fixa la rivière sans rien voir à part la lune brillante. Les mots de Shannon résonnaient dans son esprit. *Pardonne-toi.* Abby secoua la tête.

— Je ne pense pas que le pardon ait quoi que ce soit à voir là-dedans.

Shannon ouvrit la bouche pour répondre quelque chose,

mais elle secoua la tête comme si elle avait changé d'avis au milieu de sa pensée.

— Bien sûr. Ne m'écoute pas. C'est sûrement moi qui projette juste mes propres problèmes.

Avant qu'Abby puisse répondre, Hanna et Wanda réapparurent et Shannon sauta sur ses pieds et utilisa sa magie pour aider ses amies à se sécher.

Abby, qui en avait marre de parler de sa magie, ralluma la musique en espérant que ça lui épargnerait les questions inévitables de Wanda et Hanna. Son plan fonctionna et elles se mirent toutes à chanter « Shake It Off » de Taylor Swift. Abby se renfonça dans son siège et se détendit. Wanda se réinstalla à sa place derrière le volant et demanda :

— Où est-ce qu'on va maintenant ?

— En ville. Il me faut un dessert, dit Hanna.

— Ça marche.

Wanda fit prendre la direction de la Grand-Rue à la voiturette.

— Je me réserve un moelleux au chocolat.

CHAPITRE 22

Assise sur un fauteuil dans le bureau du Dr Kass, Abby regardait pour la centième fois le texto qu'elle avait reçu de Clay. Il lui avait enfin envoyé un message aux alentours de minuit, la veille, pour s'excuser de l'avoir plantée. Il s'était montré vague sur les détails, mais il avait mentionné qu'il avait été obligé de résoudre un problème avec Val à propos de la garde d'Olive. Elle n'avait pas été capable d'arrêter de s'inquiéter depuis.

— Bonjour, Miss Townsend, dit le Dr Kass en rentrant dans la pièce d'un pas décidé pour s'asseoir juste en face d'Abby.

La psy avait de longs cheveux argentés et un visage bienveillant aux yeux bleu clair. Elle portait un tailleur bien coupé et des chaussures à talon argentées. Elle avait l'air absolument canon. Abby espérait que quand elle aurait soixante-dix ans, elle aurait l'air à moitié aussi classe que cette femme.

— Alors, qu'est-ce qui vous amène aujourd'hui ? demanda-t-elle en posant les mains sur le large bureau d'acajou.

— Ma magie est en panne.

— Mmh, c'est embêtant, dit le Dr Kass en hochant la tête. Voulez-vous me dire quel est le problème ?

Abby pouffa de rire.

— J'espérais que vous me le diriez.

Le Dr Kass lui adressa un sourire amusé.

— Oui, j'imagine bien, mais ce n'est généralement pas comme ça que fonctionne la thérapie.

— C'est ce qu'on m'a dit, répondit Abby, un peu sèche. Mon précédent psy a été assez clair sur le fait qu'il n'était là que pour me parler – et émettre des jugements.

— Des jugements ? demanda Kass en haussant les sourcils. Quel genre de jugements ?

— Vous savez, le truc habituel. Il a passé beaucoup de temps à me dire que ce que j'avais fait était mal et m'a fait me sentir encore pire, en gros. Je suis allée à trois rendez-vous et puis j'ai laissé tomber.

— Aïe.

Kass se pencha en avant.

— Je ne peux rien dire de ses méthodes, mais je vais vous dire que je ne suis là que pour vous aider à trouver les outils pour gérer ce que vous êtes en train de traverser. Il n'y a pas de bien ou de mal, il y a juste ce qui est. Ça vous va ?

Abby entrelaça ses doigts les uns avec les autres et hocha la tête.

— Oui. D'accord.

— Et si on commençait par le début ? Quand avez-vous remarqué pour la première fois que votre magie ne fonctionnait pas ?

— La semaine dernière. J'ai essayé de concocter une potion pour mon père et je n'y suis pas parvenue.

— D'accord, est-ce qu'il s'est passé quelque chose d'important entre la dernière fois où vous avez réussi cette potion et le jour où vous avez essayé la semaine dernière ?

Abby laissa un rire sans joie lui échapper.

— On pourrait dire ça. C'était il y a dix ans.

La psy écarquilla les yeux, visiblement intéressée.

— Dix ans. Waouh. Vous voulez en parler ?

Abby avait un « non » sur le bout de la langue, mais elle était là pour retrouver sa magie, c'était toute la raison de sa présence. Il n'y avait pas moyen qu'elle y arrive sans parler de Charlotte. Elle prit une grande inspiration et se lança dans un récit qu'elle n'avait jamais raconté entièrement à quiconque, pas même à son précédent psy.

— J'avais dix-huit ans, j'étais pleine d'assurance et déterminée à devenir la guérisseuse de la ville une fois que j'aurais obtenu mon diplôme. L'université d'État de Humboldt m'avait déjà acceptée.

— Alors vous êtes une sorcière de terre ?

Abby hocha la tête.

— Oui. Ma mère était une guérisseuse et apparemment, j'ai hérité de pas mal de son ADN. Enfin, je maîtrisais déjà tout un tas de potions. Celles pour soulager la nausée, les douleurs légères, les migraines, les potions énergisantes. Et puis la fin de l'année scolaire est arrivée. C'était le bal de promo et ma meilleure amie s'est retrouvée avec un genre de grippe. Elle m'a dit que c'était juste une infection et que le médecin lui avait prescrit des médicaments qui allaient régler ça en un rien de temps. Charlotte – elle s'appelait Charlotte – m'a demandé de lui faire une potion énergisante pour qu'elle puisse aller au bal quand même. Sa mère m'avait demandé de ne rien lui donner, m'avait dit que les médecins s'en occupaient.

— J'en déduis que vous avez accédé à la requête de Charlotte ? demanda Kass.

— Oui. Charlotte agissait comme si son infection n'était pas grave. C'était juste pour la soirée, vous savez. Alors j'ai réalisé une dose de potion. Enfin, la recette permettait de faire deux doses. Je lui en ai donné une et j'ai conservé l'autre dans mon atelier.

— Qu'est-ce qui s'est passé après lui avoir donné la potion ?

— On est tous allés au bal. Charlotte semblait aller bien. Elle a dansé avec son petit ami toute la soirée. Je me rappelle les avoir vus rire ensemble sur le parking après le bal. C'est la dernière fois que je l'ai vue vivante.

Abby déglutit pour essayer de déloger la boule qui s'était formée dans sa gorge.

— Clay, mon petit ami, et moi, on est partis, et on a passé la nuit à côté de la rivière. Quand il m'a ramenée le lendemain, juste avant l'aube, j'ai remarqué qu'il y avait de la lumière dans mon atelier.

Le Dr Kass se pencha en avant mais ne dit rien alors qu'elle attendait qu'Abby poursuive. Elle ferma les yeux et se força à continuer :

— Quand j'ai ouvert la porte, elle était allongée sur le banc, le deuxième flacon de potion énergisante renversé sur sa robe. Ses yeux étaient ouverts et…

Abby secoua la tête en essayant d'effacer l'image de son esprit. Ça ne marcha pas et tout ce qu'elle voyait était le corps sans vie de son amie.

Des mains chaudes recouvrirent celles d'Abby et la psy lui dit, d'une voix basse et douce :

— Tout va bien, Abby. Vous pouvez en parler. Est-ce que vous voulez continuer ?

Abby secoua la tête, mais quand elle rouvrit les yeux et qu'elle vit toute la compassion qu'il y avait dans le regard du Dr Kass, elle laissa échapper :

— Elle est morte dans mon atelier, en buvant une potion que sa mère m'avait demandé de ne pas lui donner. Elle est morte à cause de moi. C'est ma faute. Tout le monde dit que ce n'est pas le cas, mais je sais la vérité. Elle était censée être chez elle, dans son lit, à se reposer pour guérir et je… je lui ai donné les outils qui lui ont permis de surpasser ce qu'elle pouvait faire. Les médecins disent que son cœur a lâché – probablement de façon prématurée à cause de la potion énergisante. C'était trop pour son corps.

Abby eut un hoquet et plaqua sa main sur sa bouche. Des larmes brûlantes coulèrent sur ses joues et à chaque battement de son cœur, sa douleur semblait renouvelée.

Le Dr Kass serra sa main, lui passa une boîte de mouchoirs et lui donna un instant pour reprendre contenance avant de la lâcher.

— Merci, dit Abby en se tamponnant les yeux.

— C'est difficile de dire les choses à voix haute, surtout si c'est pour exprimer nos peurs.

Abby se renfonça dans le fauteuil, les membres lourds de fatigue.

— Ce ne sont pas mes peurs. C'est la vérité. Vous ne comprenez pas ?

— Est-ce que ça ne peut pas être les deux ? demanda Kass sans jugement.

Abby ouvrit la bouche pour répondre et la referma en voyant qu'elle ne savait pas quoi répondre à cela. Est-ce que la psy était d'accord avec elle ? Est-ce qu'elle pensait que la mort de Charlotte était de sa faute ? La boule dans son ventre enfla et elle appuya la paume contre son abdomen pour essayer de bloquer la sensation.

— Avançons un peu dans votre récit pour l'instant.

— D'accord, dit Abby, consciente que, quel que soit le sujet qu'elles aborderaient ensuite, ça ne pouvait pas être pire.

— Est-ce que vous avez utilisé votre magie depuis la mort de Charlotte ? Ou bien ce sont juste les potions de guérison qui vous posent un problème ?

— Je fais des lotions et des savons. Ça nécessite un zest de magie, mais rien d'intense. Pas comme les potions que je faisais. C'est facile et instinctif avec l'expérience que j'ai.

— Donc votre magie n'est pas forcément brisée.

Ce n'était pas une question.

— Je ne sais pas. C'est peut-être *moi* qui suis brisée, dit Abby à voix basse.

— Est-ce ce que vous pensez ?

Abby eut envie de hurler. Bien sûr que c'était ce qu'elle pensait. Elle venait juste de le dire, non ? Mais elle ravala sa rage et dit :

— Je pense que c'est possible.

— Quelle partie ?

— Comment ça, quelle partie ? Ma magie. Elle est cassée. J'ai arrêté de l'utiliser, alors elle m'a laissé tomber.

Le Dr Kass cligna des yeux et croisa une jambe par-dessus l'autre alors qu'elle se renfonçait dans son fauteuil.

— Mais vous n'avez pas arrêté de l'utiliser. Et puis la magie ne fonctionne pas comme ça. Elle ne disparaît pas du jour au lendemain. Elle vit en vous. Ce que vous aviez auparavant existe toujours. Par contre, vous aurez peut-être besoin d'apprendre une nouvelle façon d'y accéder.

— Ça ne m'aide pas, dit Abby en laissant sa frustration s'exprimer. Vous ne pourriez pas juste me donner un truc pour l'anxiété ou je ne sais pas ? Peut-être qu'alors je pourrais me détendre et comprendre ce que je fais de travers.

— Est-ce que vous vous sentez spécialement anxieuse ? Paniquée lorsque vous interagissez avec le reste du monde ?

Abby grinça des dents.

— Pas habituellement.

Le Dr Kass lui adressa un sourire patient.

— Alors je doute que des médicaments pour l'anxiété vous fassent du bien. Ils risquent plutôt d'engourdir votre magie encore davantage. Et si on essayait quelque chose de différent ? Des affirmations par exemple.

— Des affirmations ? Vous voulez dire que vous voulez que je me parle à moi-même ?

Les épaules d'Abby s'affaissèrent. Même si le Dr Kass était mille fois plus sympathique que son psy précédent, ce n'était pas ce à quoi elle s'était attendue. Elle aurait pu trouver ce conseil dans n'importe quel manuel de développement personnel.

— Oui. J'aimerais que vous écriviez cinq choses : deux expériences pour lesquelles vous êtes reconnaissantes, deux pour lesquelles vous vous pardonnez, et une que vous avez hâte de faire. Soyez spécifique. Dites-les à voix haute chaque jour au réveil et avant de vous coucher. Essayez ça pendant une semaine et on verra où vous en êtes quand vous reviendrez.

— C'est tout ? demanda Abby.

— C'est déjà beaucoup pour une consultation.

Elle jeta un coup d'œil vers l'horloge pour lui indiquer qu'une heure était déjà passée.

Abby cligna des yeux. Comment était-ce possible ? Elle avait l'impression qu'elles venaient juste de commencer.

— C'est un très bon début. Rome ne s'est pas construite en un jour.

Le Dr Kass sourit et se leva avant de tendre la main à Abby.

— J'ai été ravie de vous rencontrer.

— De même, dit Abby, perturbée de s'être autant livrée et de ne pas avoir eu envie d'interrompre la séance en plein milieu.

Peut-être que ce n'était pas si mal de voir une psy.

Clay faisait les cent pas dans sa chambre d'hôtel, sa troisième tasse de café dans une main, son téléphone dans l'autre. Lorna venait de l'appeler pour l'informer que même si l'ordonnance qui signifiait la garde temporaire de Val était légale, il y avait des questions à se poser quant au juge qui l'avait signée. Elle venait d'apprendre d'un collègue que Valerie avait été vue en public avec lui à plusieurs occasions. Il y avait des rumeurs sur une possible liaison.

— Une liaison ? beugla-t-il dans le téléphone. C'est comme ça que fonctionne la justice ? On ne peut rien faire à ce propos ?

— Il n'y a pas grand-chose à faire à moins qu'on puisse trouver quelqu'un pour témoigner qu'ils se connaissent et qu'ils ont une relation. La plupart des avocats préfèrent ne pas se mettre un juge à dos de peur que ça les pénalise pour de futures affaires.

— Putain de...

Il serra le téléphone si fort que ses doigts commencèrent à s'engourdir.

— Je sais, c'est plus que frustrant, Clay, mais si on peut trouver une preuve de leur lien, ça nous aidera dans le procès pour obtenir la garde. Alors gardez l'œil ouvert, d'accord ?

— Très bien. Combien de temps ça prendra avant qu'on puisse passer au tribunal ?

— Je dépose un appel aujourd'hui. Je vous tiens au courant dès que je sais quelque chose. Avec un peu de chance, on pourra voir un juge dès demain.

— Faites des miracles, dit-il.

Elle eut un rire sans joie.

— Je vais faire de mon mieux. Tenez bon. Ça va s'arranger.

Après avoir raccroché, Clay s'assit au bord du lit et fit à nouveau défiler ses messages. Rien d'autre que celui d'Abby où elle l'absolvait de lui avoir posé un lapin la nuit précédente. Quand Lorna était arrivée chez lui, elle avait jeté un regard à l'ordonnance et lui avait conseillé de confier Olive à Val. Elle l'avait convaincu que c'était le mieux à faire pour se donner toutes les chances dans la future bataille légale pour obtenir la garde. Mais Olive avait été si bouleversée qu'il n'avait pas pu la laisser partir comme ça. Il avait décidé de les suivre à Los Angeles pour s'assurer d'être dans le coin si elle avait besoin de lui. Valerie, incapable de gérer la crise de colère d'Olive, avait acquiescé à contrecœur puisque Clay avait été le seul capable de la calmer.

Bien sûr, elle n'avait pas voulu qu'il vienne dormir chez elle, et lui n'y tenait pas plus que ça, à part pour être avec sa fille. Si bien qu'il se trouvait dans un hôtel à cinq rues de là et il attendait que Valerie lui envoie un SMS pour le tenir au courant du programme de la journée. Il l'avait entendue parler d'une audition avec son agent et il avait insisté pour l'accompagner. Val n'avait donné qu'une réponse vague, mais elle avait fini par acquiescer devant l'insistance de Clay. Mais pour le moment, il n'avait pas eu de nouvelles d'elle.

Incapable d'attendre davantage, il composa le numéro de Valerie.

— Où est-ce qu'elle est ? hurla son ex dans le téléphone.

— Qui ça ? Olive ? demanda-t-il.

— Oui, Olive. De qui d'autre crois-tu que je parle ? J'allais justement t'appeler. Est-ce que tu es venu la chercher ? Tu es dehors ? Il faut que tu la ramènes immédiatement ! Notre audition est dans moins de cinq minutes !

— Attends un peu, Val. Est-ce que tu es en train de me dire qu'Olive n'est pas avec toi ?

Son cœur se mit à tambouriner dans sa poitrine et sa nuque se couvrit d'une pellicule de sueur. Ce n'était pas possible. Sa petite fille ne pouvait pas être perdue, toute seule dans Hollywood.

— Non. Elle n'est pas avec moi. Elle est avec toi, répondit Valerie avec impatience. Arrête de jouer les idiots, Clay. Ça ne jouera pas en ta faveur au tribunal.

— Valerie, écoute-moi. Je n'ai pas vu Olive depuis hier soir à l'aéroport. J'ai passé la matinée à attendre que tu m'appelles. Et là, tu me dis que tu es à une audition et qu'Olive a disparu ?

Clay attrapa son portefeuille et la clé de la chambre sur la commode et franchit la porte.

— Oui, on est à une audition… attends, Olive n'est pas avec toi ?

Un soupçon de panique transparut dans sa voix.

— Non, elle n'est pas avec moi. Où est-ce que tu es ? Je vais prendre un taxi.

— Mais elle a dit… Oh mon Dieu, Clay. Où est-ce qu'elle est ?

— Je n'en sais rien, dit-il, les dents serrées. Tu étais responsable d'elle.

Il monta dans l'ascenseur et fit un signe de tête à la femme d'un certain âge qui le contemplait, les yeux écarquillés.

— Où est-ce que tu es exactement ?

Elle lui donna une adresse dans Studio City. Deux minutes plus tard, il était dans un taxi.

Il passa tout le trajet à essayer d'appeler Olive sur le téléphone qu'il lui avait donné six mois plus tôt pour pouvoir la joindre quand elle était avec sa mère, mais il atterrissait directement sur le répondeur à chaque appel.

— Bon sang, marmonna-t-il.

Son téléphone était coupé. Soit Valerie l'avait éteint, soit la batterie était morte.

Dès que le taxi s'arrêta, Clay balança une liasse de billets au chauffeur et sauta hors de la voiture pour se mettre à courir vers l'immeuble. Valerie en sortit avant qu'il ait atteint la porte d'entrée. Ses cheveux étaient bouclés et rassemblés sur le dessus de son crâne. Elle était lourdement maquillée et portait une robe moulante au décolleté si profond qu'elle devait sûrement utiliser du scotch double face pour s'assurer que tout reste en place.

— Clay ! s'écria-t-elle en se jetant dans ses bras.

Il lui tapota le dos avec maladresse et au bout de quelques secondes, il la prit par la taille pour la faire reculer.

— C'était quand la dernière fois que tu l'as vue ?

— Il y a une heure vingt environ. On était juste…

— Une heure vingt ? Qu'est-ce que tu foutais, bon sang ? Tu étais censée surveiller notre fille.

Il sentit la peau de son cou s'embraser et il dut se retenir pour ne pas étrangler Valerie.

— J'avais un rendez-vous avec mon agent. Ne t'avise pas de

me rendre responsable de ça, Clay Garrison. Si tu n'avais pas fait tant d'histoires à propos de sa carrière d'actrice, Olive ne se serait jamais enfuie.

Il fut incapable de répondre tellement cette déclaration le choqua. Il secoua la tête, rendu muet par son culot. Il n'avait ni le temps ni l'envie de se disputer avec son ex-femme. La seule chose qui importait, c'était de retrouver sa fille.

— Quel est le dernier endroit où tu l'as vue ?

— Dans la salle d'attente. Je lui ai dit de rester là sagement pendant que Manny et moi avions notre rendez-vous. Elle était dans le coin près de la télé quand je suis rentrée dans le bureau de Manny.

— Tu as laissé une gamine de huit ans seule dans un immeuble inconnu au milieu de Los Angeles ?

— Ne sois pas si dramatique, Clay. On est dans Studio City, pas dans le ghetto.

— Elle a huit ans ! hurla-t-il.

Il lui passa devant pour rentrer dans l'immeuble. Valerie se précipita pour le suivre, mais elle portait des talons aiguilles de quinze centimètres et elle était incapable de tenir la distance.

— Olive ? appela-t-il en fonçant dans le hall luxueux.

Il suivit les pancartes qui indiquaient la direction de l'audition et arriva dans une salle emplie de femmes et de leurs filles. Il commença à demander alentour si on avait vu Olive, mais il se rendit vite compte qu'il ne savait même pas ce qu'elle portait. Il fit demi-tour pour retrouver Valerie. Elle avait retiré ses talons et clopinait vers la salle d'attente.

— Demande à tout le monde dans cette pièce s'ils ont vu Olive. Tu te rappelles ce qu'elle portait, hein ?

— Bien sûr, répondit-elle, visiblement offensée. Elle a une robe rose avec des petites cocardes blanches sur le bas. Et des petites chaussures roses assorties.

Clay se retint de lever les yeux au ciel, mais ne put réprimer un grognement.

— Et elle était d'accord ?

— C'était pour l'audition, Clay. Combien de fois faudra-t-il que je t'explique pourquoi je dois l'habiller comme ça ?

— Je ne sais pas, Val. Chaque fois que tu essaieras de m'expliquer pourquoi tu la forces à faire quelque chose qui ne lui plaît pas, je suppose.

Elle prit une brève inspiration et il comprit qu'elle se préparait à lui faire de nouveau la leçon sur les opportunités qui s'ouvraient à elle en tant qu'actrice. Mais il n'avait pas envie de l'écouter. Pas maintenant. Ni jamais. Il leva la main.

— Je vais redescendre et voir si elle est dehors. Toi, tu retournes dans cette pièce et tu parles à tout le monde jusqu'à ce que tu trouves quelqu'un qui l'ait vue partir. Compris ?

— D'accord. Je t'envoie un SMS si je trouve quelque chose.

Elle serra ses bras autour d'elle-même et se mordilla nerveusement la lèvre inférieure.

— Vas-y alors.

Il commença à s'éloigner, mais Val le rappela.

— Quoi ? demanda-t-il.

— Trouve ma petite fille, Clay. Je t'en prie, supplia-t-elle, les yeux pleins de larmes.

— Je vais la trouver, tu peux me croire, dit-il d'un ton brusque en la maudissant intérieurement.

C'était la faute de Val tout ça, et une fois qu'il aurait retrouvé Olive, il s'assurerait que tous les juristes en soient conscients. Alors qu'il ressortait, il appela le commissariat de Studio City. Quand une femme répondit à l'autre bout du fil, il dit :

— C'est pour signaler une disparition d'enfant.

Il lui donna toutes les informations dont il disposait et on lui dit qu'une voiture arrivait. Clay raccrocha et réessaya d'appeler le portable d'Olive. Toujours pas de réponse. Son ventre se tordit tandis qu'il faisait le tour du bâtiment puis du quartier. Il envoya un SMS à Val pour voir si elle avait des nouvelles. Ce n'était pas le cas. Quelques personnes ses rappelaient avoir vu Olive, mais ne savaient pas quand elle était partie.

La panique commença à le submerger tandis qu'il passait de boutique en boutique. Elle n'était pas dans l'épicerie, ni au pressing, ni au salon de manucure ou dans le magasin de vêtements pour femme. Il tourna à un angle et aperçut un petit parc.

Il sut d'instinct que si elle était dans les parages, c'était là qu'il la trouverait. Sa fille était une sorcière de terre, tout comme lui. Si elle avait voulu échapper aux auditions ou à sa mère, l'endroit qui l'aiderait à se sentir mieux, c'était le parc. Il évita deux voitures tandis qu'il traversait la rue en courant et il passa le portail en fer forgé. Sur la gauche se trouvait un petit jardin de bonsaïs, à droite une roseraie. Il se décida pour les bonsaïs. Elle était fascinée par les petits arbres depuis que sa grand-mère lui en avait offert un pour Noël l'année précédente.

Plus Clay s'enfonçait dans le parc, plus il était certain qu'elle se trouvait là. C'était comme s'il pouvait sentir sa présence.

— Olive ! appela-t-il.

Pas de réponse. Il s'enfonça davantage dans le parc et réessaya. Toujours rien. Il resta sur le chemin, et quand il arriva au pied d'une passerelle qui traversait un petit cours d'eau, il s'arrêta.

— Olive ? appela-t-il à nouveau, mais cette fois il éleva à peine la voix.

Un gémissement retentit quelque part sous le pont.

— Olive !

Il sauta sur la rive boueuse et effectivement, sa fille était là, vêtue d'une robe rose pâle, recroquevillée sous le pont, les joues maculées de terre et de larmes. Il se baissa et la souleva dans ses bras pour la serrer fort contre lui. Elle avait de la terre partout sur sa robe, ses bras et ses jambes, mais il s'en fichait. Il l'avait retrouvée, saine et sauve. Rien d'autre n'avait d'importance.

— Papa, sanglota-t-elle contre son épaule.

Il passa la main derrière sa tête et caressa ses boucles emmêlées.

— Je suis là, mon cœur. Tout ira bien.

— Ne me fais pas retourner là-bas. S'il te plaît, papa. Je ne veux pas faire la pub.

— Tu n'es pas obligée, Olive. Promis. Plus de cinéma, l'apaisa-t-il en espérant qu'il pourrait faire quelque chose pour arrêter Valerie et son obsession insensée à vouloir faire de sa fille une actrice.

— Je veux rentrer à la maison.

— Je sais, ma puce. Je sais.

Toujours en la portant, il remonta jusqu'au chemin et marcha jusqu'à un banc en métal. Une fois assis avec Olive sur ses genoux, il sortit son téléphone et envoya un texto à Val pour lui dire qu'Olive était en sécurité avec lui. Elle répondit aussitôt pour demander où ils étaient. Il l'ignora. Une seconde plus tard, elle renvoya un autre SMS pour lui dire qu'ils avaient encore le temps de passer l'audition. Il se tendit, mourant d'envie de balancer le téléphone dans la flotte, mais au lieu de ça, il le fourra dans sa poche et tourna son attention vers Olive.

— Qu'est-ce qui s'est passé ? demanda-t-il gentiment. Pourquoi tu es partie ?

Sa lèvre inférieure se mit à trembler et elle secoua la tête.

— Je ne voulais pas faire l'audition.

Il retira une de ses boucles de devant ses yeux et hocha la tête.

— Je sais. Mais est-ce qu'il s'est passé quelque chose de particulier ?

Elle haussa les épaules.

— J'ai dit à maman que je voulais rentrer à la maison et elle m'a crié dessus et elle m'a dit qu'il fallait que je fasse ça pour elle.

— Je suis désolé, Olive. Je sais que tu n'as pas choisi ça.

Il était plein de rage et il mourait d'envie de faire une scène à Val, mais il fit tout son possible pour garder son calme. Il ne voulait pas être responsable de l'échec de leur relation. Val était toujours la mère d'Olive et rien ne changerait jamais ça.

— Mais tu ne peux pas juste t'enfuir comme ça. C'est dangereux. J'étais vraiment inquiet.

— J'ai essayé d'appeler, mais mon téléphone y marchait pas.

Elle le sortit d'une poche cachée de sa robe rose et le lui tendit. Effectivement, la batterie était à plat. Son propre téléphone se mit à vibrer. Il y jeta un œil et le nom de Valerie le fit grimacer.

— Allez, viens. Ta maman est inquiète aussi.

Olive enfouit de nouveau son visage contre son épaule, mais elle avait arrêté de trembler. Il espérait que ça voulait dire qu'elle ne pleurait plus. Il la porta jusqu'à l'immeuble et ne fut pas surpris de voir des gyrophares bleus en tournant l'angle. Il devait reconnaître qu'ils n'avaient pas perdu de temps. Il venait d'arriver à la première voiture de police quand Valerie les aperçut et poussa un cri de soulagement.

— Olive ! Oh mon Dieu, ma puce, est-ce que ça va ?

Elle essaya de l'arracher aux bras de Clay, mais Olive s'accrocha d'autant plus et Clay secoua violemment la tête.

— Je ne vais pas avec toi. Je te déteste. Et je déteste le monsieur !

— Quel monsieur ?

Les sourcils de Clay se haussèrent et il fut soudain en alerte rouge.

— Lui, là.

Olive pointa son doigt vers un homme grand et très bronzé aux cheveux poivre et sel. Il portait un costume chic et parlait à l'un des policiers.

— Qu'est-ce que tu n'aimes pas chez lui ? demanda Clay.

— C'est le nouveau petit copain de maman et il aime pas les enfants.

— Petit ami ? s'écria une femme à la voix aiguë derrière eux. Tu dois te tromper. C'est mon mari, le juge Peter Mathis.

Clay reconnut le nom : c'était celui qui se trouvait sur l'ordonnance que Val lui avait amenée la veille. Il composa immédiatement le numéro de Lorna.

CHAPITRE 24

Abby était étendue dans son lit et fixait le plafond. Cela faisait exactement neuf jours qu'elle n'avait pas vu Clay. Elle était surprise qu'il lui manque à ce point. Ils n'étaient même pas sortis ensemble pour de bon, mais ça ne l'avait pas empêchée de retomber amoureuse de lui. Depuis le jour où elle était revenue à Keating Hollow, il avait été l'ami dont elle avait besoin. Il faisait battre son cœur, accélérer son pouls, et quand elle n'était pas en train de se pâmer devant lui, il la calmait et lui permettait d'être de nouveau bien dans sa peau. De se sentir bien ici.

Elle avait eu des nouvelles de lui. Il était à Los Angeles, en train de régler la situation concernant la garde d'Olive avec Valerie, et il ne comptait pas revenir tant qu'il ne pourrait pas ramener sa fille avec lui. Abby était fière de lui et aurait voulu pouvoir être là-bas pour le soutenir, même si elle était consciente que ce n'était pas sa place. Elle avait passé assez de temps en présence de Valerie pour toute une vie déjà.

Ses pieds nus se posèrent sur le plancher et elle marcha

jusqu'au miroir suspendu au-dessus de la commode. Comme chaque jour au cours de la semaine écoulée, elle récita :

— Je suis reconnaissante que Charlotte soit devenue mon amie le premier jour à la maternelle et que pendant toutes les années où nous nous sommes connues, nous n'ayons rien laissé nous séparer. Je suis reconnaissante que Clay m'ait laissée revenir dans sa vie et que même après toutes ces années, il soit resté l'homme dont je suis tombée amoureuse. Je me pardonne pour avoir quitté Keating Hollow il y a dix ans, et je me pardonne pour avoir donné à Charlotte une potion que sa mère m'avait dit de ne pas lui donner. Ce que je souhaite pour mon futur, c'est épouser un homme qui m'aime pour qui je suis et fonder une famille.

Ce qu'elle ne disait pas, c'est qu'elle voulait que Clay soit cet homme. Ça lui semblait présomptueux. Ou peut-être qu'elle avait trop peur pour le dire à voix haute. Mais avec chaque jour qui passait, elle sentait son courage augmenter. Un de ces jours, elle était certaine qu'elle le dirait. Du moment qu'il revenait à Keating Hollow. Même sa magie commençait à mieux se comporter. Elle n'était toujours pas capable de faire la potion pour son père, mais deux soirs auparavant, elle avait pu se joindre aux filles dans la rivière. Cette fois, elle avait pleinement bénéficié de l'effet jacuzzi.

— Abby ? Tu veux prendre le petit déjeuner ? Je fais des gaufres, l'appela son père depuis l'autre pièce.

— Oui !

Elle revêtit rapidement un jean et un tee-shirt à manches longues avant de sortir de sa chambre à la recherche de café.

Son père tenait un bol de pâte à gaufres dans la main et il fredonnait l'air du film de John Wayne qu'il avait regardé la veille. Abby leva les yeux au ciel.

— Ce soir, on regarde *Quand Harry rencontre Sally*. Je n'en peux plus des westerns.

— Non, répliqua-t-il en secouant la tête tandis qu'il versait la pâte dans le gaufrier.

— Essaie donc de m'en empêcher.

Abby se versa une tasse de café, y ajouta une cuillère de cacao et surmonta le tout de chantilly.

— Ça ne sera pas difficile si tu continues à boucher tes artères à ce rythme.

Abby eut un grand sourire et prit une gorgée de son moka.

— On verra.

— Désolée, ma belle, mais tu as quelque chose de prévu.

Il poussa un morceau de papier vers elle. Ça disait *La Grotte, sept heures ce soir.*

— Qui est-ce que je suis censée retrouver à la Grotte ? demanda-t-elle, un sourcil haussé.

— C'est une surprise.

Il plaça une gaufre devant elle et lui fit passer le sirop d'érable.

— Papa.

Elle étira la dernière voyelle.

— Dis-moi juste. C'est Yvette ? Ou Faith ? Ou Noel ? Les trois ?

Il secoua la tête.

— Non. Maintenant, mange. Tu as l'air un peu maigrichonne aujourd'hui.

— Bien essayé.

Elle lui adressa une grimace pour lui faire savoir qu'elle ne se laissait pas avoir par son manège.

— Est-ce que c'est toi ? Parce que ça, c'est un rendez-vous qui ne me dérangerait pas.

Ses lèvres frémirent.

— C'est flatteur, mais non. J'ai quelque chose de prévu avec Claire.

Abby jeta un coup d'œil au calendrier.

— Mais on est mercredi. Qu'est-il arrivé au dîner du vendredi soir et au brunch du dimanche matin ?

Il haussa les épaules.

— Elle a décidé qu'elle voulait passer plus de temps avec moi. Et comme j'ai du temps devant moi, qui suis-je pour protester ?

Abby déchanta. Elle savait que Claire entendait par là qu'elle voulait passer plus de temps avec lui tant que c'était possible, et ce rappel que le temps qu'il restait à son père était probablement limité était comme un coup de poignard en plein cœur. Elle se racla la gorge.

— Et qu'est-ce que vous allez faire, les tourtereaux ?

— On n'ira pas à la Grotte, répondit-il avec un clin d'œil. On ne voudrait pas te déranger.

Abby le fixa tandis qu'elle se mettait à réfléchir à toute allure.

— Ce n'est pas Logan, hein ? Parce que si c'est lui, je…

— Ce n'est pas Logan, dit-il en fronçant les sourcils. Tu crois que j'aiderais un crétin prétentieux comme lui à passer la soirée avec ma fille ?

Il eut un frisson visible.

— Non, Abby. À vrai dire, s'il remet les pieds à Keating Hollow, je demanderai à Andrew Baker de le virer. C'est te dire à quel point ce sale con arrogant ne me revient pas.

Abby aboya un rire.

— D'accord. Ce n'est pas Logan. Bon, c'est un soulagement.

Ce qui ne laissait qu'une seule personne. Clay. Mais elle n'insista pas pour que son père lui en dise davantage. Elle préférait passer la journée à s'imaginer qu'il était de retour en ville et qu'il comptait la surprendre avec un rendez-vous galant. Si elle se trompait, elle était certaine qu'elle serait quand même ravie de dîner avec la personne qui l'attendait. Mais si elle avait raison… eh bien, il n'y avait pas meilleure façon de passer la journée qu'à anticiper leurs retrouvailles.

Abby avait eu tort. Elle n'avait pas été capable de penser à autre chose que son rendez-vous de toute la journée. Pour empirer les choses, elle avait passé le plus clair de son temps à se creuser la tête pour savoir quoi porter. Si c'était Hanna ou Wanda, elle aurait l'air ridicule de se pointer en robe du soir. Mais si c'était Clay, elle avait envie de se faire belle et de mettre sa silhouette en valeur. Au final, elle s'était décidée pour une tunique en dentelle noire, des leggings et des bottes. L'ensemble faisait habillé mais pas trop et c'était suffisamment cintré à la taille pour qu'elle n'ait pas l'air de porter un sac à patates en dentelle.

Elle rectifia son rouge à lèvres une dernière fois, attrapa son sac à main et salua de la main son père et Claire qui étaient blottis sur le canapé en train de regarder *Quand Harry rencontre Sally*.

— Amuse-toi bien, lui dit Claire avec un sourire. Et merci de nous avoir prêté un film. Je n'en pouvais plus de John Wayne. Je commençais à me dire que j'allais me mettre à porter un holster pour avoir son attention.

— Ça pourrait toujours marcher, dit Abby. Ajoutes-y des bottes et un chapeau de cowboy et vous êtes partis pour une sacrée soirée.

Lin se tourna pour regarder Claire et agita un sourcil suggestif.

— Tu aurais l'air très mignonne avec un chapeau, des bottes et un holster. On essaiera ça plus tard.

Abby gémit et se couvrit les oreilles.

— Je n'entends rien. Lalalala.

Un rire monta du canapé et elle ne put s'empêcher de s'y joindre.

— Essayez juste de garder ça tout public quand je suis dans le coin, d'accord ?

— C'est toi qui as commencé, dit Lin alors que Meg Ryan commençait à faire une démonstration de simulation d'orgasme sur l'écran.

— Bon, j'en ai assez vu, dit Abby en se précipitant vers la porte.

Avant qu'elle puisse la refermer, elle entendit son père dire :

— Et c'est moi qui ai l'esprit mal tourné ? C'est elle qui a suggéré qu'on regarde ça ensemble.

Abby grimaça. C'était vrai. Oups. Heureusement que ses projets avaient été bouleversés. Elle grimpa dans son SUV, heureuse qu'il soit enfin réparé après son petit accrochage le jour de son arrivée.

Moins de dix minutes plus tard, Abby se garait à quelques mètres de la Grotte. Sa nervosité fut apparente quand elle sortit du véhicule et faillit atterrir la tête la première sur le trottoir, mais elle parvint à se rattraper à temps.

— Bien joué, dit Shannon à quelques mètres de là sur le côté.

Abby releva la tête et sentit son cœur se serrer. Pas de Clay.

— Salut, Shannon, dit-elle en se forçant à sourire. Tu es jolie. Tu n'étais pas obligée de te pomponner pour moi.

Shannon fronça les sourcils.

— Ce n'est pas le cas.

— Oh, d'accord. Je veux dire, cette robe est incroyable. Et

avoir retrouvé Olive dans le parc, tout l'écheveau s'était déroulé. Val avait effectivement une liaison avec le juge qui avait émis l'ordonnance temporaire. Quand sa femme avait su la vérité, elle avait fait un tel scandale que le juge avait annulé son ordonnance et s'était retiré de l'affaire. Sa femme comptait lui faire payer cher ses infidélités et Clay aurait presque eu pitié de lui. Presque, seulement. Parce qu'il avait quand même essayé de lui enlever sa fille.

Un autre juge avait accordé la garde complète à Clay et Val n'aurait plus droit qu'à des visites supervisées. Et une part de l'accord stipulait qu'Olive n'aurait jamais à retourner à Los Angeles ou à participer à aucune des auditions de Valerie à moins que l'idée ne vienne d'elle. Clay devrait aussi donner son accord par écrit avant toute audition. Il était peu probable qu'Olive retourne jamais à Hollywood. Ce n'était pas du tout quelque chose qui lui plaisait.

— Alors, voilà. Olive a dû se présenter au tribunal et faire publiquement état du comportement de sa mère, dit Clay. Je ne sais pas comment ça va l'affecter à l'avenir. Je ne veux rien ajouter de nouveau à sa vie tant qu'elle n'a pas retrouvé ses marques.

— Ne t'inquiète pas, Clay, dit Abby. Je suis de ton côté. Tu n'as pas besoin de t'expliquer davantage. Profitons simplement de ce dîner, d'accord ?

Il poussa un soupir et hocha la tête.

— D'accord. Merci.

Il prit son verre et le leva pour porter un toast.

— Aux vieux amis ?

Abby ravala sa déception et répéta.

— Aux vieux amis.

Leur conversation manquait de naturel et le reste de la soirée fut légèrement guindé. Clay avait été clair sur le fait qu'ils ne sortiraient pas ensemble et Abby regrettait qu'ils ne parviennent pas à retrouver l'amitié facile qu'ils avaient formée, mais elle ne savait pas quoi faire à ce propos, surtout alors qu'il l'avait invitée à dîner.

Enfin, une fois leurs assiettes vides, Abby posa la question qu'elle mourait d'envie de poser depuis que Clay avait freiné des quatre fers leur relation à peine renaissante.

— Dis-moi juste un truc.

— Quoi donc ? demanda Clay en signant le chèque.

— Pourquoi cette invitation surprise ? Je comprends que tu as besoin de te concentrer sur Olive, et ça me va, mais pourquoi t'embêter à me faire cette surprise ?

Il fronça les sourcils et prit un air d'excuse.

— Je suis désolé. C'est seulement cette après-midi que j'ai compris qu'il fallait que je ralentisse. Olive n'a pas eu une journée facile et j'ai compris que je ne pouvais pas faire ça. Pas pour le moment. Peut-être que si tu décides de rester et qu'on est tous les deux là, on pourra réessayer plus tard. Mais pour l'instant…

Il haussa les épaules.

— Je ne sais pas quoi dire. Tout ce que je sais, c'est qu'il faut que je me concentre sur Olive.

Abby garda le silence un long moment. Puis elle se leva et se pencha pour l'embrasser sur la joue.

— Tu es un père génial, Clay. Je suis fière de toi. Merci pour le dîner.

— Abby.

Il attrapa sa main et l'empêcha de partir.

— Oui ?

Il embrassa délicatement le dos de sa main et dit :

— S'il te plaît, envisage de rester à Keating Hollow.

Elle entrelaça ses doigts avec les siens et lui sourit :

— Je n'ai rien dit tout à l'heure parce que je ne voulais pas avoir l'air de discuter ton besoin de te concentrer sur ta fille. Mais tu n'as pas à t'inquiéter pour ça, Clay. J'ai déjà informé ma coloc que je ne retournerai pas à La Nouvelle-Orléans. Je suis de retour. De retour chez moi, à ma place.

Il la dévisagea de ses yeux sombres comme s'il essayait de vérifier qu'il avait bien entendu. Puis il se leva d'un coup et l'attira dans ses bras. Il recouvrit ses lèvres des siennes et l'embrassa si passionnément que quand il la lâcha, la bouche d'Abby la picotait et elle avait du mal à retrouver son souffle.

Quelques clients poussèrent des sifflements et des cris d'encouragement.

Abby rougit, mais ça ne l'empêcha pas de se pencher pour l'embrasser à son tour. Un baiser doux et tendre, empli des sentiments qui l'habitaient depuis un mois. Il lui rendit son baiser, avec tout autant d'émotion qu'elle. Quand ils se séparèrent enfin, Abby tremblait. Elle posa la main sur le cœur de Clay.

— Peut-être qu'un jour, on sera tous les deux prêts. D'ici là, prends soin de toi, Clay. Et de ta petite fille aussi.

Alors que les larmes menaçaient de la submerger, Abby sortit du restaurant en hâte et courut jusqu'à son véhicule en essayant de se raccrocher aux derniers lambeaux de sa dignité.

Il fallut une semaine complète à Abby pour trouver la force de retourner à la brasserie pour rassembler son matériel. Elle se sentait enfin assez à l'aise pour travailler dans l'atelier que son père lui avait construit, et il était temps qu'elle rapatrie toutes ses affaires et qu'elle laisse Clay récupérer sa remise.

Sa magie s'améliorait de jour en jour, mais elle n'était toujours pas de retour à cent pour cent. Le fait qu'elle n'arrive toujours pas à faire la potion pour éviter les nausées à son père l'énervait terriblement, mais elle avait enfin accepté qu'elle ne pouvait pas précipiter les choses. Un jour, sa magie reviendrait avec un rugissement de triomphe… ou pas. Ce qu'elle avait enfin compris, c'est que sa valeur n'était pas intrinsèque aux potions qu'elle pouvait concocter pour les gens. Oui, elle voulait aider, mais il y avait d'autres manières de le faire.

Comme sa magie n'était toujours pas efficace, elle s'était décidée à chercher des sorcières sur la côte Est qui auraient une formule qui pourrait fonctionner pour son père. Elle s'était fait envoyer une demi-douzaine de paquets en express, et il y en avait deux qui semblaient prometteurs. Ça n'éliminait pas tous les symptômes, mais après la dernière séance de chimio, la nausée n'avait duré que douze heures au lieu de trente-six. C'était mieux que rien et Abby était contente.

Elle se gara sur la seule place disponible devant la brasserie, celle juste à côté de la Jeep de Clay.

— Parfait.

Elle sauta hors de la voiture et se prépara à le revoir. Après le baiser qu'ils avaient échangé au restaurant, Abby avait parfaitement conscience de ce qu'elle manquait et c'était vraiment dur de garder ses distances. Ce serait encore plus dur, se disait-elle, de le voir et de ne pas pouvoir être avec lui. C'est pour ça qu'elle s'était tenue éloignée du pub. Elle n'avait pas envie de leur rendre les choses encore plus compliquées alors qu'elle était enfin capable de travailler dans son ancien atelier.

Mais elle ne pouvait pas se tenir à l'écart de l'entreprise familiale indéfiniment et il fallait qu'elle récupère son matériel si elle voulait se remettre au travail. Le pub était bondé et Abby fut à la fois déçue et soulagée de ne pas voir Clay derrière le bar. *Ça vaut probablement mieux*, se dit-elle en se hâtant vers la remise.

La porte était légèrement entrouverte et elle entendit une voix d'enfant à l'intérieur. Elle passa la tête dans l'entrebâillement.

— Bonjour ?

— Bonjour, répondit Olive qui était installée sur un petit tabouret derrière le plan de travail.

Elle portait un jean et un pull, et l'un des tabliers d'Abby était noué autour de sa taille. Abby sentit son cœur fondre tellement elle était mignonne.

— Sur quoi tu travailles ?

Elle désigna une boîte dans le coin.

— Mon lapin ne se sent pas bien. Papa a dit que je pouvais venir ici pour lui faire une potion d'énergie.

— Une potion d'énergie, hein ? Tu sais déjà faire ça ? demanda Abby en s'accroupissant pour examiner le lapin blanc.

La créature resta parfaitement immobile dans son carton tandis qu'elle lui gratouillait la tête.

— Bien sûr. Papa il m'a appris.

Elle lui tendit un bouquet d'herbes.

— Il faut juste écraser ça et rajouter de l'eau chaude.

Abby se releva et regarda par-dessus son épaule. C'était une potion énergisante simple. Plutôt comme des vitamines pour lapin, mais comme Olive était une sorcière de terre, sa magie lui permettrait sans aucun doute d'y ajouter un petit plus et son lapin se remettrait à gambader en un rien de temps.

— Qu'est-ce qui lui arrive à ce lapin ?

Olive eut un grand sourire.

— Elle vient d'avoir des bébés alors elle est un peu fatiguée.

— Ah bon, combien ?

— Huit.

— Waouh, dit Abby. Ce n'est pas étonnant qu'elle soit fatiguée. Je parie qu'ils ne la laissent pas en paix.

Olive hocha la tête.

— Ils tètent touuuuuut le temps.

— Besoin d'aide ?

Olive jeta un regard vers la porte.

— Papa devait m'aider à faire bouillir, mais il met du temps. Tu penses que tu peux faire ça ?

— Bien sûr.

Abby attrapa une de ses marmites en cuivre et la remplit d'eau. Bientôt, la marmite bouillonnait sur le feu.

— Bon, on peut mettre les ingrédients.

Olive écrasa soigneusement son mélange d'herbes dans le mortier pendant qu'Abby utilisait une cuillère en bois pour remuer.

— Dis-moi quand tu veux me remplacer, dit Abby.

— Tu t'en sors bien, répondit Olive avant d'aller laver le mortier et le pilon à l'évier.

Quelqu'un a bien éduqué cette petite sorcière, pensa Abby. Elle était soigneuse et précise. Mieux instruite qu'elle-même ne l'avait été à huit ans, c'était certain. Abby regarda le mélange et dit :

— Olive, je pense que c'est prêt pour que tu mettes ta magie.

Olive rapprocha son marchepied, monta dessus et regarda dans la marmite.

— Il faut encore une minute.

— Vraiment ?

Abby remua encore une fois la mixture et hocha la tête. Ce n'était pas aussi épais qu'il le fallait.

— Tu m'impressionnes.

Olive eut un sourire rayonnant et se mit à remuer la potion à sa place. Abby resta juste derrière elle : elle la laissait travailler, mais elle faisait attention. La cuisinière fonctionnait au gaz et n'importe quoi pouvait arriver quand on commençait à infuser les herbes de magie. Même si, à en juger par ses capacités évidentes, Olive n'avait pas besoin de l'aide d'Abby. Toutefois, elle n'avait que huit ans et elle avait dit elle-même que son père était censé l'aider avec la gazinière.

— Maintenant, déclara Olive.

Elle ferma les yeux très fort et dit :

— Magie de mon cœur, infuse ces herbes pour que lapinou sautille partout.

Abby pouffa de rire en entendant l'adorable incantation, mais dès que la magie se déversa des mains d'Olive, elle cessa de rire. La magie était erratique et au lieu de fusionner avec les herbes, elle commença à jaillir du pot et à partir droit vers les flammes. Si la magie d'Olive fusionnait avec le feu, ce serait l'apocalypse. Instinctivement, Abby passa ses mains autour de celles d'Olive et elle utilisa sa propre magie pour aider la petite fille à diriger son pouvoir vers les herbes. La joie submergea soudain Abby et elle ressentit quelque chose qu'elle n'avait pas éprouvé depuis des années. Le bonheur pur qui venait de la magie. Le bonheur d'Olive alors qu'elle se connectait à la terre emplit tout ce qui était vide en elle et pour une fois, Abby se sentit entière.

La magie d'Olive fit volte-face et s'installa dans les herbes, faisant virer la potion au vert vif.

— Ça a marché ! s'exclama Olive. Oui ! J'ai dit à papa que j'y arriverais cette fois.

Abby continua à mélanger la potion pendant qu'Olive allait chercher un bocal en verre pour contenir la boisson énergétique de son lapin. Quand elle revint, Abby l'aida à en verser le plus possible dans le bocal. Ensuite, elle désigna d'un geste de la main le fond qui restait dans la marmite. Le liquide avait déjà refroidi et Abby attrapa un compte-gouttes.

— Prête pour le test ?

Olive hocha la tête. Son enthousiasme était contagieux.

— D'accord.

Abby emplit le compte-gouttes et le tendit à Olive.

— Vas-y. Voyons voir comment ça lui réussit.

Olive s'assit par terre, prit la maman lapin dans ses bras et lui fit délicatement prendre la potion. Quelques instants plus tard, les oreilles de la lapine se mirent à frémir et elle s'agita pour échapper à la prise d'Olive. Celle-ci la posa par terre et battit des mains avec joie tandis que le petit animal commençait à explorer les lieux.

— Oh, génial, dit Abby.

Elle prit la lapine dans ses bras et la rendit à Olive.

— Mais on ne peut pas la laisser se balader comme ça ici. C'est trop dangereux. Il vaut mieux la garder dans son carton jusqu'à ce que tu rentres chez toi.

— D'accord.

Olive plaça avec précaution la lapine dans sa boîte et se dirigea vers la porte.

— Papa ! Tu as vu ? Ça a marché. J'ai réussi !

Clay ouvrit les bras pour sa fille et la serra contre lui.

— J'ai vu. Bravo. Mais quand même, tu aurais dû m'attendre.

— Abby m'a aidée.

Elle échappa à sa prise, lui donna la lapine et courut vers Abby pour la serrer de toutes ses forces.

— Merci, Abby. Merci beaucoup, beaucoup.

Abby referma ses bras autour de la petite fille et la serra fort.

— De rien, Olive. Vraiment, je suis honorée d'avoir pu t'aider.

Olive lui fit un grand sourire avant de la lâcher. Elle courut jusqu'à son père, prit le lapin et passa la porte précipitamment en criant :

— À tout à l'heure, papa !

— Comment elle va rentrer ? demanda Abby.

— Ma mère l'attend devant.

Abby pouffa de rire.

— Tu ne dois pas t'ennuyer avec elle.

Clay rentra dans la remise et referma la porte derrière lui.

— Je crois que c'est toi qui ne t'es pas ennuyée aujourd'hui.

J'ai vu ce que tu as fait. Tu l'as empêchée de mettre le feu. Je suis désolé. Elle n'a pas encore une grande maîtrise. Elle était censée attendre pour qu'on le fasse ensemble.

— Ce n'est rien, Clay.

Elle lui adressa un sourire qui devait être aussi rayonnant que celui d'Olive.

— Ta fille est… impressionnante.

Il pouffa de rire.

— J'aurais plutôt dit turbulente.

— Aussi. Mais je parlais de sa magie. Tu as dû le sentir. Elle est puissante. Un de ces jours, elle sera quelqu'un qu'on prend au sérieux.

Il se renfrogna.

— Tu as raison. Et c'est aussi pour ça que j'essaie de la contenir autant que possible. Comme je te le disais, elle aurait dû…

Abby leva une main.

— Non. Elle m'a demandé si je voulais l'aider et j'ai dit d'accord. Elle n'aurait rien fait s'il n'y avait pas eu un adulte pour l'aider avec la gazinière, alors si c'est ça qui t'inquiète, relaxe. Elle a été prudente, même si elle est encore en train d'apprendre.

— D'accord.

Il poussa un soupir.

— Je m'inquiète, c'est tout.

— Comme tous les bons pères.

Elle retourna vers le plan de travail et finit de nettoyer la marmite qu'elles avaient utilisée.

— Abby ?

Elle regarda par-dessus son épaule.

— Oui ?

— Il y a quelque chose de différent chez toi. Je n'arrive pas à mettre le doigt dessus, mais c'est comme si… Je ne sais pas. Comme si…

— Comme si j'avais récupéré ma magie, finit-elle pour lui.

— Vraiment ? Quand ?

— À l'instant.

Elle se tourna pour lui faire face.

— Je sais que ça a l'air un peu dingue, mais pendant que j'étais en train d'aider Olive, je me suis rendu compte de ce qui me manquait quand je jette mes sorts. Et maintenant que je l'ai ressenti de nouveau, eh bien c'est revenu, juste là.

Elle pointa vers sa poitrine.

— Je suis certaine que la prochaine fois que je ferai une potion, elle sera parfaite.

Il étrécit les yeux.

— Et c'était quoi qui manquait ?

— La joie. La pure jubilation de trouver mon lien avec la terre. Ton adorable gamine en déborde. Elle m'a rappelé comment c'était de vraiment aimer ce qu'on fait. Je n'oublierai pas cette fois.

Il regarda vers la porte comme s'il avait toujours pu la voir se tenir là. Quand il se retourna, il marcha jusqu'au plan de travail.

— Prouve-le alors.

— C'est un défi, Garrison ?

— Oui.

C'était peut-être un défi, mais ce n'était pas un ordre. Elle avait conscience de ce qu'il faisait. Il voulait qu'elle utilise sa magie, qu'elle solidifie ce qu'elle avait ressenti pour ne pas le perdre. C'était une technique qu'ils avaient apprise à l'école quand ils étaient gamins. Il sortit une marmite propre et la lui passa.

— Fais une potion pour ton père.

— Avec joie.

Abby fit attention à suivre la recette à la lettre et trente minutes plus tard, quand elle enchanta ses herbes, la magie coula de ses mains, libre et puissante. Son cœur était plein d'amour et de joie, et tout était à sa place. La potion devint d'un beau doré et prit une douce odeur de vanille.

— Incroyable, dit Clay alors qu'elle la versait dans un bocal pour la ramener chez elle. Tu avais raison. Ça a marché.

— Grâce à Olive, dit-elle en lui souriant.

Il se rapprocha et enroula un bras autour de sa taille.

— Tu sais ce que j'ai dit la semaine dernière au restaurant.

— À propos de ?

— Comme quoi Olive avait besoin de temps pour trouver ses marques.

— Oui.

Elle le regarda, le cœur battant.

— Je crois qu'elle a trouvé ses marques. Maintenant qu'elle sait qu'elle est à la maison pour de bon, ce n'est pas juste qu'elle s'en sort, elle est vraiment bien. Et vous voir ensemble toutes les deux aujourd'hui… Abby, je dois t'avouer que mon cœur a failli exploser de joie.

Elle leva la main et passa son pouce sur la lèvre inférieure de Clay. Il ferma les yeux l'espace d'un instant.

— Arrête de me distraire. J'essaie de te dire que je ne pense pas pouvoir vivre davantage sans toi à mes côtés. Sans toi aux côtés d'Olive.

— Je sais, dit-elle avant de se dresser sur la pointe des pieds pour pouvoir l'embrasser.

Il la serra fort contre lui et enfouit son visage dans son cou.

— Est-ce que ça veut dire oui ?

— Tu ne m'as rien demandé, si ? dit-elle en riant.

— J'essaie de te demander d'être ma petite amie. Et quand

ce sera le bon moment, je suis à peu près sûr que je mettrai un anneau à ton doigt. Alors, qu'est-ce que tu en dis ?

Elle se recula pour le regarder droit dans les yeux.

— Ne dis pas des choses que tu ne penses pas, Clay Garrison.

— Tu m'as déjà vu faire ça ? demanda-t-il en passant son pouce sur sa joue.

Le cœur d'Abby se mit à tambouriner contre sa cage thoracique et elle eut l'impression que ses muscles s'étaient transformés en gelée. S'il la lâchait, elle était certaine de se transformer en petite flaque de chair par terre. Mais quand elle parla, sa voix était ferme et assurée.

— Non. Mais c'est une sacrée promesse, du genre que tu ne peux pas retirer sans nous faire du mal à tous les deux.

— Je ne compte pas la retirer. Mais ne va pas trop vite, Abs. Je ne te l'ai pas encore demandé.

— Encore, répéta-t-elle. Ça ressemble terriblement à une promesse sous-entendue. Tu es sûr que c'est ce que tu veux dire ?

— J'en suis sûr à mille pour cent. Toute la semaine, je n'ai pensé qu'à toi et à mon discours idiot au restaurant. Tu sais ce que j'aurais dû faire ?

— Non, quoi ? demanda-t-elle en se laissant aller dans ses bras.

— J'aurais dû fermer ma grande bouche et faire confiance à ma fille. Tu sais ce qu'elle m'a dit quand je suis rentré ce soir-là ?

— Quoi donc ? demanda Abby, terriblement curieuse.

— Elle a demandé quand était notre prochain rendez-vous et si elle pouvait venir.

Ça la fit rire.

— Je serais honorée de sortir avec toi et Olive.

Il secoua la tête.

— Je l'adore, mais je n'ai pas envie de lui faire tenir la chandelle. Pas alors que je meurs d'envie de faire ça.

Il pencha la tête et effleura ses lèvres des siennes. Puis il passa dans son cou et fit remonter sa main sur sa hanche, enfouissant ses doigts dans sa chair. Abby se laissa aller contre lui, désireuse de son contact, mais il recula et ajouta :

— On pourra aussi passer des journées en famille. Des pique-niques dans le parc. Des tours à vélo le long de la rivière. Des après-midi à la plage. Mais nos soirées ? C'est juste pour moi.

— Ça me convient parfaitement, Clay Garrison, dit Abby, les yeux plongés dans les siens. Quand est-ce qu'on commence ?

— Pourquoi pas maintenant ?

— Ça me va.

Clay eut un grand sourire, prit sa main dans la sienne et la tira hors de la remise. Tandis qu'ils allaient jusqu'à sa Jeep, il dit :

— J'espérais que tu dirais ça.

Abby prit le siège passager. Quand Clay fut assis à son tour, elle demanda :

— Où est-ce qu'on va ?

Il lui jeta un coup d'œil et lui adressa un sourire diabolique.

— La crique du Soleil Couchant.

Elle aurait dû le savoir. C'était le lieu de leur premier baiser, leur première dispute, leur première… eh bien, le lieu de toutes leurs premières fois. C'était logique que ce soit le lieu de leurs retrouvailles. Elle eut un sourire diabolique à son tour et dit :

— Dépêche-toi.

CHAPITRE 26

Un mois plus tard

ABBY SE TENAIT dans la cuisine de son père et regardait Olive et Daisy jouer aux cartes au milieu du salon. Le bébé labrador d'Olive, Endora, était blotti sur ses genoux. Claire était assise sur le canapé et feuilletait un catalogue de Noël, tandis que Clay était devant la cheminée et papotait avec son père. Ses trois sœurs étaient dans un coin, probablement en train de planifier la fête pour l'anniversaire de leur père le week-end suivant.

Tout le monde était heureux et plein d'énergie, même son père qui avait fait de la chimio la veille. Abby avait perfectionné ses potions et elles marchaient du tonnerre sur lui. Depuis l'après-midi où elle avait réalisé une potion énergisante avec Olive pour son lapin, Abby avait réussi à faire tout ce qu'elle entreprenait. La différence, c'est que maintenant elle le faisait par amour, et non par culpabilité. Et après avoir parlé à Mrs. P, la psy, Shannon et même Clay, c'était à Olive qu'elle devait cette métamorphose.

Bien sûr, parler à tous ces gens l'avait aidée à parcourir le chemin pour retrouver ce qu'elle avait perdu, mais Olive avait été le dernier maillon sans le savoir. Abby serait éternellement reconnaissante à la petite de l'avoir aidée à redécouvrir la joie de sa magie. Et puis, elle l'aimait plus qu'elle ne l'aurait jamais cru possible. Elles avaient formé un lien qu'elle n'arrivait pas à exprimer avec des mots. À chaque fois qu'elle regardait la fille de Clay, elle avait le sentiment que son cœur pourrait exploser de joie.

— Salut, dit Clay en l'enlaçant par-derrière. Qu'est-ce que tu fais toute seule dans la cuisine ?

— Du chocolat chaud.

Elle s'appuya contre lui et l'embrassa sur la joue.

— De quoi vous parliez avec mon père ?

— Oh, je lui demandais juste quelque chose.

Il fit courir délicatement ses mains sur les bras d'Abby.

— À propos de ?

Elle versa le chocolat dans trois tasses.

— Toi, moi, et le Premier de l'an.

Abby fronça les sourcils tandis qu'elle ajoutait des chamallows dans le chocolat.

— Ah bon ? Tu lui demandais si je pouvais avoir la permission de minuit ?

Ça le fit rire.

— Quelque chose du genre.

Elle regarda par-dessus son épaule et lui jeta un drôle de regard.

— Qu'est-ce que tu manigances, Garrison ?

Il l'embrassa sur le nez et dit :

— Je ne vois pas ce que tu veux dire.

— Papa ? appela Olive depuis là où elle était assise par terre. C'est bon maintenant ?

Tout le monde dans la pièce arrêta de parler et se retourna pour regarder Abby et Clay. Elle se raidit et murmura :

— Clay, qu'est-ce qui se passe ?

Il se pencha et lui chuchota :

— Tu vas bientôt le savoir.

Puis il hocha la tête en direction de sa fille.

— Oui. Tu es prête ?

— Oui !

Olive passa le chiot à Daisy, sauta sur ses pieds et courut vers eux. Elle attrapa la main d'Abby et la tira jusque dans le salon. Clay leur emboîta le pas.

Les sœurs d'Abby se mirent à pouffer et se rapprochèrent pour mieux voir ce qui était sur le point de se passer.

— Tu te mets là, dit Olive en entraînant Abby vers le milieu de la pièce. Elle recula et observa Abby avant de sourire.

— Parfait.

Abby regarda Olive glisser sa main dans celle de son père et ils se placèrent tous les deux juste en face d'elle. Ils échangèrent un regard et quand Clay hocha la tête, chacun lui prit une main.

— Olive, Clay, qu'est-ce que…

Comme s'ils avaient compté jusqu'à trois, ils se laissèrent tomber sur un genou en même temps et Olive sortit une petite boîte en velours noir.

Abby laissa échapper un petit cri et dut cligner des yeux rapidement pour chasser ses larmes.

— Tu te rappelles quand je t'ai dit que, quand ce serait le bon moment, je voulais mettre un anneau à ton doigt ? demanda Clay.

Abby hocha la tête.

— Oui.

— Eh bien, je suis plutôt certain que j'étais prêt à le faire ce jour-là. Mais comme tu le sais, je ne suis pas le seul concerné. Je fais partie d'un lot.

Le regard d'Abby atterrit sur Olive et il n'y eut plus moyen de les retenir : ses larmes se mirent à dévaler ses joues. Elle ne pouvait pas s'en empêcher. Son amour pour les deux personnes qui se trouvaient devant elle la submergeait.

— Tu sais que je… je ne voudrais pas qu'il en soit autrement, parvint-elle à dire dans un murmure.

— Tant mieux, parce qu'Olive veut te demander quelque chose, dit Clay.

— Olive ?

Elle tourna son regard vers la petite fille.

— Qu'est-ce qu'il y a, ma puce ?

C'est alors qu'elle remarqua qu'Olive avait les larmes aux yeux, mais un sourire immense :

— Est-ce que tu veux bien te marier avec mon papa comme ça tu seras ma vraie maman ?

La panique monta dans la poitrine d'Abby et elle jeta un regard vers Clay sans savoir comment elle était censée répondre à cette question. Mais il ne l'aida pas : il souriait comme un idiot, tout comme sa fille.

Ressentant le besoin de se rapprocher d'eux, Abby se laissa tomber à genoux et se concentra sur Olive pour dire :

— J'aimerais beaucoup épouser ton papa et devenir ta belle-mère. Il n'y a rien au monde que je veuille plus que ça. Vraiment. Mais, chérie, tu as déjà une vraie maman. Jamais je n'essaierai de prendre sa place.

Le sourire d'Olive disparut.

— Je ne peux pas avoir deux mamans ?

— Bien sûr que tu peux. Je serais honorée d'être ta deuxième maman. C'est juste…

Elle regarda Clay, sollicitant son aide. Il referma ses doigts autour des siens et murmura :

— Tu t'en sors très bien, Abs.

Elle hocha la tête et retourna son attention vers Olive.

— Tu comprends, ma puce ? Ta maman sera toujours ta maman. Et moi je serai…

— Ma deuxième maman, finit Olive à sa place. C'est comme pour ma copine Ashley. Elle a deux mamans et deux papas.

Le front d'Olive se creusa d'une ride inquiète.

— Mais je ne veux pas deux papas. Celui-là c'est assez.

Tout le monde autour d'eux se mit à rire et Abby pouffa.

— Tu as raison. On est bien assez occupées avec lui. Mais je pense qu'il en vaut le coup.

— Alors c'est un oui ? demanda Clay en ouvrant la boîte en velours.

Un diamant étincelant se révéla à elle.

— Oui, oui, oui, oui ! dit Abby.

Elle récupéra ses mains pour les serrer tous les deux dans ses bras en même temps. Alors qu'ils partageaient cette étreinte tous les trois, des cris de joie s'élevèrent dans la pièce.

— Il est temps de sortir le champagne ! s'écria Yvette.

— Je vais chercher les verres, déclara Faith.

— Et moi le gâteau, ajouta Noel.

Olive échappa à l'étreinte et courut vers la cuisine.

— Je viens aider ! Le gâteau est dehors, dans le deuxième frigo.

Noel tendit la main vers Olive et dit :

— Ouvre le chemin alors, petite Garrison. Allons trouver ce gâteau.

Clay lâcha Abby et sortit l'anneau de la boîte. Il lui jeta un coup d'œil et lui sourit avant de glisser la bague à son doigt.

— Tu es libre pour le Premier de l'an ?

— Il semblerait.

Elle le regarda.

— Ça fait combien de temps que vous aviez prévu ça ?

Son sourire disparut et il répondit sérieusement :

— Je ne peux pas parler pour Olive, mais moi j'avais prévu ça depuis que j'ai treize ans.

Abby sentit son cœur fondre et former une flaque entre eux.

— Et moi douze.

— Abby, dit-il.

Il baissa la tête pour embrasser l'anneau qui se trouvait désormais à son doigt.

— Tout nous a menés à ce moment. Peu importe où on était ou avec qui, c'était obligé qu'on finisse ici. Ce qu'il y a entre nous, c'est plus fort que ça ne l'a jamais été ou ne pourrait jamais l'être avec quiconque d'autre. Et je sais que nos chemins ont pris quelques virages…

— Des demi-tours, même, dit-elle avec un sourire.

Les lèvres de Clay frémirent d'amusement.

— Ce n'est pas faux. Mais sans ces détours, nous n'aurions pas Olive ni la sagesse pour apprécier à quel point cette relation est importante. Je sais que ça nous a pris une décennie de plus pour en arriver là, mais je n'y changerais rien.

L'amour explosa en elle, et cette fois, son étreinte ne fut que pour lui. Il enroula ses bras autour d'elle et ils restèrent collés l'un à l'autre, toujours agenouillés sur le sol du salon, jusqu'à ce qu'Olive arrive avec deux parts du gâteau de fiançailles dans les mains.

— Tenez, dit-elle en leur passant les assiettes. Tata Yvette elle dit que vous devez manger pour avoir des forces ce soir. Qu'est-ce qui se passe ce soir ?

Clay eut un rire étranglé tandis qu'Abby fusillait Yvette du regard. Celle-ci pouffait de son côté en découpant le gâteau.

— Une course de voiturettes de golf, dit Abby. Wanda et moi allons enfin voir qui a la plus rapide.

— Ohhh !

Olive battit des mains avec jubilation.

— Je peux venir ?

— Bien sûr, tu seras mon second.

Abby fit un clin d'œil à Clay qui se contenta de secouer la tête. Il ne comprenait pas l'intérêt de la voiturette qu'elle s'était achetée et avait customisée avec des LED et une super sono. Mais ce n'était pas grave. Il n'était pas obligé de comprendre. Olive adorait la voiturette et elle aussi.

— Oui !

Olive leva un poing victorieux et courut vers la cuisine pour réclamer sa propre part de gâteau.

Clay posa leurs assiettes sur la table basse et tendit la main à Abby pour l'aider à se relever. Quand elle fut dans ses bras à nouveau, il murmura :

— Ne t'épuise pas trop. Yvette a raison. Tu vas avoir besoin de garder des forces.

Un petit frisson d'anticipation la parcourut. Elle enfouit ses doigts dans ses cheveux épais et dit d'une voix chaude :

— Ne fais pas de promesses que tu ne peux pas tenir, Garrison.

Les yeux pétillants de malice, il répondit :

— Parce que ça m'arrive ?

— Non, souffla-t-elle. Maintenant, embrasse-moi.

Il posa ses lèvres sur les siennes, et elle sut qu'elle était enfin de retour chez elle.

À PROPOS DE L'AUTEURE

À propos de l'auteure

Deanna Chase, auteure de best-sellers aux classements du New York Times et de USA Today, a grandi en Californie, avant de s'installer dans le sud-est de la Louisiane, au rythme de vie plus tranquille. Quand elle n'écrit pas, elle passe du bon temps à La Nouvelle-Orléans avec son mari ou elle joue avec ses deux chiens shih tzu. Pour plus d'informations et actualités sur ses nouvelles parutions, visitez son site web, deannachase.com.